Le Cinquième Jour

DU MÊME AUTEUR

LA VIE À FLEUR DE TERRE
Denoël

UN ÉTÉ POURRI
Viviane Hamy, J'ai lu

LA MORT QUELQUE PART
Viviane Hamy, J'ai lu

LE FESTIN DE L'ARAIGNÉE
Viviane Hamy, J'ai lu

FIN DE PARCOURS
Viviane Hamy

L'ÉTOILE DU TEMPLE
Viviane Hamy

GÉMEAUX
Viviane Hamy

LES CERCLES DE L'ENFER
Flammarion

LÂCHEZ LES CHIENS
Flammarion, Librio

GROUPE TEL-AVIV
BD policière, Le Masque

L'EMPREINTE DU NAIN
Flammarion

BROUILLARD D'ÉCOSSE
Albin Michel Jeunesse

LA MÉMOIRE DU BOURREAU
Le Masque

LE SANG DE VENISE
Flammarion

LE TANGO DES ASSASSINS
Le Masque

Maud Tabachnik

Le Cinquième Jour

ROMAN

Albin Michel

COLLECTION « SPÉCIAL SUSPENSE »

22, rue Huyghens, 75014 Paris

www.albin-michel.fr

ISBN 2-226-12158-7
ISSN 0290-3326

L'IMMEUBLE était aussi décrépi qu'il l'avait pressenti. Son revêtement déchiré pendait par pans, et ses fenêtres étroites aux carreaux sales ou cassés, sauf ceux du troisième étage, participaient au sentiment d'abandon qui baignait ce quartier, proche des anciens abattoirs supprimés en début de siècle, et qui avait conservé l'odeur des lieux où avait régné la mort brutale. Il crut même entendre les cris des bêtes conduites au supplice et sentir le remugle de sang, de tripes et de peur.

Il sortit l'annonce de sa poche : «Jeune homme de dix-huit ans désire travailler à la campagne. Contacter Howard Riley, 406, Vestry ouest. 292 68 19.»

Il monta les trois marches du perron et examina la rangée de noms griffonnés sur un des montants de la porte taguée. Riley. S 3E. Il sonna et une voix féminine demanda :

— Oui ?

— Bonjour madame, je suis monsieur Mosley.

— Oh, bonjour, je vous ouvre. Troisième étage.

Il poussa le battant et se retrouva devant un escalier raide en bois lavé qu'il grimpa en reniflant les odeurs d'urine mêlées à celles de désinfectant. Une femme l'attendait sur l'étroit palier, tenant ouverte la porte de son logement. Elle le regarda arriver avec un sourire confus, et s'arrêter pour reprendre souffle. À l'étage du dessous, une dispute éclata.

Elle portait une de ces robes noires sans forme qu'affectionnent les pauvres parce qu'elles sont indémodables. Ses cheveux clairs, parcourus de fils gris qui visiblement venaient d'être frisés, retombaient en mèches sur ses oreilles.

— Monsieur Mosley ?

— Bonjour, madame, répondit-il en lui tendant la main qu'elle prit timidement.

Derrière elle, se tenait un jeune homme.

— Entrez, je vous en prie, invita-t-elle.

Il entra et s'adressa au garçon.

— Vous êtes Howard ?

— Oui, monsieur.

— Enchanté, dit Mosley.

Le jeune lui parut solide mais dépourvu de grâce. Son visage pointu était piqué de boutons d'acné.

— Moi aussi, monsieur.

— Vous avez trouvé facilement ? s'enquit la mère.

— Je suis new-yorkais, sourit l'homme.

— C'est que le quartier a tellement changé, s'excusa-t-elle.

Il hocha la tête et, en pénétrant dans la salle à manger, passa devant le garçon dont l'odeur ne lui plut pas. Il se tourna vers la femme.

— C'est gentil chez vous.

Elle rougit.

— Ce n'est pas aussi bien rangé que je le voudrais parce que je travaille tard le soir et mon Howard fait ce qu'il peut.

L'homme hocha la tête.

— Asseyez-vous, invita-t-elle, brusquement consciente qu'il cherchait un siège des yeux.

— Merci.

— Je... on vous attendait plus tard... on allait se

mettre à table... ça... ça me ferait plaisir, si bien sûr vous étiez d'accord, de partager notre repas.

À cet instant une petite fille apparut. Elle s'arrêta et considéra l'étranger, un doigt dans la bouche. Sa mère se précipita pour le lui enlever.

— Veux-tu arrêter de sucer ton doigt !

Elle se tourna vers son visiteur.

— Ma petite fille Gloria, elle a neuf ans. Dis bonjour au monsieur.

Gloria ne répondit pas et regarda d'un air grave l'inconnu qui lui souriait.

— Voilà une très jolie petite fille, dit-il.

— Merci. Elle est très mignonne, dit la mère, quoiqu'un peu turbulente.

— C'est qu'elle est en bonne santé. Bonjour, Gloria.

La fillette resta coite.

— Quelle sotte, dit sa mère.

— Ainsi, jeune homme, vous voulez travailler à la campagne, reprit l'homme s'adressant au garçon.

— Mon fils déteste la ville, expliqua la mère. Il dit qu'il y étouffe. J'ai un frère dans l'Iowa qui a une ferme. Howard n'est jamais plus heureux que quand il peut l'aider.

— J'ai moi-même une ferme à Farmingdale, Long Island, j'y cultive des produits maraîchers avec ma femme et deux de mes enfants. J'en ai six en tout, mais quatre sont partis en ville. J'ai besoin d'un garçon solide et travailleur.

— Howard est un jeune homme sérieux, dit la mère avec conviction, vous en serez très content, monsieur.

Ils se mirent d'accord sur le salaire et le visiteur versa une avance. Il accepta de déjeuner avec les Riley et s'assit entre Gloria et Howard. Mme Riley avait préparé un rôti de veau avec des pommes de terre et l'homme trouva la viande fade.

Pendant le repas, il conquit Gloria par l'attention qu'il lui manifesta et parce qu'il savait faire rire les enfants. Et, au dessert, la petite fille était assise sur ses genoux bien que sa mère se récriât que ce n'était pas confortable pour M. Mosley.

— Laissez, elle est très mignonne, dit-il. Elle me fait penser à ma nièce dont c'est aujourd'hui l'anniversaire et qui invite des petits camarades chez ma sœur. Mais j'y songe, ma sœur habite Canal Street et Hudson, pas très loin d'ici, ça lui plairait peut-être à cette mignonne de venir s'amuser cet après-midi. Nous adorons les enfants dans notre famille, ajouta-t-il avec un grand sourire, je suis sûr que ça lui plaira.

— Nous ne connaissons pas votre sœur, objecta Mme Riley, Gloria ne peut pas arriver sans être invitée.

— Mais c'est moi qui l'invite ! se récria M. Mosley, et ma sœur sera ravie. Je vous la ramènerai ce soir vers sept heures, est-ce que ça vous convient ?

Mme Riley hésita, mais Gloria avait si peu l'occasion de s'amuser. Et puis Howard allait travailler chez ce monsieur, ce n'était pas comme si elle ne le connaissait pas.

— Je ne sais pas si sa robe sera assez jolie, tenta-t-elle.

— Gloria l'est suffisamment, assura l'homme.

Ils prirent congé, et Mosley et l'enfant agitèrent la main vers Mme Riley qui s'était mise à sa fenêtre pour les regarder partir. Ils se dirigèrent vers la station de métro sur Columbia et, en chemin, l'homme s'arrêta à un kiosque à journaux pour y retirer un lourd paquet ficelé de papier marron. Il remercia le marchand de le lui avoir gardé et lui donna un dollar.

— Où on va ? demanda Gloria.

— Chez moi, ma petite, tu vas voir, tu vas bien t'amuser. Tu veux une glace ?

Ils s'arrêtèrent de nouveau et il acheta un bâton chocolaté pour lui et une grosse glace à la fraise pour Gloria.

— Tu aimes ?

— Maman m'en rapporte du restaurant où elle travaille, dit Gloria.

La journée était chaude et ils prirent un bus jusqu'à Grand Central Station. Il acheta des billets et expliqua à Gloria qui le questionnait qu'ils allaient rejoindre sa nièce et ses amis en banlieue.

— Je croyais qu'elle habitait ici, objecta la fillette.

— Sa maman a loué une maison pour la fête, tu vas voir, c'est à la campagne. Tu pourras jouer dehors avec les autres enfants et te déguiser.

Ils prirent le train pour Irvington dans le comté de Westchester sans que Gloria cesse de poser des questions sur la nièce de M. Mosley qui s'appelait Shirley, lui apprit-il, et avait le même âge que Gloria et d'aussi jolis cheveux blonds.

— Et sa maman ?

— Sa maman aussi est blonde.

Ils descendirent avec les autres voyageurs mais Gloria s'aperçut que son compagnon avait oublié son paquet dans le train.

— Tu veux que j'aille le chercher ? demanda-t-elle, ravie de remonter dans le wagon.

— Non, attends-moi ici, répliqua-t-il sèchement.

Il revint bientôt en brandissant triomphalement le paquet tandis que les portes du train se refermaient derrière lui.

— Ben, dis donc, il était moins une, hein !

— Qu'est-ce t'as dans ce paquet ?

— Tu verras, des choses.

Ils se dirigèrent vers un car qui attendait sur le parvis de la gare, et Mosley et la fillette s'installèrent dans les places du fond.

— C'est pas encore là ta maison ? s'étonna Gloria.

— Presque. Encore quelques minutes.

Irvington était un gros bourg qui somnolait dans la chaleur de l'après-midi. On avait descendu les stores des boutiques et tiré les volets des maisons. Sur les trottoirs vides de la rue principale écrasée de soleil, seul un pub bariolé de néons où discutait une poignée de jeunes offrait un semblant de vie.

— T'as pas de voiture? s'inquiéta la fillette alors que le car démarrait.

— Pas besoin, c'est à côté, répondit son compagnon en souriant.

— Les autres sont déjà là?

— Je ne sais pas, on sera peut-être les premiers.

Le car traversa une campagne paisible où s'ébattaient des chevaux et où paissaient des vaches. Fascinée par ce spectacle inhabituel pour une petite citadine, Gloria avait le nez collé à la fenêtre.

Enfin, après une bonne demi-heure de route, à la demande de Mosley le car s'arrêta à un carrefour en plein champ. Mosley et l'enfant en descendirent et prirent un chemin qui menait vers un groupe de maisons en contrebas.

Le soleil rayonnait dans un ciel sans nuages, et M. Mosley desserra son col de chemise et ouvrit son veston.

Gloria se plaignit bientôt d'avoir mal aux pieds et réclama à boire.

— On arrive, dit son compagnon, je te donnerai un grand verre de Coca bien frais.

Ils passèrent devant les maisons dont deux seulement paraissaient habitées et se retrouvèrent à nouveau dans la campagne.

Gloria en avait assez de marcher. Même la cacophonie des grillons ne l'amusait plus.

— Tiens, c'est là, dit l'homme en désignant une maison à l'écart des autres. Wisteria Cottage, c'est son nom.

Il ouvrit la porte en bois plein, et Gloria s'étonna que la maison fût vide.

— Va jouer dehors, je vais voir où sont ma sœur et les enfants.

La maison sentait le renfermé, Mosley gagna à l'étage une chambre au papier peint décollé, sommairement meublée d'une table et de deux chaises bancales. Il ouvrit les volets et observa Gloria qui se promenait d'un pas hésitant en regardant le petit bois désert qui entourait le cottage.

— Tu devrais cueillir des fleurs, lui cria-t-il, comme ça tu pourras les offrir à ma nièce pour son anniversaire !

— Où ça ? demanda Gloria qui n'en voyait nulle part.

— Attends, je vais te montrer, lui dit-il en agitant la main.

— J'ai soif, geignit la fillette en tapant du pied.

— Je t'ai préparé un grand Coca, je te l'apporte.

La nuit fut à peine plus fraîche que le jour, et le tonnerre roula une bonne partie de la nuit sans que tombe une seule goutte d'eau.

En se levant le lendemain matin, Mosley constata que la pression atmosphérique avait baissé de plusieurs bars et pensa qu'un coup de grain se préparait. Il s'habilla rapidement et partit vers le village où se trouvait l'unique épicerie où il pourrait acheter les oignons, le persil, les carottes et les trois kilos de pommes de terre dont il avait besoin.

Tout en marchant le long de la petite route ombragée de bouquets d'ormes et qui serpentait en partie entre d'épaisses futaies, il se dit que ce qu'il appréciait dans ce village de Greenburg c'était sa tranquillité et la paix qui s'en dégageait. Jamais on ne se serait cru si près de New York. Les quelques résidents y venaient seulement les week-ends et goûtaient cet endroit qui n'était pas à la mode.

L'épicier fut surpris de le voir.

— Monsieur Mosley, qu'est-ce que vous faites ici ?

s'exclama-t-il quand Mosley alla le chercher chez lui, l'épicerie n'ouvrant que les fins de semaine.

— J'ai eu une inondation et je suis venu pour constater les dégâts, expliqua-t-il.

— C'est pas grave, j'espère...

— Non, mais je préférais m'en assurer.

Mosley accompagna l'épicier dans le potager où il cultivait avec sa femme et son fils les légumes qu'il vendait. Ils parlèrent de l'orage qu'ils sentaient arriver, et l'épicier lui dit craindre pour ses tomates et ses salades qui venaient bien.

— Vous restez plusieurs jours ?

— Probablement, je ne sais pas encore. Il fait si chaud en ville.

— Oh, m'en parlez pas ! je ne sais pas comment vous faites, vous autres !

L'épicier offrit à son client une bière. Il souffrait de la solitude et ne perdait pas une occasion de parler.

Puis M. Mosley prit congé et revint à Wisteria Cottage qu'il ne quitta qu'au milieu de la semaine suivante pour rejoindre son domicile familial.

STAN Levine, s'étira, bâilla, et resta les mains sur la nuque à contempler d'un œil vague le ciel blanc de chaleur et de pollution. Autour de lui, les autres flics, chemises auréolées de sueur et épaules avachies, faisaient mine de s'intéresser aux problèmes du moment.

Lui n'en avait pas parce que, pour la première fois depuis que Christophe Colomb avait découvert l'Amérique, il bénéficiait de deux jours de congé qui tombaient un samedi et un dimanche, et il se proposait d'emmener Sarah et la marmaille en week-end à Cap Cod.

À sa montre il était six heures quinze et le shabbat commençait, d'après ce que lui avait dit Sarah, une heure plus tard. Mais il s'en foutait, le shabbat était le cadet de ses soucis. Seule Sarah était intéressée, et ça, depuis que Mélanie s'était sortie d'une méningite grave à cinq ans, et que sa mère, au plus fort de son angoisse, avait promis de retourner vers sa religion si sa fille était sauvée. Lui aurait promis de traverser l'Atlantique à la rame s'il avait pensé que ça servait à quelque chose.

Cette soudaine piété avait été l'objet de sérieuses discussions au sein du couple Levine. Certes, ils s'étaient mariés à la synagogue, mais davantage pour plaire aux familles que par conviction. Et puis la cérémonie était plus spectaculaire que de passer devant un seul employé municipal.

À part ça, le jeune couple s'en moquait. Quoique, s'il réfléchissait, Sarah eût toujours été plus respectueuse que lui de tout ce cirque. De toute façon, elle était bien plus tolérante des opinions des autres.

Il souleva sa carcasse de joueur de foot et observa pensivement par la fenêtre aux carreaux crades, cinq étages plus bas, la circulation sur le pont de Brooklyn.

Et se dit comme d'habitude que, malgré le CO_2, les embouteillages, les camés, les dingues, les loyers hors de prix, les assassins et le bruit, il n'existait pas une autre ville au monde où il aimerait vivre. Il n'était pas le seul à penser ainsi. Dos Passos n'avait-il pas plus ou moins écrit que celui qui ne pouvait pas vivre à New York ne pouvait vivre nulle part ailleurs.

Comme la plupart des enfants juifs de son milieu il avait passé les premières années de sa vie à se castagner dans le Bronx, dans un ghetto nommé Morrisania, avec les Italiens et les Irlandais. Son père et sa mère y tenaient une épicerie-buvette et l'ambition de l'époque était de quitter Morrisania pour Crotona Park East, où habitaient les fourreurs et le représentant du quartier au Congrès, et où les cours de certains immeubles donnaient sur une longue coulée de verdure.

Sarah, qui venait de Los Angeles, était moins sensible au charme de la Grosse Pomme. S'il l'avait écoutée, à cause des enfants ils auraient déménagé dans une contrée verdoyante où l'eau claire coulait dans les ruisseaux, où le gai pépiement des oiseaux vous servait de réveil, et où le crime le plus affreux était de faire chier votre chien sur la pelouse du voisin. C'était pas pour lui. Lui, il aimait l'odeur de la rue, des gens. L'odeur de leurs mensonges.

Il se demandait parfois s'il était normal de se

complaire parmi les pires crapules, à patauger dans leur sang et à fouiller sans gants dans leur caca.

Il n'était pas débile au point de penser que ce qu'il faisait servait à quelque chose. Depuis qu'il y avait des flics, personne n'avait jamais remarqué que le crime reculait. C'était même parfois le contraire.

Il revint vers son bureau et fit mine de ranger ses affaires. Il était capitaine et dirigeait une douzaine d'inspecteurs, dont quatre hommes formaient l'équipe rapprochée. Plutôt trois hommes et une femme.

Depuis un an, une inspectrice les avait rejoints. Aussitôt, les machos de l'équipe avaient tiqué, ça faisait partie du folklore. Un homme qui se respecte ne respecte pas les femmes, sauf sa mère et sa sœur.

Il n'était pas comme ça, à cause de Sarah. Elle appartenait à tous les mouvements féministes de l'Alaska au Mexique. C'est pourquoi, lorsqu'elle était « entrée en religion », comme il disait, elle avait choisi le mouvement *conservative* où les femmes avaient les mêmes droits que les hommes, disaient les prières (heureusement parce que ce n'était pas lui qui aurait pu les dire), dirigeaient l'office, et n'étaient pas reléguées dans les étages, cachées derrière des barrières de bois, alors que les mâles s'étalaient complaisamment au rez-de-chaussée.

N'empêche, il avait dû batailler pour la convaincre que, pour une fois que leurs congés hebdomadaires tombaient ensemble un samedi, ils pourraient quand même aller en voiture jusqu'à la mer puisque c'était lui qui conduirait.

Swanson, avec qui il travaillait depuis le plus longtemps, s'approcha.

— Alors, mec, tu vas te mettre en maillot ?

— Sarah vient de me terminer un slip en laine jaune qui me va au poil, répliqua Levine sans se retourner.

— Tu sais que, quand tu reviens, si toutefois les

filles que tu vas rendre hystériques, te lâchent, on a une putain de semaine de travail à s'empiffrer les pédés ?

Swanson était aussi maigre que Levine était massif. Soixante kilos pour l'un sur cent soixante-dix centimètres ; quatre-vingt-huit pour l'autre sur cent quatre-vingt-quatre centimètres. Mais le plus fin n'était pas celui qu'on croyait.

— Pédophiles, Swanson, pas pédés, rectifia Levine à moitié tourné en le fixant. Les pédophiles s'attaquent autant aux petites filles qu'aux petits garçons. Et pédéraste ne veut pas nécessairement dire homosexuel. Pédéraste est un monsieur qui enseigne. Dans la Grèce antique, par exemple, Platon apprenait aux garçons...

— Oh, tu me lâches ? Qu'est-ce que ça change, ce cours ?

— Tout. Tout, Swanson. D'abord ça te donnerait un vernis culturel qui laisserait imaginer que tu ne lis pas seulement des B.D. de cul, et ensuite ça restitue aux mots leur place et leur valeur.

— Bon, t'as fini ?

— Par exemple, reprit son chef. D'aucuns pourraient dire en te voyant que tu les fais penser à un sac d'os et que tu dois pas être capable de soulever un pot de fleurs. Faux. Tu es un petit rapide tout en nerfs.

Swanson joua un instant avec les pièces de monnaie dans sa poche droite, examina ses chaussures et tourna les talons en haussant les épaules.

Levine le regarda partir avec un sourire, mais son regard accrocha au même instant un couple qui se tenait appuyé l'un contre l'autre, devant le tourniquet qui donnait accès à la salle des inspecteurs.

Ils étaient accompagnés d'un bleu qui le désignait précisément du doigt. Ils avaient l'air écrasé de chagrin et de timidité. Le bleu poussa le tourniquet et ils avancèrent vers Levine en marchant sur des œufs.

— Ils voudraient vous voir, capitaine, dit le jeune flic d'un ton d'excuse.

— À quel propos ? demanda Levine.

La mère et le fils, pensa-t-il. Aussi paumés l'un que l'autre. Elle, avec sa robe à trois sous et son petit sac en plastique qu'elle tenait serré à deux mains en même temps qu'un mouchoir roulé en boule, et le môme, avec sa figure qui ressemblait à un échantillonnage de mercerie tellement elle était couverte de boutons.

— Un enlèvement, dit le flic.

— Je ne suis plus de service, excusez-moi, dit Levine. Je vais vous confier à mon adjoint, le sergent Swanson, c'est un excellent policier.

La femme se mordit les lèvres et des larmes coulèrent silencieusement sur ses joues. Le jeune homme la prit gentiment par les épaules.

— Je suis désolé, grimaça Levine.

— C'est que, s'enhardit le jeune homme, ma mère vous a vu à la télé.

Levine soupira. Cette putain d'unique apparition lui avait déjà coûté suffisamment de boulot pour que ça ne remette pas ça. Depuis qu'il avait fait « tomber » un dingue qui terrorisait New York en menaçant de poser des bombes dans le métro si on ne lui donnait pas 100 000 dollars, on le confondait avec Dick Tracy.

Même son fils Jonathan était revenu rayonnant de l'école en affirmant que son prof de sciences lui avait collé un A qu'il ne méritait pas.

— C'est très gentil à vous, dit Levine.

— C'est ma petite fille, monsieur le commissaire, murmura la femme.

Levine se mordit les lèvres et lança un bref regard vers la pendule murale. Il leur accordait dix minutes.

— Asseyez-vous, je vais commencer à prendre votre déposition et ensuite le sergent Swanson me remplacera.

Ils s'assirent tous les deux sur le bord des chaises, le fils ne lâchant pas la main de sa mère.

— Merci, monsieur le commissaire, dit-il.

Il hocha la tête et fit signe à Swanson qui l'ignora ostensiblement. Levine se rappela alors que son adjoint suivait depuis un moment un régime destiné à le faire grossir, mais sans plus de résultat que ceux qui promettaient l'inverse. Le coup du « sac d'os » lui était apparemment resté sur l'estomac.

— Je vous écoute, dit-il en prenant un bloc.

— Elle a neuf ans, sanglota soudain la femme qui renifla dans son mouchoir. Oh, excusez-moi, excusez-moi, balbutia-t-elle en repartant de plus belle.

Le fils prit le relais.

— Il s'agit de ma petite sœur, Gloria.

— Qu'est-ce qui vous fait dire qu'elle a été enlevée ?

— Parce qu'elle l'a été, affirma le jeune homme.

— Comment vous appelez-vous ?

— Howard Riley, et voici ma mère.

— Quand avez-vous constaté sa disparition ?

— Avant-hier soir.

— Quoi ? Une fillette de neuf ans disparaît depuis presque deux jours et vous nous prévenez seulement maintenant !

— C'est que... commença le gars, elle est partie avec un monsieur...

Stan Levine écarquilla les yeux. Il avait déjà vu des jobards, mais de la taille de ceux-là ! Il fit un signe énergique de la main vers Swanson qui consentit à se déplacer.

— Ecoute ça, lui ordonna-t-il. Bon, alors, maintenant, racontez-nous.

Le jeune homme s'exécuta mais dut recommencer plusieurs fois avant que Levine et Swanson admettent que sa mère et lui avaient laissé partir la gosse avec un type qu'ils connaissaient depuis moins d'une heure.

— C'est parce que Howard devait travailler chez lui, tenta de se justifier Mme Riley entre deux sanglots

Levine soupira, se leva, et fit signe à Swanson de le suivre.

— T'y comprends quelque chose ?

— J'avais pas idée qu'il existait de pareils crétins à notre époque. La plupart des New-Yorkais font encadrer leurs lardons de deux gardes du corps quand ils quittent leur immeuble, et ces deux-là laissent une môme de neuf ans accompagner un bonhomme inconnu pour un anniversaire. Non, vraiment on aura tout vu !

Levine avait un mauvais pressentiment. À son avis, on allait retrouver la gamine en pièces dans Central Park. Il décrocha le téléphone et appela chez lui.

— Allô, chérie, c'est moi. Bon, ben vous allez peut-être dîner sans moi parce qu'il me tombe une sale histoire sur les épaules... oui... je sais... j't'expliquerai. J'arriverai juste un peu en retard... non, non, je ne le fais pas exprès... il releva la tête pour voir le sourire ironique de Swanson. Je te rappelle plus tard, mais prépare les bagages quand même.

Il raccrocha et revint lentement vers le couple.

— Bon, souffla-t-il en se laissant tomber sur sa chaise. Cet homme est resté pour déjeuner avec vous, donc vous pouvez me dire à quoi il ressemble et quel est le nom qu'il vous a donné.

Les Riley se regardèrent. Swanson se racla la gorge et lança un coup d'œil à son chef : si jamais ces pignoufs disaient qu'ils ne s'en souvenaient pas, il les foutrait lui-même dehors à coups de tatane.

— Un... un... monsieur très correct, commença Mme Riley. Bien mis, poli... il a dit s'appeler Mosley.

— Mosley, nota Levine. M.O.S.L.E.Y. ? Et puis ?

— Il... il est venu pour engager mon fils dans sa ferme...

— Oui, vous nous l'avez déjà expliqué, madame Riley. À quoi ressemblait-il ?

Elle regarda son fils et haussa les épaules.

— Un genre... genre employé de bureau... vous voyez ce que je veux dire, monsieur le commissaire. Un costume... il avait un costume hein ? demanda-t-elle à son fils. Il acquiesça. Gris... il avait des cheveux gris... petit... enfin pas très grand... pas gros... enfin, normal... c'est vrai qu'il ressemblait pas à un fermier.

— Quel âge à peu près ?

— Heu... peut-être soixante... ou moins...

— Hein ? soixante ans ?

— Je ne sais pas, peut-être moins. Qu'est-ce tu dirais ? demanda-t-elle à son fils.

— Ouais... à peu près... peut-être moins.

Levine se renversa sur sa chaise et considéra un instant le couple. Soixante ans. Ça c'était nouveau. En général, les cinglés de cet âge connaissent les endroits où on trouve ce genre d'articles, ils ne répondent pas à une annonce. Soudain une idée lui vint.

— Dites-moi, il a pris rendez-vous avec vous de quelle façon ?

— Par téléphone, répondit Mme Riley.

— Et il savait que vous aviez une petite fille ?

— Ben... ben non, il venait pour Howard.

— Vous êtes sûre de ne pas lui avoir parlé de Gloria ?

— Non, il n'y avait pas de raison. Il a juste voulu savoir pour mon fils, s'il serait disposé à le suivre à la campagne et s'il s'y connaissait.

— Il l'a donc vue la première fois en venant chez vous ?

— Ben oui. Il a mangé avec nous. Au début la petite était intimidée, mais il savait s'y prendre avec les enfants.

Elle se rendit compte de ce qu'elle venait de dire, et

un brusque sanglot la secoua. Elle se cacha le visage dans son mouchoir.

— Bon, décida Levine, un peu perdu. Le lieutenant Swanson va vous soumettre des photos d'hommes que nous avons dans nos fichiers, et nous vérifierons si nous avons un Mosley dans nos dossiers. Vous allez essayer de reconnaître votre ravisseur ; si ce n'est pas le cas, je vous demanderai de nous en tracer un portrait-robot. Nous avons un technicien qui saura vous aider. Voilà. Ensuite, des inspecteurs vous accompagneront chez vous pour relever les empreintes et les différents indices qu'a pu laisser votre visiteur. On va s'occuper de votre affaire, madame Riley. Bien sûr, si vous aviez des nouvelles, vous nous préviendriez.

— Nous n'avons pas d'argent, monsieur le commissaire, pourquoi me l'a-t-il prise ? balbutia Mme Riley.

Swanson leva les yeux au plafond.

— Je ne sais pas, madame, répondit Levine d'un ton grave. En tout cas, nous allons tout faire pour la retrouver, je vous le promets. Dans quel journal aviez-vous placé votre annonce ?

— Dans celui du quartier parce que c'est gratuit, répondit son fils.

— Bien. Levine se mordit encore les lèvres et se leva. Veuillez accompagner le sergent, il vous montrera les photos et vous fera signer votre déposition. Nous allons mettre votre ligne téléphonique sur écoute.

Mais ils restèrent sur place et Swanson dut prendre Mme Riley par le bras pour la faire bouger. Avant de disparaître, elle se retourna vers Levine qui, debout derrière son bureau, les regardait.

— C'est vous qui allez la retrouver, commissaire ? demanda-t-elle d'une petite voix.

— C'est moi qui vais m'en occuper, oui, madame, affirma-t-il.

Il arriva chez lui après l'allumage des bougies et la bénédiction des aliments. Son fils portait la kippa, une kippa spéciale, avec des motifs psychédéliques. Mélanie et sa sœur Judith étaient en jean, ainsi que leur mère qui avait commencé à distribuer le pain natté. Bien sûr, chez lui on mangeait casher, et ça le faisait râler parce que tout coûtait au moins trente pour cent de plus qu'au supermarché du coin. Heureusement qu'il pouvait s'empiffrer de hamburgers et de hot dogs quand il était dehors, car sa santé n'aurait pas tenu le coup, il en était sûr.

Il fit un clin d'œil contrit et passa dans la salle de bains pour se laver les mains.

— T'es encore à la bourre, pa', grogna Jonathan.

— J'suis passé chez mon book, répondit son père d'un ton sérieux en dépliant sa serviette et en souriant à Sarah qui leva les yeux au ciel d'un air exaspéré.

— J'croyais qu't'étais allé voir un film porno, répondit Jonathan du tac au tac.

— Jon ! s'exclama sa mère, pendant que les deux filles pouffaient.

— Pour ça, je t'attends, répliqua Stan.

— Non, mais vous avez fini ! s'écria Sarah. Vous ne pouvez pas respecter le shabbat !

— J'ai fini, consentit son époux en se servant copieusement du plat du vendredi qui consistait ce soir-là en un ragoût de bœuf, cuit au saindoux, accompagné de légumes, et qui mijotait sur une plaque spéciale qui s'allumait et s'éteignait avec un minuteur. Vous avez préparé vos tubas ?

— On part à quelle heure ? demanda Mélanie.

— À l'aube, répondit son père. C'est à l'aube que partent les aventuriers du Nouveau Monde.

— Tu parles d'une aventure, Cap Cod, renifla Jonathan. Tous les juifs friqués se retrouvent là-bas autour d'une table de poker !

— Précisément. Tu pars avec ta chemise et tu risques de revenir sans.

— Arrêtez de dire des bêtises, protesta Sarah avec véhémence, si vous continuez sur ce ton, tous les deux, vous partirez sans moi !

— Maman... protesta son fils.

— Il n'y a pas de maman qui tienne ! Je ne devrais même pas monter dans une voiture un samedi ! Alors ne me faites pas regretter ma faiblesse !

Jon lança un coup d'œil à son père, qui, prudent, piqua le nez dans son assiette.

Stan Levine devait admettre que la soirée de shabbat, si on en ignorait sa dimension religieuse (mais alors que restait-il ?), était particulièrement agréable, sans qu'il puisse dire exactement en quoi.

Peut-être parce que, pour une fois, les trois gosses étaient à table en même temps que leurs parents ; peut-être à cause des bougies qui rendaient Sarah encore plus jolie et enfermaient cette soirée dans le temps. Peut-être à cause de cette solennité qui donnait aux gestes une portée différente, comme si manger ne servait pas seulement à se nourrir mais rapprochait, comme l'avait dit le grand Maïmonide, de quelque chose de plus transcendant : le partage avec ceux que l'on aimait ; le don de celle qui préparait le repas avec un soin particulier.

Ce soir-là, on ne devait penser qu'à Dieu et à ce qu'Il permettait : partager cet instant privilégié avec ceux qui vous étaient le plus chers, dans un cadre agréable et loin des brutalités de la vie.

L'image de Mme Riley et surtout de Gloria, dont elle avait montré la photo, le rattrapa. Non qu'il ait cessé d'y penser depuis qu'il avait quitté le commissariat, mais il avait plus ou moins réussi à la tenir à une certaine distance pour ne pas parasiter sa vie et, par superstition, sans qu'il veuille se l'avouer.

Il était là avec Sarah, entouré de ses enfants, et

n'avait pas envie que l'image de ce bonheur disparaisse parce que, quelque part dans la ville, une mère et un frère pleuraient leur fille et leur sœur. Un peu comme s'il ne voulait pas attirer l'attention de Dieu (!) sur sa félicité… c'était vraiment pas la peine de lui donner des idées, à *celui-là*.

Mme Nichols regarda du coin de l'œil son époux assis à la table du petit déjeuner et le trouva fatigué. Gerta Nichols avait vingt ans de moins que son mari et s'inquiétait souvent de son mauvais état de santé. Il souffrait de fréquentes migraines qui remontaient à son enfance, après une chute d'un arbre qui l'avait laissé inconscient plusieurs heures.

Elle estimait aussi qu'il ne faisait pas assez d'exercice. Pour aller à son travail d'archiviste, il prenait le bus bien qu'il n'ait pas plus d'une demi-heure de marche entre son domicile et la bibliothèque municipale.

Leur fils aîné, Billy, débarqua dans la cuisine et s'assit à sa place sans dire bonjour. Edgar Nichols releva la tête.

— Dis donc, mon garçon, tu ne peux pas dire bonjour quand tu entres quelque part ?

— B'jour, grinça l'adolescent à contrecœur en se servant un bol de céréales.

Son père jeta un coup d'œil exaspéré à sa femme qui haussa les épaules.

À présent, tous les jeunes étaient mal élevés malgré les efforts de leurs parents. Ils s'habillaient n'importe comment, fumaient, buvaient de la bière ou, même pire, juraient, et croyaient que tout leur était dû. Elle savait que son époux supportait mal ces façons et s'insurgeait contre ce laisser-aller. Il ne restait à la maison que Billy et Cindy, la petite dernière, l'accident. Les deux aînés, Tom et Robert, avaient l'un pris un studio en ville, l'autre s'était mis à la colle avec une mère célibataire.

Elle remarqua la pâleur de son mari et s'approcha pour débarrasser son bol.

— Tu as mauvaise mine, dit-elle.

— Mal au cœur, maugréa-t-il.

— Qu'est-ce que t'as mangé pendant ton stage ?

— Rien de spécial. Bon, j'y vais, dit-il en se levant. Ne m'attends pas tôt ce soir, j'irai faire un tour au Cercle. On donne une conférence sur la correspondance du poète T.S. Eliot avec sa maîtresse.

— Je te garde le dîner au chaud ?

— Pas la peine, je mangerai un bout dehors.

Il l'embrassa, enjoignit à son fils de ne pas se comporter comme un voyou, prit son parapluie parce que la météo avait annoncé des orages, et sortit de chez lui pour aller attendre le bus au coin de la rue.

Un jeune homme y arriva quelques instants après lui et ouvrit un classeur. À un moment, conscient qu'on le fixait, il releva la tête et croisa le regard amical d'un homme d'un certain âge qui lui souriait.

— Vous allez à la bibliothèque ? questionna-t-il aimablement.

Surpris, le jeune homme acquiesça.

— J'y tiens les fonctions d'archiviste, expliqua l'homme.

— Ah bon ?

— Je crois vous avoir vu dans la salle de lecture.

— C'est bien possible, je prépare un certificat de droit civil.

— C'est ça, acquiesça Nichols en souriant.

Le bus qui arrivait interrompit leur conversation qu'ils reprirent ensuite. Le garçon expliqua qu'il prenait le bus ce matin-là parce qu'il s'était foulé récemment la cheville et en souffrait encore.

— Moi, c'est parce que je n'aime pas marcher, dit l'archiviste. En fait, je n'aime pas l'exercice physique.

Le garçon pensa que ça se voyait parce que le type était plutôt gringalet. Il pouvait avoir une soixantaine d'années. Une petite moustache fine de la même couleur que ses cheveux gris épars sur le crâne accentuait son air ringard. Il portait un costume marron et était cravaté, malgré la chaleur accablante de moiteur. Un vieux garçon, sûrement.

Ils arrivèrent à la bibliothèque et l'archiviste lui proposa de lui montrer, le soir même si ça l'intéressait, des jugements émis par la cour de Pennsylvanie sur des affaires particulièrement retorses et qui avaient fait jurisprudence en droit civil.

— Bien sûr, je n'ai pas le droit de sortir certains documents, reprit-il, mais vous m'êtes sympathique. Vous ressemblez à mon fils, qui, lui, fait architecture, et passe en ce moment des oraux. Si vous pouvez citer ces jugements à votre examinateur je sais qu'il sera agréablement surpris.

— Je vous remercie, monsieur, dit le garçon, qui se nommait Leonardo Gentili. Si ça ne doit pas vous faire de problème, bien sûr que ça m'intéresse.

— Je resterai après la fermeture, j'ai du travail, dit Nichols. Derrière le bâtiment il y a une porte en fer. Je vous y attendrai vers sept heures, est-ce que ça vous convient ? Par-devant, le gardien ne vous laissera pas entrer et comme vous n'avez peut-être pas de carte d'abonné...

— Non, dit Gentili, pas à cette bibliothèque.

— Dans ce cas, faisons comme j'ai dit. À ce soir. Oh, dit-il alors que le garçon s'éloignait vers la salle de lecture, ne dites à personne que vous revenez ce soir, je me ferais taper sur les doigts si on savait que je vous montre ces documents.

— Ne vous en faites pas, monsieur, le rassura Leonardo, je vous suis très reconnaissant. Je n'en toucherai mot à personne.

Nichols sourit et agita la main pour lui souhaiter une bonne journée. Puis il gagna son royaume du sous-sol.

En fin de compte, pensa Stan Levine en revenant le lundi matin, un week-end à la mer avec les enfants repose à peu près autant qu'un cinq mille mètres couru dans le sable avec des galoches.

D'abord il s'était enquiquiné pour trouver des chambres d'hôtel ; idem pour réserver une table dans un restaurant où on mangeait casher, et enfin, après s'être dégotté un bout de sable au milieu de cinquante familles dont l'unique plaisir était de hurler après leurs ados qui, eux, faisaient hurler de la musique techno, il avait fallu qu'il joue au foot avec les siens, qu'il s'engueule avec les voisins qui recevaient le ballon, et qu'il se taille un chemin jusqu'à la mer où, là aussi, il avait dû disputer son pré carré.

Il ôta sa veste de toile et se laissa tomber sur sa chaise. La première chose qu'il vit sur son bureau était le dossier concernant l'affaire Riley. Il y avait pensé sans arrêt. Même quand il n'aurait pas dû. C'est-à-dire au moment où il faisait l'amour, et il s'était arrêté en pleine action. La tête de Sarah ! Ça avait failli tourner en eau de boudin.

Swanson se déhancha jusqu'à son bureau et s'écroula sur la chaise comme s'il pesait un quintal.

— T'as passé un bon week-end ? s'enquit-il.

— Ouais.

— T'étais mignon dans ton slip en laine jaune ? Levine lui jeta un regard noir. Moi, j'ai bossé, dit Swanson. Entre autres, sur l'affaire Riley. Ils n'ont reconnu aucune photo et y a pas plus de Mosley que de beurre à l'intendance. Faux nom ou inconnu au bataillon. La petite Stevenson fait les pages jaunes pour retrouver un Mosley. Y en a cinq cents, ou cinq mille, j'sais plus.

— C'est pas la « petite » Stevenson, grogna Levine, c'est le sergent Stevenson.

— J'trouvais ça plus amical.

Levine soupira et ne répondit pas.

— J'ai lancé un avis de recherche, reprit Swanson. Ici et dans les Etats limitrophes. Le portrait-robot a été distribué à toutes les brigades, mais ce gars-là ressemble à que dalle. Rien qu'hier, j'en ai croisé dix qui avaient cette gueule. J'ai aussi mis le FBI dans le coup. Ils vont consulter le VICAP[1]. À mon avis, reprit-il après un silence, la gamine est tombée sur un dingue.

— Tu devrais te mettre voyant. T'as été à l'adresse qu'il a donnée de sa ferme ?

— J'ai téléphoné au shérif de l'endroit, ça n'existe pas.

— C'était à prévoir.

— Alors qu'est-ce qu'on fait ?

— J'imagine que la mère n'a pas reçu un coup de fil, une demande de rançon ou quoi que ce soit ?

— Une demande de rançon ! T'as vu le genre ? Non, elle a rien reçu. J'te dis, c'est un dingue. Alors qu'est-ce qu'on fait ?

— Pour l'instant on attend. Tu as envoyé les gars interroger le voisinage ? Swanson acquiesça. Où on en est avec les pédos ?

— Ils essayent de retrouver le site sur Internet. On n'a que le type qu'a été coincé l'autre jour.

1. Violent Criminel Apprehension Program.

— Le conseiller municipal ?
— Ouais.
— Où il est ?
— En bas. On vient de l'amener aux fins d'interrogatoire, comme ils disent. Y a son baveux avec lui.
— Bon, j'y vais, amène-toi.
— C'est climatisé, en bas.
— C'est pour ça que j'y vais.

Ils descendirent dans les sous-sols. Le 21e Principt, collé au City Hall et voisin du pont de Brooklyn, couvrait Tribeca, Soho, Chinatown, Little Italy et remontait jusqu'à Greenwich avec en prime une partie de Brooklyn. Pour les flics, être nommé au 21e c'était comme obtenir le bâton de maréchal. Jusqu'à ce qu'ils y soient affectés.

Le bâtiment occupait tout le pâté entre Spruce et Beekman et plus de deux cents flics y travaillaient en permanence. Vu la proximité avec la mairie, c'était aussi l'occasion d'y voir le maire ou l'un de ses adjoints qui adoraient y donner des conférences de presse.

Il fallait reconnaître qu'avec son large escalier de pierre, ses colonnes néo-grecques et sa façade en marbre, il avait belle allure.

Mais, comme certaines coquettes pomponnées à l'extérieur et souillons dedans, l'intérieur était quasi délabré. Et, pour l'instant, la clim et la peinture propre avaient été réservées à l'administratif et au technique, ainsi qu'aux salles d'interrogatoires et aux cellules pour éviter les frottements avec les associations des Droits de l'homme et autres empêcheurs de bastonner en rond qui adoraient y faire des visites-surprises.

Ferson, le conseiller amateur de petites filles, avait été installé dans l'une d'elles et poireautait en compagnie de son avocat et d'un flic. Levine et Swanson y débarquèrent. L'avocat se leva aussitôt.

— William Ruben, se présenta-t-il, et je tiens à vous

prévenir que je considère comme arbitraire l'interpellation de mon client.

Levine grimaça un sourire qui ne trompa personne.

— Ah, ouais? Pourtant on a trouvé chez M. Ferson des vidéocassettes et des revues qui ne laissaient aucun doute sur ses goûts particuliers.

— Vous n'aviez pas de mandat!

— Exact. C'est pourquoi mes hommes ont demandé à M. Ferson la permission d'entrer et qu'il la leur a donnée.

— Ça prouve précisément sa bonne foi.

— M. Ferson a d'abord été interrogé en tant que témoin et il n'avait même pas besoin de vous appeler.

— M. Ferson est conseiller municipal comme vous n'êtes pas sans le savoir, et je fais partie du cabinet juridique de la mairie. Dès que M. Ferson a été emmené dans vos locaux, je suis venu.

— C'est vrai que vous avez été rapide, maître. Mais, depuis, nous avons obtenu un mandat de perquisition qui a conduit mes hommes à fouiller son appartement et c'est là qu'ils ont découvert le stock de gâteries dont aime s'entourer votre client. À présent votre présence se justifie, termina Levine en s'installant sur la chaise face au conseiller. Monsieur Ferson, commença-t-il, où avez-vous acheté vos vidéos?

— Vous n'avez pas à répondre, intervint Ruben. Il se tourna vers Levine. Vous oubliez le cinquième amendement.

— Pas du tout, grinça Levine. Je ne demande pas qu'il témoigne contre lui, je lui demande où il fait son marché.

Ferson jeta un rapide coup d'œil à son avocat. C'était un quadragénaire pas mal de sa personne, fringué mode. Il faisait partie du ballet des conseillers municipaux qui avaient permis au maire italien de la ville de la rendre à peu près habitable. La femme du président des Etats-Unis lui disputait son siège aux prochaines élections municipales et le Maire avait autant besoin de ce genre de scandale qu'un esquimau une paire de nu-pieds.

Levine attendait patiemment, tout au moins en apparence, parce que, sous ses airs cyniques et blasés, il vomissait ce genre d'individus.

— Je... j'achète... ces cassettes... j'achète ces cassettes dans la rue, balbutia Ferson.

— Ah oui, à qui ?

— Je ne sais pas !

Levine regarda Ruben.

— Vous devriez conseiller à votre client de coopérer, maître. Dans son intérêt.

— Pour l'instant, mon client est juste coupable d'avoir acheté des cassettes interdites à la vente. Pour cela, nous sommes prêts à plaider coupable.

— Vous croyez que je vais m'arrêter là ? sourit Levine. À ce genre de délit ? Nous savons que monsieur le conseiller Ferson fréquente certains établissements privés sado-maso où les... participants sont des enfants mineurs issus pour la plupart de parents immigrés ou de familles en précarité.

Ruben eut un mouvement de menton.

— Comment le savez-vous ?

— Il a été photographié sortant d'un de ces endroits.

— Ce n'est pas une preuve.

— Si on y ajoute les vidéos et les revues trouvées chez lui et le carnet où les noms sont désignés par des initiales, ainsi que certaines photos édifiantes, ça m'étonnerait qu'un jury composé de pères et de mères de famille imaginent que votre client s'occupe de l'enfance nécessiteuse.

— Qu'est-ce que vous proposez ? demanda brusquement Ruben.

— Les noms des contacts. De haut en bas. Les moyens qu'ils ont pour se refiler les adresses où ils font leurs saloperies, gronda Levine sans même s'apercevoir que son ton montait. Je veux tout savoir, monsieur l'avocat, sinon votre distingué client va se retrouver en tôle en moins de deux, et je peux vous dire que ce sera pas des vacances.

Ferson éclata soudain en sanglots, figeant de surprise l'entourage. Il pleurait la tête dans les mains, le corps secoué. Ruben lui mit la main sur l'épaule.

— Calmez-vous, Ferson, calmez-vous.

— Vous êtes décidé à parler ? grinça Levine pour qui ce n'était que des simagrées.

— Qu'est-ce que vous nous offrez en échange ? demanda Ruben.

Mon poing sur la gueule, pensa Levine.

— J'en sais rien, faudra voir avec le juge.

— Vous plaisantez ! s'insurgea l'avocat.

— On dira qu'il a coopéré si, grâce à ses aveux, on démantèle le réseau, cracha Levine. Il prendra deux mois dans un pénitencier municipal.

— J'exige sa remise en liberté immédiate, dit l'avocat.

Levine s'appuya au dos de sa chaise et, dans un geste familier, mit ses mains derrière la nuque. Il fixa l'avocat et dit doucement :

— Ce type de malade, si ça ne tenait qu'à moi, je lui ferais couper les couilles et les mains et je le baladerais dans les écoles parce que les gosses adorent voir des monstres. Alors ne me demandez pas l'impossible, monsieur l'avocat. Pour l'instant, et jusqu'à sa parution devant le juge, je le fous au trou !

Swanson grimaça. C'était exactement avec ce genre de propos qu'on se retrouvait à la circulation, surtout quand le magnétophone était toujours en marche. Son chef avait déjà eu des ennuis à ce sujet. On ne pouvait pas dire qu'il était aimé dans les hautes sphères. S'il était quand même capitaine, c'est parce qu'on n'avait pas pu faire autrement, vu ses résultats. Mais le nombre de criminels qui s'étaient cognés dans les portes lors de ses interrogatoires faisaient voler toutes les statistiques. On lui avait déjà remonté les bretelles et on l'attendait au tournant. Mais ce grand couillon semblait s'en fiche.

Ruben plissa les lèvres. Ferson, qui avait arrêté de pleurer, à présent se tordait les mains.

— Je voudrais rester seul un moment avec mon client.

— À votre aise, consentit Levine en se levant. Allez, les gars, dehors !

Ils sortirent dans le couloir.

— Il est à point, dit le flic. J'ai bien aimé ce que vous lui avez dit, capitaine, concernant ses couilles et ses mains.

— Ouais, mais c'est pas une chose à dire devant un avocat quand le magnéto est branché si tu veux pas te retrouver vigile dans un grand magasin, grogna Swanson.

L'avocat sortit au bout de dix minutes et leur fit signe de revenir.

— Mon client est disposé à coopérer, dit-il, mais il voudrait une assurance du juge.

— Comme il lui plaira. Pour le moment il va aller en prison jusqu'à ce que le juge l'entende.

— Je voudrais qu'il soit placé en liberté surveillée.

— C'est pas moi qui décide et c'est pas moi qui insisterai pour qu'il l'obtienne, sourit férocement Levine.

— Enfin, il n'a tué personne ! s'écria l'avocat.

— Ah non ? il a tué l'innocence de combien de pauvres mômes qui pensent à présent n'avoir que leur cul pour survivre ? Vous avez des gosses, monsieur l'avocat ? sûrement. Ça vous plairait que votre fillette de sept ou huit ans subisse les assauts d'un dégénéré comme ce Ferson ? Vous croyez que ce sera bon pour sa vie d'adulte ? pour sa vie de femme ?

L'avocat blêmit.

— Ne jouez pas les justiciers. Quoi qu'il ait fait, M. Ferson a des droits.

— On les respecte ses droits, monsieur Ruben, on les respecte ! En attendant, il va rejoindre ses petits camarades en cellule, et souhaitez-lui qu'ils ne sachent pas pourquoi il est là. On va lui enlever sa belle ceinture Calvin Klein et les lacets de ses belles chaussures Weston jusqu'à ce que monsieur le juge soit disposé à recueillir sa déposition. Voilà, c'est tout ce que j'avais à vous déclarer, dit Levine avec le même sourire crispé. Vous voulez que je vous dise autre chose, maître ? Une petite fille s'est fait enlever la semaine dernière par un autre amateur de chair fraîche, et je crains bien qu'on ne retrouve même pas ses chaussures, ou alors, dans un triste état.

— Quel rapport avec mon client ? hoqueta l'avocat.

— Aucun. Pas plus que pour un suceur de cannabis de devenir un adepte du crack ou de la coke, pas plus. Il se tourna vers le flic. Embarquez M. Ferson à la prison du comté en attendant sa parution.

— On se reverra à l'audience, capitaine, grinça Ruben.

— Sûrement, maître, sûrement.

EDGAR Nichols sortit de la bibliothèque vers neuf heures, bouillonnant de colère. Il était peut-être allé vingt fois à la porte en fer pour y attendre l'étudiant, mais celui-ci n'était pas venu. Parfois, il se disait que cette jeunesse aurait bien eu besoin d'une guerre pour la dresser.

La température ne s'était pas rafraîchie et il commença de transpirer abondamment et d'être altéré au bout de quelques pas. Il n'était pas le seul. Les cafés étaient bondés et ceux qui n'avaient pas trouvé de place sirotaient leurs canettes en marchant. Son frère Charly, engagé comme mercenaire, lui avait raconté que, perdus avec des camarades dans le désert soudanais, ils avaient d'abord bu leur urine, puis leur sang, et que le goût de ce dernier liquide, outre la force qu'il leur procurait, leur avait paru délicieux. Il lui avait dit aussi que, croisant une colonne de réfugiés mourant de faim autant qu'eux, ils avaient mangé le corps d'un enfant mort de dysenterie, qu'ils s'étaient partagé avec ses propres parents.

Nichols n'avait pas envie de retourner chez lui et de retrouver Billy affalé devant la télé, Gerta occupée à une quelconque tâche ménagère, et sa fille coiffée d'un casque qui se balançait en écoutant les hurlements hystériques d'un groupe à la mode.

Il prit le bus n° 2 sur la 5e Avenue et descendit à la station 8e East, proche de Washington Square, repaire des boîtes underground.

Il s'arrêta au coin de la 3e et d'University où, devant la porte d'un cabaret en sous-sol, se tenaient deux garçons athlétiques, un Noir et un Blanc, moulés dans des débardeurs et des shorts de trois tailles trop petits, qui mettaient en valeur leurs muscles hypertrophiés.

Il s'approcha, suivi d'un œil curieux par les deux bodybuildés.

— Bonsoir, dit-il, il y a un peu de place en bas ?

Le Noir hocha la tête.

— Ça dépend pour quoi, mon gars.

— Je ne sais pas encore, répondit Nichols avec un grand sourire. Selon ce que je trouverai.

Les deux costauds se lancèrent un coup d'œil. Drôle de client ce petit mec qui ressemblait à un gardien de square. Quoiqu'il y ait de tout chez les pédés. Aussi bien des pères de famille du genre de celui-là, qui recherchait des trucs spéciaux et des jeunes, que des couples de trente ans d'existence venus se renouveler, des michetons désargentés, des esseulés désolés, des masos, des sados, des camés, des voyeurs, des honteux qui rasaient les murs, ou tout simplement des types bien qui voulaient boire un verre.

— Ben, t'es pas gros, observa le Blanc, tu trouveras une place.

Nichols remercia et descendit les quelques marches qui menaient à la boîte.

Il poussa la deuxième porte et fut aussitôt assailli par une musique syncopée et déferlante, coupée d'éclairs psychédéliques qui électrifiaient les danseurs, certains torses nus, d'autres en slip, qui se trémoussaient sur une piste grande comme un timbre-poste.

Il alla vers le bar où il parvint à poser une main dans l'espoir d'attirer l'attention du barman.

Au bout de quelques minutes il comprit qu'il n'y arriverait pas de cette façon et tenta de se rapprocher en bousculant un garçon assis sur un tabouret, qui lui jeta un regard peu amène.

— Excusez-moi, dit Nichols, je voudrais juste que l'on me serve une bière et le barman ne fait pas attention à moi, expliqua-t-il en souriant.

— Si c'est qu'ça, je vais vous la commander vot' bière, dit le garçon qui héla le barman. Une bière pour le gentleman, Tom !

— Je vous remercie, dit Nichols. Je m'appelle Edgar, je peux vous offrir quelque chose ?

— Pourquoi pas ? Moi, c'est Walt, dit le jeune homme en lui tendant la main.

— Ce serait bien si on trouvait à s'asseoir, dit Nichols quand ils eurent leurs consommations.

— On peut toujours s'asseoir sur les genoux des autres, répliqua Walt en descendant de son tabouret. V'nez, j'vois un petit trou de l'aut' côté.

Il le suivit, attiré par la nuque blonde du garçon, ses hanches minces et son odeur caramel.

Ils se coincèrent sur un bout de banquette, Walt à moitié assis sur les genoux de Nichols, qui, sans hésiter, lui posa la main sur l'entrejambe.

Walt lui décocha un sourire ironique.

— T'es en manque, on dirait ?

Nichols, dont le visage avait pris un teint de brique, acquiesça.

— C'est trente dollars pour une pipe ou une branlette, le double pour me faire enculer, dit Walt. Et j'ai ma piaule qui coûte encore vingt dollars.

— On y va.

Ils se levèrent et sortirent. Les deux portiers les regardèrent partir en rigolant.

— Ben, dis donc, il savait ce qu'il venait chercher, s'esclaffa le Black.

Walt marchait d'un bon pas, sans se retourner vers son client qui le suivait en silence. Il espérait que ce serait vite fait. Il se méfiait des vieux, ça pouvait être long.

— On y est, dit-il en pénétrant dans un passage encombré de poubelles débordant de détritus, coincé entre deux groupes d'immeubles aux façades en briques où couraient des escaliers de secours en ferraille à moitié déglingués.

Il ouvrit à l'aide d'une clé une petite porte à peine visible qui débouchait sur un couloir étroit.

— C'est pas luxueux, mais on est tranquille, dit Walt.

C'était en effet moins que luxueux : c'était sordide. Le sol était jonché de mégots et de préservatifs et le carrelage comme les murs n'avaient plus de couleur. Une ampoule au bout de son fil, couverte de chiures de mouches, accentuait le côté sinistre.

— Où est votre chambre ? s'enquit Nichols en grimaçant.

— C'est ici. Tu croyais pas que pour vingt dollars j'allais t'emmener au Hilton ? ricana Walt.

Nichols ne répondit pas. Il regarda autour de lui d'un air dégoûté.

— Où mène ce couloir ?

— Nulle part. Une erreur d'architecte. L'entrée de l'immeuble est de l'autre côté. Alors on y va ?

— Personne ne peut entrer ?

— T'as peur de voir débarquer tes gosses ? rigola le garçon.

Nichols posa son parapluie contre le mur.

— Tu veux bien te déshabiller ? demanda-t-il.

— Faut éclairer pour voir, répliqua le jeune homme.

Nichols se fouilla et sortit deux billets de cinquante.

— La lumière me gêne.

Walt soupira et tendit la main.

— Donne d'abord, après j'éteins.

Nichols tendit les billets que le garçon glissa dans sa poche de chemise.

— La totale, alors, dit-il. J'rends pas la monnaie. T'as de quoi te couvrir ?

Nichols acquiesça.

Le garçon ouvrit son jean, le descendit à mi-cuisses en même temps que son slip, et se retourna face au mur.

— J'éteins, dit-il en tournant un interrupteur. N'oublie pas la capote. Elle est lubrifiée ?

Nichols ne répondit pas et le couloir plongea dans le noir complet. C'était frais et silencieux comme une cave, et il soupira de satisfaction. Il se rapprocha du jeune homme qui se cambra, lui caressa les fesses et passa ses mains sur son sexe.

— Tu as un joli petit singe, dit-il.

— C'est quand tu veux, grogna le garçon.

Nichols s'éloigna et dévissa la poignée de son parapluie.

— T'as des problèmes ? demanda Walt, étonné de ne pas l'entendre. Tu veux que je t'aide ?

— Non, dit Nichols, et il lui enfonça dans le dos le pic à glace que cachait la poignée.

Pétrifié de douleur et de surprise, le garçon rejeta la tête en arrière en râlant, et ses ongles s'incrustèrent dans le mur.

Nichols retira la lame et lui trancha la gorge en sautant de côté pour éviter que ses vêtements soient inondés. Le garçon glissa à terre, en laissant contre le mur une traînée sanglante.

Nichols attendit quelques instants et ralluma la lumière.

Walt gisait les yeux grands ouverts sur une souffrance

et un étonnement sans fond. Il lui caressa la nuque et le front.

— Tu es vraiment mignon, dit-il.

Puis il lui trancha la verge et les testicules et les mit dans un sachet de plastique. Il coupa ensuite les doigts de la main gauche qu'il mit également dans le sachet. Il fourra le tout dans son pantalon et reprit les billets dans la poche de Walt.

Il se sentait apaisé, content d'avoir rencontré un aussi joli garçon, et en même temps un peu anxieux que d'autres prostitués se servent de cet endroit et que l'un d'eux arrive avec un client.

Il resta un moment à contempler le cadavre au plastron empesé de sang et qui semblait reposer sur un tapis pourpre, puis il prit le chemin de la sortie en refermant soigneusement la porte derrière lui.

Le passage était désert et il déboucha rapidement dans la rue. Il se dirigea d'un pas pressé vers Waverly Place, prit Mercer Street et remonta par l'avenue des Américains pour revenir à la bibliothèque. Il y avait une bonne trotte mais la marche lui fit du bien.

Il entra par la petite porte en fer et rejoignit son sous-sol. Il plaça son paquet dans un casier métallique qu'il ferma avec un cadenas à chiffres. Demain, il le mettrait au réfrigérateur.

Ce sous-sol était son deuxième chez-lui. Il s'y était aménagé de quoi manger et dormir et personne n'y avait trouvé à redire parce qu'un archiviste d'une telle qualité professionnelle et d'un pareil dévouement était irremplaçable.

Il regarda sa montre. Il était l'heure de rentrer à la maison.

Une douzaine de jours s'étaient écoulés depuis la disparition de la petite Gloria Riley et aucune piste ne s'était dégagée. Le kidnappeur ne s'était pas manifesté, et les indices recueillis — empreintes, cheveux ou poils perdus par ce Mosley et confrontés à ceux de la famille — n'avaient jusqu'ici rien donné. La vaisselle dont s'était servi l'homme avait évidemment été lavée, et les empreintes étaient trop brouillées ou floues pour être correctement lues.

Levine craignait que l'on ne retrouve jamais l'enfant. Mme Riley était sous calmant et son fils s'occupait d'elle avec dévouement. Il était venu plusieurs fois au poste demander des nouvelles et Levine n'avait pu que lui confirmer qu'ils continuaient de chercher, tout en l'engageant à préparer sa mère à l'éventualité de la mort de sa fille.

Levine, entre cette affaire et celle des pédophiles, ne décolérait pas et ses subordonnés tiraient profil bas. Ferson avait conclu un arrangement avec le juge pour lui avoir livré ce que Levine appelait du menu fretin.

— Ce gâteux ne s'est même pas rendu compte que Ferson l'a roulé dans la farine. La demi-douzaine de cinglés qu'on a agrafés sont connus de tous les services des mœurs, c'est pas eux qu'il nous faut, c'est ces bon dieu de réseaux ! Si ça se trouve, le type qui a enlevé la petite Riley en fait partie. Lui, il a juste sauté les plombs ! confia-t-il un matin au sergent Stevenson, harassée après un service de trente heures sans rentrer chez elle.

Elle hocha la tête. Sans se croire vraiment jolie, Samantha Stevenson savait qu'elle avait du charme. Elle était sortie dans les premières à l'examen de droit et criminologie de l'école de police et cinquième du concours de tir. Elle était bonne en arts martiaux, et déterminée en même temps que diplomate. Elle vivait seule avec un mainate et on ne lui connaissait pas de petit ami.

— Je ne suis pas tout à fait d'accord, dit-elle. Les types qui participent à des orgies ne sont pas nécessairement des assassins.

Levine tiqua sur le mot « orgie ». C'était plus vraiment à la mode depuis les Borgia. *Party* était plus approprié.

— Moi, je dis que ce sont des cinglés et qu'avec de pareils malades on peut s'attendre à tout.

Elle ne répondit pas. Elle mourait d'envie de prendre une douche et de rentrer dormir. La dernière nuit lui avait apporté son plein de détraqués. Entre celui qui avait tenté de mettre le feu aux cages des fauves du zoo du Bronx, celui qui avait fait exploser sa moto dans le même Bronx devant un immeuble habité par des Haïtiens et où elle avait été obligée de se rendre avec Randel, son coéquipier d'origine sioux, parce que toutes les brigades du quartier étaient sur le pied de guerre à tenter d'éviter une empoignade entre les Black et les Coréens, elle avait eu son compte.

— C'est pas possible qu'on n'ait rien sur ce type, grogna Levine.

— Qu'est-ce que dit le FBI ?

— Ils ont des disparitions un peu partout mais pas spécialement des enfants. Et pour l'instant rien de ce qu'on leur a envoyé n'entre dans leurs fichiers. Il faudrait au moins qu'on retrouve le corps. Si c'était une femme on pourrait penser à une nana en mal de maternité.

Samantha ne répondit pas. Levine réfléchissait tout haut et n'avait pas besoin qu'on lui donne la réplique. Ce qui était agréable avec le capitaine, c'est qu'il ne savait pas qu'il était beau. Sam trouvait qu'il ressemblait à Victor Mature. Ce n'était pas de son époque mais elle avait vu récemment à la télévision une rediffusion de *Samson et Dalila.* Elle l'avait dit à Randel qui avait mollement acquiescé.

— Ce type doit être fort, reprit-elle, pour qu'une mère laisse partir sa petite fille avec un inconnu.

Levine haussa les épaules.

— Il a promis du travail au fils et lui a donné une avance. Avec cinquante dollars il a emporté l'affaire.

Sam tiqua sur la formulation. Après trois ans de police, elle se sentait toujours aussi vulnérable. Elle se souvenait encore de son premier cadavre : un type retrouvé dans une poubelle et à qui on avait coupé les mains. Crime de la mafia, avait déclaré l'inspecteur chargé de l'enquête.

En tout cas, elle avait dégobillé illico son petit déjeuner. Depuis, elle s'était plus ou moins aguerrie aux visions d'horreur que les hommes sont capables de produire, mais pas à l'idée du crime. Avoir envie de tuer ou, pire, de mutiler, lui était incompréhensible, et elle appréhendait le jour où elle devrait se servir de son .38.

— Allez dormir, lui dit Levine d'un ton paternel, vous êtes crevée.

Elle sourit, et son visage fatigué s'éclaira comme sous le coup d'un projecteur.

Levine la trouvait séduisante avec ses cheveux très noirs coupés court et ses grands yeux bruns. Bien roulée, en plus. Et ce qui était sympa, c'est qu'elle semblait ignorer qu'elle était jolie.

C'EST le mardi matin que fut retrouvé le corps de Walt Murray, par un travesti venu se changer avant de prendre son emploi de guichetier à la Madison Bank.

Levine et Swanson furent appelés sur les lieux, et Levine commença sa journée en engueulant la flicaille qui galopait avec bonheur dans le couloir et le passage qui y menaient, sans compter les voitures du NYPD[1] qui se montaient quasi dessus à vouloir se rapprocher. Il avait l'impression de passer son temps à répéter la même chose à tous les flics qu'il rencontrait et qui ne semblaient pas comprendre que les indices trouvés, *sur la scène du crime,* étaient primordiaux et pouvaient déterminer une enquête.

Patauger près des cadavres sans se soucier de brouiller les marques de pas du meurtrier, piétiner les traces que laisse n'importe quel corps en mouvement, toucher sans gants une victime et effacer ainsi les éventuelles empreintes, s'agiter sans précautions au risque de déplacer des poils ou des cheveux ou de les faire s'envoler, surtout si, comme à chaque fois, c'était une armée de flics qui investissait

1. New York Police Department.

les lieux et se gênaient bien davantage qu'ils ne s'aidaient.

Rageur, il décida d'interroger le travesti qui se nommait Arthur Rank, comme le producteur de films, et était à moitié allongé dans une ambulance après que le toubib lui eut enfoncé dans le bras dix millilitres de valium, ce qui ne l'empêchait pas d'être secoué de tremblements.

— Monsieur Rank ?

L'homme, la quarantaine bien entamée, n'avait eu le temps ni de se démaquiller ni de se changer. Son rimmel et son rouge à lèvres avaient coulé et la robe qu'il portait, courte et échancrée, ressemblait à un chiffon. Il regarda Levine d'un air égaré.

— Monsieur Rank, vous avez découvert le corps à quelle heure ?

L'homme hoqueta. Visiblement, il lui faudrait beaucoup de temps pour se remettre de l'image de Walt Murray, émasculé, baignant dans son sang et les doigts coupés.

— Huit... non... sept heures et demie... enfin presque.

Levine se tourna vers Swanson qui dévisageait le travesti avec dégoût.

— À quelle heure le toubib situe la mort ?

Swanson regarda dans son carnet.

— Entre neuf heures et minuit, à une heure près. Difficile, avec la chaleur, d'être plus précis, même s'il faisait plus frais dedans que dehors, répondit-il.

— Vous étiez où à cette heure-là ? demanda Levine à Rank.

— Entre neuf heures et minuit ?

— Simple question de routine, l'apaisa Levine.

— J'étais... j'étais chez moi... je suis sorti vers dix heures à peu près... j'ai rejoint un camarade... et on est allés se promener.

— Et ensuite ?

— Ensuite on a rencontré des touristes de Detroit et on a été prendre un verre et dîner...

— Jusqu'à quelle heure ?

— Eh bien... jusqu'à ce matin.

— Vous avez bouffé jusqu'à ce matin ? coupa Swanson.

Rank se redressa.

— Non... on a...

— Baisé ? suggéra-t-il.

L'homme roula les yeux sans répondre.

— Votre camarade peut en témoigner ? demanda Levine.

— Bien sûr.

— Merci, monsieur Rank. Je vous demanderai de ne pas quitter la ville sans nous prévenir, on peut être amené à vous interroger de nouveau. Donnez-nous le nom et l'adresse de votre camarade.

— Vous nous soupçonnez ? hoqueta le travesti.

— Non, simple routine, grinça Swanson.

Ils notèrent les renseignements et regardèrent partir le brancard avec les restes du malheureux Walt.

— Ces types me font gerber, dit Swanson.

— Quels types ?

— Les travelos, les putes mâles ! cette merde, quoi !

Levine serra les mâchoires.

— Ce qui devrait te faire gerber, ducon, c'est les types qui s'en prennent à eux ! T'as jamais été aux putes, toi ?

— C'est... c'est pas pareil, bégaya Swanson.

— Tu peux me dire pourquoi ? Parce que tu la mets par-devant et eux par-derrière ?

— Enfin, Stan...

— Quoi, Stan ? Je suis hétéro cent pour cent, j'peux pas dormir dans la même chambre qu'un autre mec, mais ça m'empêche pas de respecter la vie de chacun. Tu trouves ce monde si chouette pour émettre de tels jugements ? T'es qui, Swanson ? T'as jamais bandé pour une môme qui pourrait être ta fille ? T'as jamais eu de pulsion de viol quand une gonzesse t'envoyait promener ?

— De quoi tu parles ? Te mets pas dans cet état-là !

— J'en ai plein le cul de ce genre de réflexions à la con. On recherche une gamine de neuf ans qui a sûrement été massacrée et violée ; on trouve un gars d'à peine vingt ans qu'on a découpé parce qu'il est tombé sur un malade, et toi tu me dis que c'est eux qui te font gerber ?

Levine était hors de lui. Il parlait suffisamment fort pour que les flics autour n'aient pas besoin de tendre l'oreille et Swanson aurait voulu disparaître sous terre. Les colères de son chef étaient proverbiales mais il n'aurait jamais pensé que ce sujet le mettrait dans un tel état.

Swanson était trop basique pour comprendre que si Levine défendait des gens qui lui étaient aussi étrangers que les travestis et les prostitués, c'était parce que lui-même appartenait à un groupe qui avait été pourchassé, non pour ses goûts sexuels, mais pour ses croyances ou, s'il n'en avait pas, l'endroit où il était né.

— Rentre au poste et cherche-moi tous les cinglés qui s'en prennent aux homos. Les groupes fascistes, les protecteurs de la famille de mes deux, les mouvements religieux, toute cette merde, justement. Et je veux ton rapport sur mon bureau quand j'arrive ! Autre chose. Pour la presse, rien sur les mutilations. Compris ?

Levine tourna les talons et revint « vers le couloir de la mort », comme l'avait appelé un des pisse-copie arrivé le premier sur les lieux. Le sol était inondé de sang comme si dix cochons y avaient été égorgés. Malgré la chaleur, le malheureux Murray avait eu le temps de se vider entre le moment de sa mort et celui où on l'avait retrouvé.

— Vous avez quelque chose ? demanda-t-il aux inspecteurs de la Brigade de recherches criminelles.

— Vous avez vu l'endroit ? répliqua le flic qui aspergeait de poudre les murs en les éclairant de sa lampe Polylight. Ce couloir servait de baisodrome. Y a un bel échantillonnage de capotes usagées, de mégots écrasés et d'un tas d'autres trucs aussi ragoûtants. Quant aux empreintes, vous en avez dix millions !

— Enveloppez les mains de la victime, ou plutôt ce qu'il en reste, dans des sacs en plastique. Il a peut-être touché son agresseur en se défendant ou en le caressant, j'en sais rien. Déshabillez le corps et mettez les vêtements dans des sacs. Et n'enlevez pas vos gants. Balayez le sol en reculant. Deux pas dans un sens, un ou trois dans l'autre, et mettez tout ce que vous trouvez dans des pochettes, ordonna Levine sèchement. Sans oublier qu'on vit dans un monde à trois dimensions et qu'il faut aussi m'ausculter les murs.

— Ça, j'suis au courant, dit le flic, vexé.

— Ouais, comme d'être à dix à se monter dessus alors qu'un bonhomme suffit pour tout ramasser. J'espère pour vous que vous n'avez pas tout bousillé, cracha Levine en ressortant.

Hors de lui, il admettait cependant que ce n'était pas seulement le meurtre du prostitué qui le mettait dans un tel état, mais la façon dont ce meurtre avait été perpétré. Des homos assassinés n'étaient pas chose rare. Ils l'étaient parfois par des clients, des amants jaloux, ou des cinglés anti-homos.

La communauté était quelquefois en danger au point que, peu d'années auparavant, quand on avait retrouvé plusieurs garçons assassinés, les gays de New York avaient été obligés de constituer avec les lesbiennes des groupes d'autodéfense. Mais jamais mutilés de cette façon. Ça, c'était nouveau. Levine pressentait qu'il n'avait pas à faire à un quelconque puritain allumé mais à un malade grave. Lorsqu'un homme était sexuellement mutilé, c'était en général pour le punir ou l'humilier. Le punir de ne pas se servir de son sexe comme il « devrait ». Ou l'humilier en lui coupant ce qui en faisait un homme. Dans les deux cas, le cérémonial voulait que les organes soient enfoncés dans la bouche de la victime. Là, ils avaient disparu. Ainsi que les doigts.

Il ressentit une furieuse envie de quitter cette aire macabre et décida de marcher pour réfléchir et se décontracter. Sarah lui aurait répété qu'il était temps d'admettre qu'il ne changerait pas le monde à lui tout seul, et que ça ne valait pas le coup qu'elle devienne veuve à cause de ça.

Il observa que les journalistes étaient tenus à distance par Swanson et un autre sergent du 14ᵉ Principt, arrivé le premier sur les lieux. Il ne le connaissait pas. De là où il était, il ressemblait à un Hispanique, mais ça aurait pu être un Black issu de parents mixtes. De toute façon il s'en foutait.

Swanson monta dans une voiture blanc et noir de leur commissariat en évitant de regarder du côté de son chef.

Levine pensa qu'il lui ferait la gueule un moment à cause de sa sortie. Mais de ça aussi il se foutait. Il se recula et demanda une cigarette à un badaud qui regardait la scène comme si on tournait un téléfilm.

— Qu'est-ce qui s'est passé ? demanda le gars en tirant sur la laisse de son chien.

Levine alluma sa cigarette en mettant les mains en cornet bien qu'il n'y ait pas un souffle de vent. Il y avait trois ans qu'il s'était arrêté de fumer.

— Un jeune homme s'est fait tuer, dit-il, histoire d'être gracieux.

— Une tante, à c'qu'on dit, dit l'homme en haussant les épaules.

Levine lui lança un regard noir et s'éloigna sans

répondre. Il y avait des jours où il trouvait le monde vraiment trop tarte.

Il faisait presque frais et sec ce matin-là à Greenwich. Aux terrasses des cafés, les gens déjeunaient en lisant les journaux ou en se parlant d'une table à l'autre ; une odeur de café frais et de pain chaud flottait. L'air était imprégné du parfum des ormes et des ginkgos. Dans les espaces réservés aux chiens c'était la promenade matinale où l'on se racontait ce qu'on avait fait la veille ou ce qu'on ferait le soir. La crasse de la ville n'avait pas encore ruiné le nettoyage des bennes de propreté et les voitures faisaient gicler l'eau sur la chaussée. Les vendeurs de journaux replaçaient leurs piles. Les boutiques et les bars étaient encore fermés et la faune de la nuit était couchée. Sur East Hampton, Deluca arrangeait ses étalages de victuailles de luxe et les premiers clients rôdaient à l'intérieur. Chez Dante, le café branché de la rue Mac Dougal, on s'échangeait les invitations et les potins.

Levine avait besoin de se laver les yeux et la tête, et il n'y avait rien de mieux que de marcher tôt le matin dans les rues de sa ville. Il faisait partie de ces New-Yorkais pour qui la ville était une maîtresse à la fois redoutée et adorée mais dont il ne pouvait se passer. Il disait que marcher à New York c'était comme d'être porté sur les épaules des anges. Il ne le faisait d'ailleurs qu'ici, incapable de se balader à la campagne ou même sur une plage. Quand Sarah le traînait avec les gosses hors de Manhattan et voulait qu'il les accompagne pour une promenade de santé et de plaisir, comme elle disait, il trouvait toutes sortes de ruses pour les attendre dans un café en lisant le journal. Sarah le menaçait d'infarctus, de tension artérielle, de vieillissement précoce, mais il trouvait toujours la parade.

Ici, chaque carrefour ou presque lui évoquait un

souvenir. S'il savait appartenir à New York, il savait aussi que New York était à lui.

Quand il était jeune, les poches bourrées de pièces de dix *cents* qu'il avait gagnées en proposant à ses camarades de classe de les protéger des plus grands, il prenait le métro souterrain et descendait à la station 42e Rue, celle de Times Square.

Il restait le nez en l'air à lire les infos sur l'immense panneau d'affichage, s'extasiait devant le chameau de Camel qui rejetait les ronds de fumée par les naseaux, s'essayait à dégommer les pipes dans les stands de tir qui s'étaient installés là en compagnie des attractions foraines, des danseuses du ventre, de la femme à barbe et de l'homme tatoué dont la peau entièrement vert et bleu montrait sur le bras gauche et l'épaule une page de la Bible et la tête de Salomon et, sur l'autre, une carte de l'Amérique avec les premiers Présidents.

À cette époque, le quartier possédait son argot, un parler de truand à moitié yiddish, une langue de clown et de clochard.

Il avait loupé la grande époque de Times Square quand les gangs irlandais, allemands et italiens, venus de Hell's Kitchen, envahissaient pacifiquement les nouveaux théâtres de Broadway et faisaient frissonner les gens de Uptown Manhattan qui venaient chercher dans les restaurants à la mode et les bars les sensations qui leur manquaient.

À présent, Times Square appartenait aux Noirs et aux Latinos depuis que Harlem avait perdu son Broadway qu'était la 125e Rue et que les musiciens noirs étaient venus s'installer *downtown*. Les pauvres avaient cherché un quartier pour se distraire et trouvé Times Square.

Il choisit de couper par Tribeca qui, depuis quelques années, s'était tellement amélioré que ses lofts valaient presque les prix de Chelsea ou Greenwich. Les créateurs de tous poils avaient investi l'ancien quartier mal famé jouxtant Battery Park et y avaient ouvert les galeries les plus *in* de la ville, attirant les amateurs que les prix de SoHo effrayaient. Même *Meatpacking district,* les halles à viande de Manhattan, devenait à présent, par l'audace d'un Jeffrey ou d'un Seven, le nouveau lieu de la branchitude new-yorkaise.

Il s'arrêta dans un delicatessen et se fit servir des bagels et du café. Il termina par une crêpe arrosée de sirop d'érable et, ainsi lesté, revint au 21e pour lire le rapport de Swanson.

Miss C. Scott, conservatrice de la bibliothèque municipale, la cinquantaine distinguée, entreprit de descendre les degrés qui menaient au sous-sol.

Ce qui la faisait, très rarement, se déplacer vers les profondeurs du bâtiment était la demande par le Smithsonian Institute des manuscrits originaux des *Aventures de Huckleberry Finn,* écrit par Mark Twain en 1884, et d'*Une semaine sur les fleuves Concord et Merrimac,* de Thoreau, qui devaient être présentés à la grande exposition prévue en mars prochain sur les auteurs américains du XIXe siècle.

Miss Scott savait la difficulté des archivistes à se défaire de leurs trésors, Edgar Nichols ne dérogeait pas à la règle, et elle avait décidé de le circonvenir avec diplomatie.

Elle ouvrit avec une clé la lourde porte de chêne qui donnait accès aux cent kilomètres de rayonnages dispersés en une succession vertigineuse de galeries qu'en langage archiviste on nomme des « magasins », et sur lesquels s'alignaient des boîtes, des dossiers, des registres toilés, étiquetés d'une cote interminable de lettres et de numéros joliment tracés à la main.

Miss C. Scott avait horreur des archives, tout en sachant qu'elles étaient indispensables et irremplaçables, à la fois âme et mémoire de la nation, et traces indélébiles des penseurs et des événements qui avaient formé l'Amérique. Mais elle détestait plus encore ces dédales de salles, cagibis, paliers aménagés au cours des années pour contenir l'invasion de la paperasse et qui l'oppressaient littéralement.

Si Nichols régnait en despote sur son royaume elle n'avait pas l'intention de lui disputer ce privilège.

Tout en marchant vers la retraite de l'archiviste qu'elle apercevait au fond de la galerie, et en s'interrogeant une fois de plus sur la raison qui l'avait poussé à s'aménager un « home » alors qu'il avait une famille et une maison, elle fronça le nez devant l'odeur légèrement écœurante de nourriture qui s'en échappait.

Nichols avait laissé sa porte ouverte et elle le vit attablé en train de manger. Elle s'annonça en claquant les talons. L'archiviste releva les yeux et, la reconnaissant, lui sourit.

— Bonjour, Edgar, dit-elle en restant sur le pas de la porte, surprise du changement d'aspect de son archiviste.

Il avait rasé sa moustache et se laissait pousser la barbe, il ne portait pas de cravate mais une chemisette à col ouvert. Une vraie petite révolution, pensa-t-elle, mais en femme discrète elle fit semblant de ne rien voir.

— Bonjour, Caroline, entrez, je vous en prie.

Elle avança en se demandant pourquoi cet homme si courtois la mettait aussi mal à l'aise. Ils se connaissaient depuis presque quinze ans, se rencontraient dans de nombreuses réunions, se concertaient pour telle ou telle acquisition, mais elle n'avait jamais pu se défaire d'un vague sentiment de répulsion à son égard.

— Excusez-moi de vous déranger pendant votre déjeuner, dit-elle.

— J'avais justement fini. Je vous offre un café ?

— Merci, j'essaye de me restreindre. Vous préférez déjeuner ici qu'à la cantine ?

— Ça dépend. Parfois ma femme me prépare quelque chose, et vous savez combien j'aime ma tranquillité.

— Oui, vous êtes un vieil ours, convint-elle en riant.

Il débarrassa les reliefs de son repas et Miss Scott supposa que Mme Nichols avait cuisiné des pieds de porc, à cause des petits os sur le bord de l'assiette et qui ressemblaient à des phalanges.

— Qu'est-ce qui vous amène, Caroline ? s'enquit l'archiviste.

— Qu'est-ce que ça sent ici, Edgar ? demanda-t-elle.

Il fit mine de renifler.

— Le vieux papier ? J'y suis tellement habitué que je ne le sens plus.

— Non... il n'y a pas des rats dans les galeries ? demanda-t-elle en frissonnant.

— Des rats ? Ça sent le rat ?

— Ça sent... comme quelque chose de pourri... des rats morts, peut-être...

— Non, je ne sens rien, dit-il en lui souriant. Ça sent le renfermé, c'est possible.

— Peut-être.

Elle n'avait pas envie de s'éterniser et elle lui exposa le motif de sa visite. À son grand étonnement, il fit moins d'histoires qu'elle ne l'avait craint.

— Ils sont sous boîtes plexi, dit-il, comment comptent-ils les exposer ?

— Probablement de la même façon. Les températures hygrométrique et calorique seront respectées. Les documents seront en outre placés à l'abri de la lumière, sauf pendant l'exposition, bien sûr, qui doit durer deux mois. Nous pouvons, je crois, faire confiance au personnel du Smithsonian.

— Certainement. Il les leur faut pour quand ?

— Si on pouvait leur envoyer d'ici une semaine, au maximum deux, ce serait parfait.

— Très bien, Caroline, je vais m'en occuper.

— Merci, Edgar. Bon, je vous laisse. En cas de problème vous savez où me trouver, sourit-elle.

— Je crois me souvenir. C'est toujours vendredi le conseil d'administration ?

— Toujours. Emportez vos registres, je prévois une lutte chaude avec les donateurs.

— Ne vous en faites pas, tout est en règle.

— Parfait, alors à vendredi, Edgar.

Il la regarda s'éloigner et entreprit de faire sa vaisselle. C'est vrai que ça sentait, c'était même ce qui lui plaisait, cette odeur. Pourtant il devait se montrer prudent. Il alla vers le casier, l'ouvrit et en tira le sachet de plastique qui contenait l'appareil génital de Walt. Le corps du garçon avait été découvert mais, selon les journaux, la police ne possédait aucun indice. On ne parlait pas des... prélèvements pour ne pas affoler la population, qui aurait déjà oublié le meurtre deux heures après, et qui se souciait de la mort d'un prostitué ?

Il sortit le pénis et les testicules et les observa à la lumière, nullement incommodé par l'odeur de pourriture qui s'en dégageait. Il avait remarqué que certains organes, comme les abats, se putréfiaient plus rapidement qu'un morceau de viande musclé, une coupe de cuisse ou de dos, par exemple. La surface se couvrait d'une pellicule verdâtre, mousseuse, bientôt la chair se détachait en morceaux visqueux.

Il se souvint que Jeffrey Dahmer, dont il avait suivi le procès avec passion, préparait les pénis qu'il découpait sur ses victimes dans une marinade au vin blanc. Sûrement, pensa-t-il, pour les conserver plus longtemps. Dahmer était l'un des grands tueurs qu'il préférait, et il avait été peiné quand un de ses codétenus, qui se prenait pour le Christ parce que son père était charpentier et que sa mère s'appelait Marie, l'avait tué dans les douches à la prison de Portage où Dahmer avait été condamné seize fois à la prison à vie.

En ce qui concernait les organes de Walt, le processus de putréfaction en était arrivé au point où il aurait été dangereux de les manger, et il décida de s'en débarrasser. Il les renifla une dernière fois et les jeta à contrecœur dans les W.C.

Ce furent les deux videurs que Levine interrogea en premier.

— Vous l'avez vu ressortir avec la victime ?

— Ouais, dit le Blanc qui s'appelait Ross Turner.

— Il était quelle heure ?

Il haussa les épaules et regarda son compagnon avachi sur sa chaise.

— J'sais pas, onze heures, minuit.

— Vous ne pouvez pas être plus précis ?

— J'suis pas l'horloge parlante !

Swanson sursauta.

— Réponds poliment.

— Doucement, Swanson, dit Levine. Vous l'avez vu entrer, alors à quoi il ressemblait ?

Le Blanc regarda le Noir qui s'appelait Harry Niegel.

— Bof... à quoi il ressemblait ? À un type entre deux âges... on s'est même dit Harry et moi en le voyant presque aussitôt ressortir avec Murray qu'il avait pas perdu de temps.

— Vous pourriez nous en faire un portrait-robot ? demanda Sam Stevenson poliment.

Turner haussa les épaules avec une moue.

— On a déjà un portrait à vous soumettre, dit Levine en tendant celui de Mosley. Est-ce que c'est lui ?

Les deux hommes se penchèrent pour l'examiner.

— Ouais, ça se pourrait, dit Niegel. Qu'est-ce t'en dis ? demanda-t-il à son compagnon qui haussa les épaules.

— J'suis pas sûr. On n'a pas vraiment vu sa tête, c'était la nuit et on r'garde seulement quand ils sont beaux, ricana-t-il en fixant Levine.

— Est-ce que ça pourrait être lui ?

— Ça pourrait, mais sans garantie, répondit Turner. Quand il est arrivé il se tenait dans l'ombre, et quand il est reparti il baissait la tête et suivait le pauvre Walt. On pourrait juste vous dire qu'il était moyen... j'crois bien qu'il avait une barbe, ou une moustache. Mais là non plus sans garantie.

— Vous n'êtes pas très observateur, grinça Swanson.

Turner haussa les épaules sans répondre.

— Bon, je vous remercie, dit Levine. Autre chose... vous l'aviez déjà vu avant ?

— Non.

— Vous pouvez disposer.

Les deux bodybuildés se levèrent et quittèrent le commissariat en roulant les épaules.

— Qu'est-ce qui te fait croire que c'est le même qui a enlevé la petite Riley ? demanda Swanson quand ils eurent disparu.

— C'est la question que je voulais vous poser, patron, ajouta Sam.

— J'sais pas, rien de précis, je vous l'accorde. Entre un kidnappeur et un tueur sadique, y a pas grand-chose. Cependant les descriptions, même si elles sont floues, concordent. J'ai envie de faire passer le portrait dans les journaux.

— Bonjour la paranoïa, souffla Swanson. Une gueule aussi banale, tout le monde va penser la connaître.

— T'as une autre idée ?

— Non.

— Et vous, Sam ?

— Des dingues qui tuent et mutilent des homosexuels c'est assez fréquent. C'est curieux qu'on n'ait rien dans les archives.

— On a, répliqua Levine. Rien que pour l'Etat de New York, il y en a une bonne douzaine. J'ai vérifié. Ça ne colle pas. Ou ce type est un petit génie ou c'est un débutant.

— À son âge ? s'exclama Swanson.

— Il y a des vocations tardives, soupira Levine. Vous avez fini d'interroger les autres employés du bar ?

— Ouais, personne se rappelle ce type. C'était vendredi, c'était plein.

— Mais Murray était un habitué, personne n'a remarqué avec qui il est parti ?

— Non.

— Bon, je rentre chez moi, dit Levine en se levant et en s'étirant. Ce que je voudrais c'est qu'on retrouve la petite Gloria.

— Ça n'en prend pas le chemin, dit Swanson. Ce qui est fou c'est que cette pauvre môme a été enlevée sous les yeux de sa mère. C'est quand même une première !

— Il finira par faire une erreur, soupira Levine.

— Tu parles ! J'suis sûr que ce pays est plein de dingues qu'ont jamais été pris.

Levine ne répondit pas : son adjoint avait raison.

— S'il y a du nouveau appelez-moi chez moi. À demain.

— L'est fatigué le patron, dit Swanson en le regardant s'éloigner.

— On a sur les bras deux crimes très horribles et très chiants, dit Sam, faut le comprendre.

— T'es toujours à le défendre, hein ?

— Je l'aime bien, dit-elle. À demain, Swanson.

QUAND Edgar Nichols avait laissé pousser sa barbe et coupé sa moustache, quelques jours auparavant, sa femme s'était étonnée.

— J'ai des problèmes d'irritation après le rasage. Pourquoi, ça ne te plaît pas ?

Elle avait haussé les épaules.

— Ça ne te va pas mal, faut s'habituer, c'est tout. Je t'ai toujours connu avec ta moustache.

— Comme ça, tu as l'impression d'avoir un nouveau mari.

C'était la première fois, c'est vrai, qu'il changeait de tête, mais c'était aussi la première fois qu'il commettait l'imprudence d'enlever un enfant à visage découvert. Même le meurtre du prostitué, avec le recul, lui paraissait étrange. Il devrait peut-être prendre garde à ses impulsions...

Selon certains spécialistes, avait-il lu récemment, lorsqu'un tueur, après avoir tenu la police en échec durant des années, ne se souciait plus de se dissimuler, c'était qu'il avait envie de se faire prendre et ainsi être obligé de s'arrêter.

Ça l'avait beaucoup amusé. Comment ces hommes bornés dans leurs certitudes et leur ignorance pouvaient-ils imaginer que lorsqu'on a connu l'ivresse de tuer on ait envie de cesser ? Supprimer la vie équivalait à ce que chacun, au fond de soi, cherchait. Le pouvoir absolu. Une extase à nulle autre comparable.

Si jusque-là il avait toujours agi avec prudence, préparé ses coups avec soin, longuement observé ses proies, c'était que cela participait à son plaisir.

Voir agir ceux que l'on sait prochainement vous appartenir procure une véritable jouissance. Ils sont là, ne se doutent de rien ; rient, mangent, vont à leurs occupations, ignorent que dans l'ombre celui qui bientôt sera leur maître les observe.

Parfois, par jeu, il leur avait parlé, quémandant un renseignement ou commentant la météo du jour. Il pouvait ainsi les approcher et sentir leur odeur. Chacun en a une, différente.

C'était parfois ce qui le décidait à poursuivre ou non son projet. Un peu comme une ménagère, se disait-il, qui renifle un poisson avant de l'acheter.

Pour l'instant, les risques encourus apportaient du piment au jeu au point qu'il eut envie de repartir en expédition, comme un joueur que sa chance insolente pousse à prendre des risques.

Ce qui procédait de son relâchement était probablement que la partie de cache-cache avec les autorités finissait par manquer d'attrait. Depuis combien de temps les narguait-il ? Trente, quarante ans ? Il ne se souvenait plus exactement. Mais, un jour, ils se rendraient compte qu'il avait été un des plus grands prédateurs de ce pays.

On était dimanche et leur fils était sorti avec des camarades. Cindy avait demandé à sa mère de l'emmener à l'anniversaire d'une de ses amies de classe.

— Vas-y, avait dit Nichols, moi je vais me promener un peu. J'ai besoin de respirer.

Il faisait une belle journée, moins étouffante que les précédentes. Les rues étaient envahies de monde aux trois quarts débraillé et il grimaça devant ce laisser-aller. Il avait enfilé une chemisette et n'avait sûrement pas plus chaud que ces filles à moitié nues qui se pavanaient sous le nez des hommes.

Voir ces filles et ces garçons impudiques le mettait dans un état d'excitation extrême. Il avait envie de les mordre et rêvait de les entendre crier de douleur et de plaisir. Il se serait infligé les mêmes tourments pour partager leur jouissance comme on le fait entre amis.

Il revécut la délicieuse sensation qu'il avait connue quand, lors d'une de ses promenades campagnardes, il s'était enfoncé dans le scrotum une tige de rose avec ses épines. Il l'avait gardée jusqu'à ce que la tige pourrisse, marchant les jambes écartées, puis les resserrant quand il voulait mieux sentir la douleur. Il avait ensuite mangé les pétales.

Depuis quelque temps il souhaitait se perforer le corps d'aiguilles.

Un psychiatre, avec qui il avait autrefois noué des relations de confiance, avait dit qu'il souffrait de profondes perversions sexuelles telles que le voyeurisme, le sadisme, le masochisme, la pornographie, l'autoflagellation, l'autocastration, la coprophagie, et lui avait fortement conseillé de se faire soigner. Nichols ne lui avait pas signalé que, dans cet inventaire, le digne médecin avait négligé le cannibalisme.

— N'oubliez pas, lui avait fait remarquer Nichols lors d'une séance, que je porte une lourde hérédité.

Le médecin en avait convenu. Sept membres de sa proche famille, et sa propre mère, souffraient de troubles mentaux graves. Deux de ses oncles étaient morts à l'asile et un de ses jeunes frères d'hydrocéphalie. Lui, s'en était sorti. C'était le seul qui avait pu mener à bien des études.

— C'est une raison supplémentaire de prendre garde, avait souligné le psy. Tant que ces perversions ne s'exercent pas contre autrui, il y a toutes chances pour vous d'en guérir.

Nichols l'avait remercié et avait peu après cessé le traitement.

Enfant, il avait ressenti un réel plaisir devant la douleur. La sienne et celle des autres. À l'âge de treize ans il avait imprudemment confié à un camarade qu'il avait toujours envie de faire mal, mais qu'on le fasse aussi souffrir. « J'adore tout ce qui fait mal. » Il avait été aussitôt l'objet de leurs railleries et de leurs brutalités et se souvenait en avoir ressenti une jouissance totale, au point que, dégoûtés, ses camarades l'avaient laissé choir.

Parfois il s'en voulait de ses tendances, et d'autres fois se disait qu'à la différence de la plupart il allait au bout de ses envies et que Dieu l'avait fait ainsi.

Avoir passé la plus grande partie de son enfance dans un orphelinat pouvait expliquer ses goûts, et il restait persuadé que ses victimes prenaient autant de plaisir que lui à la douleur. La souffrance s'inscrivait sur les visages avec la même expression grimaçante que dans le plaisir sexuel.

Le fait qu'il les tue ne le troublait pas. Tout ce qui vit doit mourir. Il changeait seulement l'échéance. Les manger procédait de l'amour puisqu'il ne mangeait que ceux qui lui semblaient beaux ou intéressants.

Il se pensait plus intelligent que les autres, et surtout bien davantage que ces criminels qui ne suivaient que leur instinct, alors que lui était capable d'analyser. Il n'avait, et ne ferait jamais de mal, par exemple, à sa femme ni à ses enfants. Ses enfants étaient sa chair et sa femme leur génitrice.

Il se disait que les douleurs qu'il recherchait étaient une façon de se punir de ses crimes. Ou imaginait qu'en tuant un enfant il répétait le sacrifice d'Abraham et que Dieu n'arrêtait pas son bras parce qu'il était trop coupable. Mais généralement, c'était de l'empathie qu'il ressentait pour ses semblables.

Machinalement, il rejoignit le quartier de la bibliothèque et entra s'asseoir dans Bryant Park qui la jouxtait.

Des familles étaient étalées sur les pelouses, cherchant un peu de fraîcheur. La plupart des bancs étaient occupés et il dut s'éloigner pour se trouver une place. Il se mit à l'aise, étendant ses jambes, et par sa poche de pantalon se masturba.

Il eut un bref orgasme quand il aperçut un jeune homme qui venait dans sa direction. Le garçon marchait en hésitant, les gestes gauches, et il comprit qu'il était retardé. Son visage rond et bonasse, sa démarche, son corps trapu indiquaient une déficience mentale.

Il lui sourit et le jeune répondit.

— Viens t'asseoir ici, invita-t-il en tapotant le banc près de lui.

Le garçon hésita et se rapprocha timidement.

— Viens t'asseoir.

Il obéit, et s'installa, les mains posées sur ses genoux. Nichols respira son odeur. Vanille et lait. Il se tourna vers lui.

— Tu te promènes ?

Il jeta un coup d'œil autour pour s'assurer qu'ils étaient seuls. Il posa la main sur la sienne.

— Elle est forte ta main, dit-il en la pressant.

Le garçon parut gêné.

— Qu'est-ce que tu fais ici ? reprit Nichols.

— Je me promène, répondit le débile en bégayant.

— Ah, tu bégayes, tout comme moi quand j'étais petit après que je suis tombé de l'arbre. Est-ce que tu fais aussi pipi au lit ?

Le garçon ne répondit pas. Il regarda leurs deux mains posées l'une sur l'autre et dégagea la sienne.

— Tu es tout seul ou tu as des parents avec toi dans le parc ?

Le garçon hésita.

— Je... je suis... tout seul.

— On te laisse te promener seul, un joli garçon comme toi ?

Le jeune homme ne répondit pas.

— Comment tu t'appelles ?

— Albert.

— Albert... c'est un joli nom. Tu veux te promener avec moi et je t'achèterai une glace ou un Coca, tu veux ?

Albert le regarda. Il avait de grands yeux clairs et vides, mais un assez joli visage. Sa débilité ne l'avait pas trop marqué si on exceptait le côté rond et inexpressif de sa figure. Il était enveloppé mais pas gras et ses jambes, bien que courtes, n'étaient pas déformées. Il haussa les épaules.

— On peut aussi manger un sandwich, si tu préfères...

Albert soupira et eut un sourire timide.

— Je dois pas... pas... rentrer tard... à l'insti... l'institution sinon Mme Clark sera fâchée.

— Tu es dans une pension, qu'est-ce que tu y fais ?

— J'apprends. C'est la première... année... la première où on me laisse sortir seul. Mme Clark dit que j'ai fait... d'énormes... d'énormes... pro... pro... grès.

Il parlait comme si sa langue était trop grosse pour sa bouche.

— Et où sont tes parents ?

— En Caro...line du Nord, je crois. Je les vois tous... tous... tous les... les deux mois, a dit Mme Clark. J'ai une sœur et un frère aussi. Mais je les vois... vois moins souvent.

Edgar vit que le garçon s'énervait et remarqua son jean tendu à la hauteur de la braguette.

— Viens, on va prendre une glace chez moi, c'est tout près. Tu veux ?

— Oui... je... je veux bien.

Nichols se leva et inspecta les alentours. Des promeneurs passaient au large. La petite porte de la bibliothèque s'ouvrait sur le parc et il en avait toujours la clé sur lui.

Il mit la main sur l'épaule d'Albert, comme un père avec son fils, et se mit en route. Le garçon avançait en se dandinant, le regard fixé sur le sol. Ils traversèrent le parc en direction de la bibliothèque.

LEVINE reposa le rapport que lui avait déposé l'inspecteur Johnson et qui concernait une enquête effectuée dans deux établissements scolaires pour enfants handicapés ou dont les familles étaient précarisées.

Dans ces établissements gérés par des intérêts privés et pris en charge par la municipalité, trois plaintes avaient été déposées pour abus sexuels sur mineurs de six à dix ans. Dans l'un des deux, c'était le directeur qui était accusé d'organiser des soirées auxquelles participaient ses pensionnaires, dans l'autre, c'était le pasteur. Ils avaient été interrogés par le service de protection de l'enfance, puis relâchés.

— Pourquoi on me fout ça sur mon bureau ? grogna-t-il à l'équipe, qui était réduite à six flics.

— C'est un service de protection de l'enfance qui nous l'a envoyé, répondit Johnson de sa place.

— Et pourquoi ?

— Il semblerait qu'un jeune d'une institution ait fait une fugue ou a disparu. Ils sont surchargés de boulot à ce qu'ils disent et ils ont entendu parler de notre enquête concernant Gloria.

— Ça n'a rien à voir ! fulmina Levine qui en avait marre qu'on prenne son service pour la poubelle du quartier.

Ils étaient la « criminelle » et n'étaient pas chargés, jusqu'à nouvel ordre, de s'occuper de fugues de mineurs ou de problèmes de mœurs. Bientôt on leur demanderait d'enquêter sur les vols de sacs à main.

— Ils pensent que ça a un rapport avec Ferson, continua Johnson.

— Venez m'expliquer ça ici, ordonna Levine.

Johnson se leva et déambula jusqu'au bureau de son chef. Johnson était noir et très susceptible.

— Expliquez.

Le flic tordit un peu la bouche. Derrière chaque ordre lancé par un Blanc, il cherchait la vexation. Jusque-là, c'était avec Levine que ça marchait le moins mal.

— Ils auraient un site clandestin sur le Web et organiseraient par son intermédiaire des rencontres avec des pédophiles. Le service de protection de l'enfance soupçonne le directeur de l'Angel School qui a bénéficié d'un non-lieu, à la suite d'une erreur de procédure, d'être à l'origine de ce site. Du coup, ils sont marrons. Ils disent aussi qu'ils sont chargés de la protection, pas de la répression.

— Alors ça concerne les mœurs.

— À cause que vous avez poissé Ferson ils disent que ça nous revient.

— Sont gonflés ! grinça Levine.

Ils n'avançaient pas dans le meurtre du jeune Murray et dans l'enlèvement de la petite Riley, et on venait les encombrer avec ce truc parce qu'ils avaient eu de la chance avec cet enfoiré de Ferson, qui, entre parenthèses, avait été remis en liberté sous prétexte qu'il avait coopéré. En réalité, avait pensé Levine, parce que le maire avait fait pression.

— Qu'ils s'en démerdent ! dit-il rageusement.

— Qu'est-ce que je fais du rapport ?

— Vous l'envoyez aux mœurs. Affaire classée.

— Vous vouliez pas avoir la peau de Ferson ?

— Je veux avoir la peau de celui qui a enlevé Gloria !

En parfaite synchronisation, son téléphone sonna et Mme Riley s'annonça.

— Capitaine Levine ?

— Oui, madame Riley.

— Capitaine, oh non, c'est trop horrible !

— Que se passe-t-il, madame Riley ? demanda Levine qui sentit les cheveux de sa nuque se redresser.

— Il m'a écrit !

— Qui ?

— Le ravisseur de Gloria ! il m'a écrit, si vous saviez !

Levine entendit le récepteur tomber et Howard Riley vint en ligne.

— Capitaine, il faut que vous veniez. Je vous laisse, ma mère s'est évanouie.

— Merde ! Qu'est-ce qui se passe ! Levine se leva brutalement. Randel, amenez-vous, fissa !

— Je demande une voiture ? s'enquit celui-ci avec sa nonchalance habituelle.

— Laisse tomber, on prend le métro, ça ira plus vite !

Levine sortit en trombe, suivi de loin par le descendant des Sioux.

Le métro arriva sur le quai alors que les deux hommes étaient encore dans les escaliers, et Levine passa la surmultipliée. Randel réussit à se faufiler de justesse.

— Qu'est-ce qui se passe, chef ?

Levine, accroché à sa poignée, regarda son inspecteur.

— Ça vous arrive d'être moins mou ?

— Quand c'est utile, répondit-il sur le même ton. Je ne sais même pas où on va, là.

— Chez les Riley. Ils ont reçu une lettre du ravisseur.

Randel hocha la tête.

En grinçant la rame s'arrêta à la station de West Houston.

Ils déboulèrent et arrivèrent rapidement à l'air libre. Levine se demandait ce que pouvait bien contenir cette foutue lettre pour que Mme Riley tourne de l'œil en la lisant. il imaginait le pire, mais ce ne fut pas suffisant.

La porte s'ouvrit dès qu'ils sonnèrent et ils grimpèrent les escaliers quatre à quatre. Howard Riley les attendait sur le palier.

Levine ne se souvenait pas avoir vu un visage refléter une telle détresse.

— Howard...

— Le médecin est avec ma mère, répondit le jeune homme d'une voix sans timbre en s'effaçant pour les laisser entrer.

— Qu'est-ce qui s'est passé ? s'enquit Levine.

Howard lui tendit la lettre au moment où le médecin ressortait de la chambre de sa mère.

— Je lui ai fait une piqûre, dit-il en s'adressant à Howard. Il faudra que vous alliez chercher ces gouttes. Quand l'effet de la piqûre sera estompé, faites-lui prendre vingt-cinq gouttes. Vingt-cinq gouttes toutes les quatre heures. Si elle ne peut pas dormir je vais vous indiquer des somnifères. Elle doit les prendre. Vous avez compris ?

Howard acquiesça.

— Je vous dois combien ?

— Quarante dollars. Vous avez une mutuelle ?

Howard secoua négativement la tête. Le médecin regarda Randel et Levine.

— Elle est très choquée, leur dit-il. Vous êtes de la famille ?

— Non. Nous sommes policiers.

— C'est pour la petite ?

Levine hocha la tête.

— Elle est morte ?

— Je... excusez-moi, docteur, mais nous n'en savons rien.

— Elle est morte, dit Howard de sa même voix sans timbre.

Les trois hommes le regardèrent. Il alla chercher des billets dans un tiroir et les tendit au médecin.

— Je reviendrai demain, dit le médecin. Mais vous n'aurez rien à payer.

Il se tourna vers Levine et Randel.

— Retrouvez cette ordure, dit-il en ouvrant la porte palière. À demain.

Levine soupira et jeta un coup d'œil à Howard qui se tenait raide.

— Vous l'avez reçue quand ?

— Je l'ai trouvée ce matin dans la boîte. Elle est sûrement arrivée hier.

Levine fronça les sourcils. Howard parlait comme un drogué ou un type sous hypnose. Il craignit qu'il ait aussi un malaise.

— Allez près de votre mère, nous allons la lire pendant ce temps.

Howard, tel un automate, entra dans la chambre et referma la porte derrière lui.

Levine commença à lire.

Chère madame Riley,

Mon arrière-grand-père servit comme matelot de pont sur le *Tomano* et quitta San Francisco pour Hong-Kong en 1894. Arrivés à destination, lui et deux compagnons descendirent à terre et se saoulèrent. Quand ils revinrent, leur bateau était déjà parti. Ils ne trouvèrent aucun travail et connurent la misère et la faim. Il faut vous dire qu'à Hong-Kong, au siècle dernier, en raison de la famine qui régnait, n'importe quelle sorte de viande se vendait trois dollars la livre. Les plus démunis vendaient aux bouchers leurs enfants de moins de douze ans. Dans n'importe quelle boutique on trouvait des steaks, des côtelettes et du ragoût de ces chers petits anges. On vous découpait le morceau de votre choix sur une fille ou un garçon. Le derrière, qui est le morceau le plus tendre et qui a un goût de veau, était le plus cher. Mon arrière-grand-père resta si longtemps en Chine qu'il acquit un goût prononcé pour la chair humaine.

Quand il revint au bout d'une quinzaine d'années, il enleva deux garçons de sept et onze ans qu'il amena dans sa maison. Mon arrière-grand-mère était morte entre-temps et il vivait seul.

D'après ce que l'enquête révéla, il les ligota, les bâillonna et les enferma dans un placard. Il les fessa et les tortura plusieurs jours de suite pour les attendrir avant de les tuer. D'abord l'aîné, car son cul était le plus dodu, qu'il rôtit au four. Chacune des parties de son corps il les dévora après les avoir fait bouillir ou frire ou cuire en ragoût à l'exception de la tête, les os et les intestins. Le plus petit y passa à son tour de la même façon.

J'appris cette histoire familiale que l'on m'avait soigneusement cachée par des journaux de l'époque retrouvés dans le grenier de notre maison. J'avais toujours été fasciné par mon arrière-grand-père sans connaître tous les détails de sa vie. Mais je savais quand même qu'il était mort pendu.

Quand je vous ai rencontrée, chère madame Riley, j'avais déjà plusieurs fois imité mon arrière-grand-père qui, dans une interview à un journal du temps, parlait avec enthousiasme de la délicatesse de goût de la chair humaine et qui m'avait convaincu. Aussi, quand je vis votre si mignonne Gloria, je décidai illico de la manger et inventai l'histoire de l'anniversaire de ma nièce pour vous l'enlever. Je n'aurais, rassurez-vous, rien fait à votre grand fils qui ne me convenait pas.

J'ai emmené votre petite chez moi, où, après m'être entièrement déshabillé pour éviter les taches de sang, je l'ai étranglée malgré sa vive résistance et l'ai découpée en plusieurs morceaux que j'ai fait cuire avec des légumes. Je ne peux vous dire à quel point son petit cul rôti au four était délicieux. J'ai mis neuf jours à la manger quasiment en entier. Sachez toutefois, chère madame, que je ne l'ai pas baisée et qu'elle est morte vierge.

Levine ne releva pas la tête immédiatement.

IL NE POUVAIT PAS la relever parce qu'il refusait l'idée que Gloria ait été *mangée.*

Dans son cou, la respiration de Randel faisait un bruit de forge.

IL NE POUVAIT PAS respirer parce que ses poumons étaient bloqués.

Randel eut un hoquet et s'éloigna.

Levine se remit à respirer.

Il regarda la porte de la chambre toujours fermée et alla s'asseoir dans l'unique fauteuil de la pièce, placé devant la télé.

Les yeux dans le vide, il comprit que c'était celui de Mme Riley qui devait prendre sa petite fille sur les genoux quand passaient les émissions enfantines.

Et il pensa à ses enfants. À Mélanie qui avait l'âge de Gloria, et imagina l'inimaginable.

Il se leva brusquement, ouvrit une porte au hasard qui par chance était celle des toilettes, et vomit ce qu'il avait dans l'estomac et même ce qu'il n'avait pas.

Il entendit s'ouvrir derrière lui la porte de la chambre et, encore à moitié plié, se retourna.

Howard ressortait de chez sa mère. Il était toujours aussi raide mais son teint avait viré au rouge brique. Il resta sur le seuil et dit du même ton uni et désincarné :

— Je crois qu'il faut emmener maman à l'hôpital, elle ne respire plus.

Randel fut plus vif que Levine et fonça dans la chambre. Il se pencha sur Mme Riley et appliqua son oreille sur sa poitrine. Il releva les yeux vers son chef, bloqué au pied du lit.

— Il faut appeler tout de suite une ambulance, je crois qu'elle fait un gros malaise cardiaque.

Levine appela sur son portable et, dix minutes plus tard les brancardiers débarquèrent. Entre-temps, Randel avait fait un massage cardiaque à Mme Riley et réussi, relayé par Levine, à faire repartir son cœur.

Howard n'avait pas bougé d'un centimètre. Voyant disparaître sa mère, il demanda au médecin :

— Où l'emmenez-vous ?

— Hôpital général St Wanamaker, répondit le toubib occupé à appliquer un masque à oxygène sur le nez de sa patiente. Allez, grouillez ! dit-il aux brancardiers.

— On va vous accompagner, proposa Randel au jeune Riley.

— Vous pouvez emmener le fils de cette dame ? cria Levine dans l'escalier.

— S'il veut !

— Allez-y, Howard, ne vous en faites pas, ça va s'arranger. Je garde la lettre.

Il prit Howard par le bras et le poussa dehors.

— On s'en va tous, fermez votre appartement.

Levine vit que le garçon se reprenait un peu car il chercha ses clés et ferma la porte. Puis il descendit rejoindre l'ambulance qui démarra aussitôt.

— Qu'est-ce que tu as ce soir, Stan, tu n'as pas desserré les dents de tout le repas ?

Levine regarda sa femme assise près de lui dans le canapé du salon. De la chambre de Jon arrivaient atténués les bruits d'un combat de Titans sur CD Rom. De celle de Judith et Mélanie, les échos d'une conversation téléphonique. Sûrement Judith.

Eux, écoutaient le *credo* de la *Messa di Gloria* de Puccini. Le goût de Sarah.

Non seulement Stan n'avait effectivement pas parlé, ce qui était inhabituel, mais en plus il n'avait rien mangé. La seule fois où c'était arrivé, c'était pendant la méningite de Mélanie.

Il eut un geste évasif de la main.

— Rien, rien, fatigué, bougonna-t-il.

Sarah se leva et alla arrêter la chaîne.

— Bon, raconte, dit-elle en venant s'asseoir près de son mari et en le regardant en face.

Elle remarqua que les deux plis verticaux qui encadraient sa bouche et ceux autour des yeux étaient anormalement creux et livides.

— Stan, souviens-toi, quand on est allés goûter les vins en Italie, on nous a dit qu'il valait mieux cracher qu'avaler, alors je t'écoute.

Il la fixa, et elle s'inquiéta de ce qu'elle vit dans ses

yeux. Elle lui caressa la joue et lui dit d'un ton plus tendre :

— Que s'est-il passé aujourd'hui ?

— Est-ce que les enfants savent bien qu'en aucun cas ils ne doivent suivre un inconnu ? demanda-t-il d'une voix sourde.

Sarah haussa les épaules.

— Evidemment.

— Même s'il vient de ta part ou de la mienne ?

Elle le regarda en plissant les yeux.

— Un enfant a été enlevé, c'est ça ?

Levine ne répondit pas. Il se pencha en avant et se prit la tête dans les mains. Sarah regarda sa nuque et le trouva si vulnérable et faible qu'elle fut attendrie. Stan voulait tellement faire croire qu'il était fort.

— Il... est mort ? demanda-t-elle.

Stan hésitait à lui révéler la vérité. Il voulait qu'elle soit encore plus attentive pour leurs gosses mais refusait qu'elle connaisse l'histoire de Gloria. Tant que ce monstre ne serait pas attrapé, New York vivrait dans la terreur, et lui, davantage, parce qu'il avait lu sa lettre.

— Oui, dit-il d'une voix faible.

Elle lui prit les mains et les serra contre elle.

— Ce n'est pas tout, dit-elle.

Il se redressa.

— Non, ce n'est pas tout.

Et elle eut du mal à reconnaître sa voix :

— Je veux simplement que l'on soit encore plus prudent avec les enfants.

— De quelle manière ?

Il se leva en soupirant et fit quelques pas dans le salon, les mains enfoncées dans les poches de son pantalon.

— Je ne sais pas.

— Que s'est-il passé avec cet enfant, Stan ? Des enfants kidnappés ou qui disparaissent, ou violés, toutes ces horreurs que font les hommes et auxquelles je ne veux même pas penser, tu y es hélas confronté trop souvent.

— Oui...

— Alors ?

— Rien, fais très attention à nos gosses. Je sais que c'est idiot parce que tu y passes le plus clair de ton temps.

Il se demanda comment il supportait ça et pourquoi. Pourquoi ne se révoltait-on pas ? Pourquoi les humains acceptaient-ils que d'autres humains tuent, violent, mutilent, décapitent, écorchent, sans exiger que ce massacre s'arrête ? Comment pouvait-on vivre dans la même ville qu'un homme qui avait mangé une petite fille parce qu'il en avait eu envie ?

Etait-ce parce que les humains avait plébiscité en leur temps Hitler, Staline, Amin Dada, Mao, Pol Pot, Bokassa et les autres ? parce que personne n'était clair avec lui-même ? parce qu'on était tous des putains de meurtriers et qu'il suffisait d'une faille dans notre raison et notre conscience pour nous comporter comme jamais aucun animal de l'espèce la plus féroce ne le ferait ?

Il respira si fort pour se débarrasser de ce poids qu'il lui sembla que son souffle montait de la plante de ses pieds.

— Allons nous coucher, dit-il, je suis fatigué.

Leur chambre donnait à l'arrière de l'immeuble, sur un petit square éclairé par un réverbère qui répandait son éclat jusque chez eux.

Sarah regarda son mari allongé sur le dos, les yeux grands ouverts. Elle le prit contre elle et il enfouit sa tête dans son épaule. Elle eut l'impression de bercer un enfant.

— POUR toi, Stan, dit Swanson.

Levine prit le téléphone.

— Capitaine Levine ?

— Qui est à l'appareil ?

— Je voudrais vous rencontrer pour vous parler des réseaux pédophiles...

— Ce n'est pas moi qui m'en occupe. Voyez ça avec le service de protection de l'enfance.

— Vous êtes la criminelle et les viols sont des crimes, riposta la voix.

— Bon, alors quoi ? soupira Levine.

— Je vous donne rendez-vous à midi au Chrysler Building. Asseyez-vous sur le troisième banc en partant de la droite des ascenseurs. Je vous contacterai mais vous ne devrez pas me regarder. C'est d'accord ?

— Vous lisez trop de romans de Le Carré, grommela Levine.

— C'est ça ou rien.

— OK, accepta-t-il à contrecœur. Midi, j'y serai.

— C'est quoi ? demanda Swanson quand il eut raccroché.

— J'en sais rien. Un mec qui veut absolument me donner des renseignements sur les réseaux pédo.

— À ce sujet, on a reçu d'un institut pour débiles une note comme quoi un de leurs pensionnaires autorisé depuis peu à sortir non accompagné n'est pas rentré dimanche dernier.

— Johnson m'en a déjà parlé. Quel rapport ?

— J'trouve qu'y a pas mal de mômes et moins mômes qui disparaissent dans notre bonne ville depuis quelque temps. Celui-là s'appelle Albert Crawford, il est âgé de dix-huit ans et vient d'un patelin de Caroline du Nord appelé Morgantown. Il était soigné depuis trois ans et, d'après le directeur, allait mieux. C'est pour ça qu'il se baladait seul le dimanche, mais il devait impérativement rentrer à sept heures.

— Il s'est peut-être paumé.

— Ces mômes ont une sorte de balise. S'ils se perdent, ils appuient sur un bouton et on les localise.

— O.K., on verra ça. Si on me demande je suis au Chrysler Building en conversation avec James Bond. T'as eu des nouvelles de Mme Riley ?

— Elle a fait un infarctus mais elle est tirée d'affaire.

— Tant mieux.

Il avait presque une heure devant lui et il décida de marcher. La température avait perdu quelques degrés, pas assez pour que ce soit réellement agréable, mais chemise et pantalon collaient moins à la peau. Tout en déambulant, il se rendit compte que sa ville changeait sans lui et il en ressentit de la frustration. Il se savait conservateur dans la mesure où il aimait garder ses repères.

Pousser la porte d'un restaurant et derrière le comptoir retrouver les mêmes têtes qui vous saluent comme un vieil ami, ou faire un détour pour entrer dans cette boutique où vous avez l'habitude d'acheter vos cigares, vos journaux, et où le vendeur vous demandera des nouvelles de votre famille, de la petite dernière qui a tellement poussé, voilà ce qui constitue vos vraies racines, estimait-il. Il n'en avait rien à faire que ses arrière-grands-pères aient été tailleurs ou négociants en bois dans le fin fond de la Russie ou d'ailleurs, son *shetl* à lui c'était New York. Mais New York n'était plus New York.

Qu'étaient devenus Canal Street, Esther Street, où se retrouvaient autour d'un thé sucré et brûlant les casquettiers débarqués d'Ellis Island ? et où Mayer Lansky, le parrain de la *yiddish connection*, partageait amicalement le strudel à la cannelle de Madame Berthe, avec Benny, le petit fourreur, qui mieux que personne savait transformer une vieille peau en un manteau rutilant que les récentes bourgeoises permanentées (qui considéraient avec dédain les nouvelles immigrées avec leurs perruques) endossaient pour aller le samedi soir écouter Samuel et Talila aux Ziegfields Folies.

Evidemment, il n'avait rien connu de tout ça, sa nostalgie était transmise par sa mémoire, ses chromosomes-mémoire.

En ce temps-là les enfants respectaient leurs parents ; les flics étaient considérés, même quand c'était un Irlandais de rouquin qui faisait la circulation et s'engueulait avec les tailleurs et les vendeurs de saucisses casher à qui il reprochait d'avoir pris les bonnes places. Parce que le soir, quand le quartier avait retrouvé son calme, on voyait l'Irlandais attablé avec ses copains juifs autour d'une partie de cartes, et que, à cette époque, même les voyous avaient un certain sens de l'honneur.

Quand il pensait comme ça, Levine se disait qu'il n'était qu'un vieux con réac, un des derniers représentants d'une espèce disparue. Un fossile à qui la violence, l'indifférence, le mépris grandissant que les hommes se manifestaient étaient insupportables.

Il s'arrêta devant le nouveau Hall du chic européen que Jeffrey Kaminsky avait ouvert, et où, sur des centaines de mètres, s'entassaient des fringues que Levine estimait immettables, et qu'il savait pourtant retrouver un jour sur le dos de Judith ou même de Sarah, et qui renvoyaient Saks et Bloomingdale au rayon des fripiers.

Allons, Manhattan serait toujours Manhattan, même si par un mouvement de balancier de l'Histoire c'était maintenant, *Down Under the Manhattan Bridge Overpass,* sous la bretelle du pont de Manhattan, qu'était branchée la nouvelle Mecque.

C'est dans cet état d'esprit qu'il arriva au Chrysler à midi moins dix, et se demanda en y entrant pourquoi il n'y allait pas plus souvent.

Ce building coiffé de son chapeau de sorcière en acier qui balançait des œillades au soleil, ses enjoliveurs chromés encastrés dans les murs, les gargouilles de vieilles Chrysler qui en surgissaient, les voitures futuristes dessinées dans la brique, son somptueux hall de marbre rouge et son immense horloge qui donnait l'heure dans toutes les capitales du monde, le laissa presque aussi rêveur que lorsque, tout môme, il venait s'y balader avec ses copains

Il repéra le troisième banc à la droite des ascenseurs et s'y installa.

Le hall grouillait d'employés et il dut se glisser entre deux « costumes-cravate » qui se régalaient de sandwichs au thon.

Impossible dans cette cohue de remarquer son contact et Levine se demanda s'il ne s'était pas fait promener.

Il était assis depuis quelques minutes à tenter de repérer son rendez-vous, quand son portable sonna.

— Capitaine Levine, vous avez fait une grossière erreur en libérant Ferson.

— C'est pas moi qui décide, grommela Levine. Qui êtes-vous ?

— Vous n'avez aucune idée de l'ampleur du scandale, continua la voix sans répondre à la question. Plusieurs établissements et institutions sont impliqués. Ça dure depuis des années.

— Qui êtes-vous ? insista Levine en se levant et en regardant autour de lui.

Mais trop de gens se baladaient la joue collée à leur jouet pour qu'il l'identifie.

— L'ensemble du réseau, expliqua la voix d'un ton imperturbable, ne couvre pas seulement l'Etat de New York. De grosses sommes d'argent sont en jeu. Voulez-vous quelques noms des personnes impliquées pour lesquelles vous devrez trouver des preuves, capitaine ?

— Nous ne travaillons pas comme ça, à la criminelle. Nous menons une enquête pour découvrir un suspect, et ce sont les preuves qui le déterminent.

— Vous craignez de fâcher des gens en place ?

— Allez vous faire foutre ! Je crains rien du tout mais je suis sur une enquête qui me prend tout mon temps.

— Capitaine, vous êtes le flic le plus décoré de la ville, et pas pour avoir dressé des contraventions. Mais parallèlement vos supérieurs ont du mal à vous supporter et vos collègues vous trouvent très chiant. Je me trompe ?

— J'vois pas le rapport.

— Le rapport, c'est que les personnes qui appartiennent à ce réseau sont bien en place. Le fils d'un sénateur connu, des policiers, des édiles locaux, et même un prêtre. Si j'avais pu m'adresser à quelqu'un d'autre, je l'aurais fait.

— Qu'est-ce qui vous en empêche ?

— Simplement qu'il n'y a que vous qui ayez assez de tripes pour vous en mêler. Votre enquête ne concernerait pas l'enlèvement d'une petite fille qui n'a jamais été retrouvée ? J'ai lu ça en vingtième page du *Times*. C'est parce que ses parents sont pauvres que ça n'a pas fait davantage de bruit ?

— Que savez-vous sur cette histoire ?

— Rien du tout. Mais tout peut être lié.

— Les vicieux ne font pas spécialement des tueurs, répliqua Levine en pensant à Samantha.

— C'est vrai, mais on ne sait jamais. Les *snuff movies* existent pour les pédophiles jusqu'au-boutistes. Peut-être que la petite a été victime de ce genre de criminels... vous voulez les noms ou pas ?

— Allez-y, se décida Levine en sortant un carnet et un crayon.

— John Dall, président de la commission d'aide aux malades mentaux et assimilés. Robert Armstrong, fils du sénateur Armstrong de Pennsylvanie. George Mac Ready, rapporteur en chef à l'urbanisme du Queens. Michael Rain, commissaire au 37e Principt. Révérend George Metaxa de l'Eglise des Adventistes du 7e jour sur la 8e Avenue, Cailleia, le directeur de l'Angel School. Voilà, ça vous suffit pour l'instant. Avec ça vous pouvez démarrer.

Levine acheva d'écrire, le téléphone coincé dans le cou.

— Ces noms, vous les sortez d'un chapeau ?

— Ces nom sont ceux avec lesquels ont été confrontés, il y a quelques années, plusieurs d'entre nous.

— Quoi ! Vous êtes une victime ?

— Nous nous sommes retrouvés par le Web. En fait, nous nous cherchions. Pour moi et d'autres les faits remontent à plus de dix ans et il y a prescription. Mais ces saloperies continuent et, si vous ne faites rien, c'est nous qui interviendrons.

— Attendez !

— À vous de jouer, capitaine.

La communication fut coupée et Levine ne tenta pas, cette fois-ci, de repérer son interlocuteur. Il pouvait tout aussi bien être à Central Park ou à Boston.

Il relut les noms. Il les connaissait tous, sauf le prêtre et le directeur d'école. C'étaient des hommes qui avaient une place de choix dans la ville. Des hommes en porcelaine qui devaient être maniés avec précaution. Une erreur et, tout flic super-décoré qu'il était, il se retrouverait à la trappe.

Cependant, si les meutes protégeaient les leurs, elles abandonnaient les bêtes blessées qui mettaient le groupe en danger. Mais pour blesser un fils de sénateur, des délégués municipaux qui avaient tout pouvoir sur leur département et un flic de l'envergure de Rain, il fallait des balles dum-dum. Et pour l'instant il ne disposait que de fléchettes.

À L'INSTANT où Stan Levine regardait en compagnie de Sarah le journal de vingt heures où, à la sortie de One Police Plaza, le quartier général de la police, le maire annonçait officiellement que le capitaine Levine était chargé de la coordination des enquêtes criminelles concernant la ville de New York, Edgar Nichols était devant son poste.

Il zappait sur les infos quand Levine évoqua cette petite fille enlevée devant les yeux de sa mère par un criminel si habile que la malheureuse avait cru bien faire en autorisant sa fillette à l'accompagner à un anniversaire.

Levine ajoutait que la police était désormais en possession de nouveaux éléments qui permettraient d'appréhender le pervers mais qu'en attendant il conseillait aux parents de se montrer prudents et de prévenir leurs enfants contre les inconnus.

— C'est quoi cette histoire? demanda Gerta qui passait et entendit la fin de la phrase.

— Il semblerait qu'une petite fille ait été enlevée et pas retrouvée, répondit Nichols.

— Pour une rançon?

— Je ne crois pas, la famille n'est pas riche.

— Ah bon? Mais pourquoi on enlève une pauvre enfant dans ce cas, si ce n'est pas pour l'argent?

— Je ne sais pas, répondit Nichols en se levant. Je vais au bureau, j'ai du classement à finir.

— Tu rentreras tard ?

— Je ne sais pas, mais ne m'attends pas pour te coucher.

— Je voudrais bien que tu parles à Billy, il m'inquiète.

— Pourquoi ? demanda son mari en enfilant le léger blouson de toile qu'il venait de s'acheter.

— Je n'aime pas ses fréquentations. Il veut partir avec des garçons quelques jours en balade, et ces jeunes ont mauvais genre.

— Quand veut-il partir ?

— Fin de semaine, début de l'autre.

— Bon, je verrai ça, à tout à l'heure.

Il sortit et décida de marcher jusqu'à la bibliothèque.

Une chaleur poisseuse transformait la ville en un gigantesque hammam et la lassitude était perceptible chez les New-Yorkais qui se traînaient à la recherche d'un peu de fraîcheur.

Les terrasses étaient prises d'assaut et, dans les jardins et les parcs, les gens s'arrosaient avec l'eau tirée des fontaines. Sirènes hurlantes, les voitures de pompiers et les ambulances sillonnaient la ville en tous sens, et depuis le matin la municipalité avait mis en garde les sujets âgés ou fragiles.

Il pensa que ce serait agréable d'aller faire un tour dans sa maison de Greenburg. À sa dernière visite il y avait connu des moments d'une rare intensité.

La police se vantait de posséder de nouveaux éléments, mais c'était du bluff pour rassurer les populations. Aucun journal n'avait fait mention de la disparition d'Albert Crawford, de la même façon qu'au début ils avaient fait silence sur l'enlèvement de

Gloria, et n'avaient évoqué que dans une *brève* le meurtre du prostitué sans évoquer les mutilations.

Nichols se félicita de la lettre qu'il avait envoyée à la mère de la fillette et qui avait eu l'effet escompté. Il se souvenait du capitaine Levine qui avait été à l'honneur au moment de l'arrestation d'un fou qui voulait faire sauter Grand Central, Macy's, ou le métro, si la municipalité ne lui versait pas une grosse somme d'argent. Nichols en avait oublié le montant, mais c'était assez colossal.

Il méprisait le crime quand celui-ci était accompagné d'un esprit de lucre. Le crime se suffisait à lui-même. Le crime était œuvre de Dieu. Il s'en était servi depuis la nuit des temps quand Il voulait punir, comme pour le Déluge ou à Sodome. C'était ainsi que le crime était devenu un ressort naturel et un besoin de l'être humain.

Le crime n'avait pas à être justifié. De tous temps les hommes avaient tué et ils continueraient aussi longtemps que l'espèce perdurerait. Caïn avait inauguré le cycle.

Mais mourir sans souffrir était incomplet. Lui savait parfaitement ce qu'apportait la douleur. La douleur était flamboyante, rédemptrice. Elle élevait l'homme au-dessus de sa condition de primate. Seul, de toutes les espèces, il était capable d'en ressentir la grandeur. Aucun autre animal ne se l'infligeait volontairement. Les hommes allaient au bûcher en chantant ; les premiers chrétiens priaient pendant que les fauves les dévoraient. Partout dans le monde les hommes l'offraient à leur dieu comme ultime gage d'amour et de soumission.

Arracher pour le manger le cœur de ses ennemis courageux afin de s'approprier leur force, ou dévorer l'adversaire pour en triompher, était à la fois une façon de leur rendre hommage et se rapprocher d'eux. Les Guaranis d'Amazonie engloutissaient leurs morts, estimant plus respectueux de leur donner la sépulture de l'estomac que de les laisser se décomposer dans la terre. De même, manger un enfant était une façon de retrouver sa pureté et son innocence.

Peu, en revanche, osaient enfreindre le suprême tabou et reconnaître tout simplement que la chair humaine était un mets de choix. La dévoration de sa propre espèce était réservée aux dieux, et franchir cette hypocrite notion du bien et du mal rapprochait du divin.

Il entra par la petite porte en fer qui donnait sur Bryant Park.

Cela faisait quatre jours qu'Albert était enfermé dans un des réduits qui s'ouvraient sur un couloir où seul l'archiviste avait accès.

Personne dans l'établissement ne connaissait l'endroit. Lui-même l'avait trouvé par hasard en découvrant une porte dissimulée derrière un panneau dans son bureau. Il l'avait suivi sur toute sa longueur, se battant contre les toiles d'araignées et les tonnes de poussière accumulées, et était tombé sur deux petites pièces en vis-à-vis qui contenaient des vieux dossiers dont personne ne se souvenait.

Ce couloir à moitié comblé débouchait dans les caves du musée voisin, construit en même temps que la bibliothèque, à la fin du siècle dernier.

Il arriva dans son bureau, prit sa torche, et s'enfonça dans la galerie en savourant le claquement de ses pas sur le béton. Il ouvrit la porte du réduit éclairé par une ampoule enfermée dans une applique fixée au plafond et qu'il avait lui-même installée en tirant un fil depuis son bureau.

Le garçon était couché sur son lit de camp, chevilles et poignets liés par des courroies de cuir. Il s'approcha en souriant.

— Bonsoir, Albert.

Le garçon se contenta de le fixer sans répondre. Son

regard était terrorisé, pourtant il n'avait subi aucun sévice majeur, estimait Nichols. Ce n'était pas son propos. Albert devait servir à des expériences sexuelles qui lui apporteraient une plus grande maturité.

Il savait que ce genre de débile était généralement travaillé par une libido plus forte que celle des gens normaux mais que, paradoxalement, on empêchait de s'épanouir au nom d'une morale incompréhensible. Qu'on évite qu'ils se reproduisent, certes, mais il y avait bien d'autres moyens d'assouvir sa sexualité.

Il le délia et l'aida à se relever. Il se méfiait parce que Albert était costaud et lui-même assez frêle. Mais, curieusement, les gens qu'il avait enlevés ne tentaient que rarement de se défendre. Cependant, par précaution, il avait toujours sur lui un poignard ou son pic à glace.

— Je t'ai apporté une salade fraîche que j'ai achetée à un Coréen et de l'eau glacée. Tu en veux ?

Albert le regarda déballer ses provisions sur la petite table de camping.

La cellule était un lieu de détention idéal, ventilée par un soupirail qui donnait sur une ruelle condamnée courant sur l'un des côtés du bâtiment.

Nichols y avait enfermé déjà plusieurs « invités » et s'en était toujours bien trouvé. Il pouvait de cette manière leur rendre visite dans la journée, gardant Wisteria Cottage pour de plus longs séjours ou pour ses congés.

— Mange, mon petit, dit-il en caressant la tête de l'anormal.

Albert l'émouvait. C'était la première fois, ou une des toutes premières, qu'il avait affaire à un jeune débile. Le plus souvent il les trouvait laids, et il était sensible à l'esthétique des corps. Mais celui-ci l'excitait, particulièrement par la force qui émanait de lui.

Depuis qu'il était enfermé, le garçon ne s'était pas lavé et devait faire ses besoins dans un seau que lui avait procuré son geôlier. L'odeur de ce corps malpropre, des excréments liquides et solides, exacerbée par le manque d'air et la chaleur, fit défaillir Edgar de bonheur.

Il attendit que le jeune homme ait fini de manger et alla regarder dans le seau. Il y plongea la main et se saisit d'un étron qu'il huma.

— Tu sais que tu es en excellente santé, mon garçon ? Tes fèces en témoignent.

Emoustillé, il se déshabilla complètement et vint s'asseoir sur les genoux d'Albert.

— On commence à jouer ?

Le jeune homme se crispa. Les jeux d'Edgar étaient signes de tourments. Son geôlier le pinçait, le piquait, le brûlait, et pour ça, l'attachait. Aujourd'hui ses intentions semblaient différentes. Nichols se releva après quelques caresses.

— Allonge-toi, ordonna-t-il.

Albert gémit et protesta.

— Non... noon... je veux pas...

— Ne sois pas idiot, aujourd'hui je ne te touche pas.

Mais Albert ne se laissait pas convaincre et Nichols dut le menacer de son pic à glace pour lui attacher les mains au châlit.

— Regarde bien, mon garçon, et apprends.

Il tira d'un sac en papier un gros morceau de coton sur lequel il fit couler de l'éther dont l'odeur suffoqua Albert qui se remit à gémir.

— Tais-toi donc ! cria Nichols.

Effrayé, Albert se contenta de renifler en silence, les épaules secouées de brefs sanglots.

— Regarde bien, répéta son tortionnaire.

Nichols lui tourna le dos et se fourra le coton dans l'anus. Ahuri, Albert se tut.

— Regarde donc !

Et il mit le feu au coton.

L'effroyable odeur de chair brûlée mêlée à celle

métallique du sang fut si forte qu'épouvanté le jeune débile poussa un hurlement qui se confondit avec ceux de Nichols qui se tordait de douleur sur le sol.

Les cris déchirants de l'un se perdaient dans ceux d'extase de l'autre, formant une cacophonie dantesque.

Après avoir arraché le tampon sanglant, Nichols frappait le sol de ses poings. Il pleurait et riait à la fois, balbutiait des mots sans suite qui se noyaient dans ses larmes.

Albert, affolé, se cabra sur sa couche. Ses yeux se révulsèrent et il perdit connaissance.

Nichols demeura longtemps par terre à savourer l'effroyable douleur. Puis, quand le pire fut passé et qu'il ne lui resta que la sensation de déchirure et de feu ardent, il se releva, se rhabilla en tremblant de faiblesse, donna à boire à Albert qu'il ne détacha pas, et regagna son foyer.

LEVINE fut introduit dans le bureau du chef de la police.

Celui qui occupait cette fonction depuis deux ans prenait sa retraite dans deux mois. Il s'appelait Sean Jackson, était irlandais, possédait une stature de baryton, un gros visage rose couperosé, et des cheveux blancs plantés autour du crâne comme une frise.

Etait également présent ce matin-là un des adjoints du maire, Bud Robertson, jamaïcain à la peau claire dont le visage expressif était barré d'une moustache à la Clark Gable, et qui était responsable de la sécurité des parcs et jardins.

Levine comprit immédiatement, à leur expression, que les deux hommes avaient pris connaissance de la lettre envoyée à Mme Riley.

— Messieurs, salua-t-il.

— Asseyez-vous capitaine, invita Jackson.

Le bureau était climatisé et Levine soupira de satisfaction. Dehors il faisait quarante degrés, dégoulinant de flotte.

— Vous y croyez ? attaqua d'emblée Jackson en désignant la photocopie de la lettre posée devant lui.

Levine haussa les épaules.

— Ce n'est pas le premier cas de cannibalisme que nous connaissons. Les fichiers du FBI en possèdent une liste impressionnante et un certain nombre d'entre eux pourrissent en prison. Mais c'est sûrement la première fois qu'un psychopathe écrit à la mère d'une de ses victimes en lui donnant tant de détails.

— Qu'en concluez-vous ?

— Qu'il est particulièrement déjanté ; que ce n'est pas son coup d'essai et que, si un jour on arrive à lui mettre la main dessus, beaucoup de disparitions et de meurtres seront expliqués. Qu'il a envie d'être pris en fournissant des indications que nous pouvons vérifier, comme l'histoire de son arrière-grand-père. Ou qu'au contraire il s'amuse avec nous en se croyant invulnérable. Pour l'instant on analyse la lettre et l'enveloppe, mais sans résultat. La police de San Francisco recherche la trace de la pendaison d'un homme pour meurtre et cannibalisme vers le début de ce siècle. Ils n'ont encore rien trouvé mais il ne faut pas oublier l'incendie de la ville en 1906 qui a détruit la plupart des archives. Nous disposons néanmoins de deux descriptions qui se recoupent : celle de la mère de Gloria et celle de deux videurs d'une boîte de nuit où un prostitué que nous avons retrouvé, appareil génital et doigts coupés après avoir été égorgé, aurait suivi un homme ressemblant au portrait qu'en ont tracé Mme Riley et son fils.

— M. Robertson vient de me signaler la disparition d'un jeune homme de dix-huit ans, soigné dans un établissement psychiatrique et qui ne serait pas rentré dimanche dernier après qu'il a dit vouloir se promener dans les jardins de la ville, reprit le chef de la police.

— Ouais... nous sommes au courant.

— Avez-vous une piste ?

— Non, répondit abruptement Levine.

Jackson ouvrit grands les yeux.

— Pourquoi les journaux n'ont-ils parlé ni de ces mutilations ni de la disparition de ce jeune homme ?

— Parce que nous avons fait le nécessaire, riposta

Levine. On a caché à la presse les mutilations sur le cadavre, sachant que le meurtre d'un prostitué n'a jamais empêché les gens de dormir mais qu'en revanche les prélèvements d'organes les auraient impressionnés. On a aussi remarqué que ce genre de détails donnaient des idées aux autres. L'enlèvement de la petite Riley n'a été lié à ce meurtre qu'à partir du moment où les descriptions du criminel ont concordé. À présent, il y a cette nouvelle disparition.

— Vous croyez que ça a un rapport ? s'étonna Robertson.

— Dans mon métier, on ne croit pas aux coïncidences. En un peu moins d'un mois trois personnes jeunes sont tuées ou disparaissent. Je ne serais pas étonné qu'on retrouve Albert Crawford lui aussi mutilé.

— Vous pensez qu'il a coupé les doigts... et le reste de ce prostitué pour... les manger ? balbutia Jackson.

— Je ne sais pas, monsieur. Je le crains. Si c'est le même homme qui a enlevé la petite Gloria...

— Et qu'il... et qu'il... pourrait faire pareil au jeune Crawford ? demanda Robertson.

— Vous m'en demandez trop, soupira Levine. Je ne connais pas les appétits de ce monsieur !

Le chef de la police lui lança un regard réprobateur.

— Capitaine, je vous trouve bien léger !

— C'est moi et mes hommes, monsieur, qui sommes en première ligne, et si on ne se protège pas on ne finit pas le parcours. Ce que j'appréhende, c'est qu'on découvre les restes de la petite Gloria enveloppés dans un papier au fond d'une poubelle. Avez-vous idée à quoi peuvent ressembler des restes humains qui mijotent depuis un mois dans cette chaleur ?

Jackson eut un mouvement de recul et, sur son teint déjà pâle, ne resta que la couperose.

— Vous pourriez nous épargner, à M. Robertson et moi, ce genre de détails. Avant d'être chef de la police, j'étais dans la rue, fulmina-t-il.

— D'accord, monsieur.

Levine se souvenait des castagnes avec les bandes d'Irlandais antisémites de son enfance. Cathos jusqu'aux trous de nez, les petits Irlandais réputés à l'époque pour leur saleté, et que juifs et Italiens traitaient de « bouffeurs de patates », poursuivaient les mômes de Morrisania et Crotona Park en les traitant d'assassins du Christ, et ne se privaient pas d'essayer de le venger. C'était d'ailleurs de cette façon que Levine gagnait les pièces de dix *cents* qui lui permettaient de se balader à New York : en défendant ses coreligionnaires moins costauds que lui.

— Quel est votre plan d'action, capitaine ? demanda Jackson.

— Un... contact m'a remis une liste de... personnes soupçonnées de pédophilie. Je ne sais pas si c'est lié à ce qui nous préoccupe, mais je n'ai rien d'autre pour l'instant, et ces gens ont peut-être entendu parler d'un cinglé qui ne se contente pas de faire des saloperies avec les gosses mais les tue. Quoique, de vous à moi, je n'y croie pas beaucoup.

— Le prostitué et le déb... et le jeune Crawford, on ne peut pas les classer dans la catégorie des enfants.

— Non, c'est pour ça que je ne suis sûr de rien. Le portrait qu'on a tiré a été distribué à tous les postes de police de l'Etat. Il a été envoyé à Quantico au FBI. Mais il est tellement banal que les flics croient le reconnaître partout et ramènent dans les postes des charretées de grands-pères traumatisés d'être menottés et embarqués.

— Grand-père ? Il a quel âge ? s'étonna Robertson.

— Une soixantaine d'années, d'après les témoins. Taille moyenne, chétif, rares cheveux gris, petite moustache, ou pas, costume-cravate, l'air d'un employé de bureau bien propre sur lui. Voilà. Vous en connaissez combien qui correspondent ? Cent ? Mille ?

Jackson souleva sa carcasse et se rapprocha de Levine.

— Il nous faut très vite des résultats, capitaine, susurra-t-il en se penchant vers lui.

— À ce propos, chef, la liste que m'a fournie cet... indicateur comporte des noms connus. Qu'est-ce que je fais ?

— Quel genre de noms connus ? demanda Jackson en se redressant.

— Dans la politique, la municipalité, même dans la religion. Pas la vôtre, chef, mais une religion quand même.

— Et alors ? éructa Jackson en retrouvant d'un coup son teint brique.

— Je vous en informais parce que je vais commencer mon enquête. Avant ces meurtres, mon équipe cherchait entre autres à démanteler des réseaux pédophiles. Là on a un peu laissé tomber parce que je veux absolument mettre la main sur cet assassin ; mais si ça se recoupe...

— Qui est votre indic ?

— Tout ce que je peux vous dire c'est qu'il s'est présenté comme une victime faisant partie d'une sorte de collectif anti-pédophiles. Tout s'est passé par téléphone. Il a refusé que nous nous rencontrions.

— Comment pouvez-vous savoir si ce qu'il vous a dit est vrai ? D'ailleurs, qui sont ces noms ?

— Si vous le permettez, monsieur, avant de vous les indiquer je vais vérifier que je ne me fais pas promener. Je n'ai pas envie que des gens soient éclaboussés s'ils sont innocents.

— Pour l'instant la priorité est de retrouver ce cinglé, cette pourriture de cannibale !

— Nous nous y employons, chef. De vous à moi, comme tous les pères de la ville, je respirerai mieux quand ce dingue sera à l'ombre. Je vous tiens au courant, monsieur, acheva Levine en se levant.

Les deux hommes le regardèrent s'en aller. Levine n'attendait jamais qu'on lui donne congé. Il partait quand il estimait qu'il n'avait plus rien à dire ou à apprendre. Tout à fait le genre d'attitude qui vous fait aimer de la hiérarchie.

L'ÉGLISE des Adventistes se situait sur l'avenue C, dans ce quartier appelé l'Alphabetland qui avait toujours joui d'une mauvaise réputation.

Le bâtiment était construit en béton avec d'étroites ouvertures qui évoquaient davantage un bunker qu'un lieu de prière. L'intérieur n'était pas plus riant et Levine, qui avait pris rendez-vous avec le révérend Metaxa, se dit qu'il fallait vraiment avoir la foi pour trouver ici un quelconque réconfort.

Metaxa était un homme d'aspect revêche qui accueillit froidement son visiteur.

— Capitaine Levine, que puis-je faire pour vous? demanda-t-il en le recevant dans un petit bureau éclairé par une fenêtre à vitraux de couleur qui absorbaient la luminosité de l'extérieur.

— Bonjour, monsieur. J'aurais besoin de quelques renseignements vous concernant.

— Vous pouvez m'appeler « mon père », rectifia le prêtre.

— Dans la mesure où je n'appartiens pas à votre église je me contenterai de monsieur, si vous n'y voyez pas d'inconvénient, répliqua Levine en s'installant sur une chaise étroite en face de lui.

— Quel genre de renseignements?

— Avez-vous ici, comment dire, de jeunes ouailles qui suivraient par exemple des cours de catéchisme ?

— Des catéchumènes ? Evidemment.

— Bien, dit Levine en faisant semblant d'inscrire le renseignement dans un carnet. Connaissez-vous le commissaire Rain ? John Dall ou encore Robert Armstrong ? demanda-t-il en relevant vivement la tête.

Le prêtre battit des paupières.

— Je devrais ?

— C'est à vous de me le dire.

— Ces noms ne me disent rien. Qui sont-ils ?

— Vos catéchumènes ont quel âge en général ? contre-attaqua Levine.

— L'âge que l'on a lorsque l'on suit des cours d'enseignement religieux. Etes-vous catholique, monsieur Levine ?

— C'est-à-dire entre dix, douze, quinze ans ?

— Je ne vois pas à quoi rime cet interrogatoire.

— Depuis combien de temps exercez-vous ici votre sacerdoce ?

— Je ne vous répondrai que lorsque j'aurai compris ce qui vous amène, capitaine, répliqua sèchement l'homme d'Eglise.

Levine se mordit le pouce, faisant mine de réfléchir.

— Connaissez-vous l'établissement scolaire que l'on nomme l'Angel School ?

— Je... oui... je crois y être déjà allé pour des cours d'instruction religieuse.

— Et son directeur, Joseph Cailleia ?

Le prêtre se leva brusquement.

— Que voulez-vous savoir exactement ? demanda-t-il d'une voix rogue. Vous débarquez ici sans me dire pourquoi et vous m'interrogez sur des gens que je ne connais pas. Allez-vous enfin vous expliquer ?

— Du calme, révérend, je ne vois pas ce qui vous met en colère.

— Ce qui me met en colère c'est que j'ai mille

choses à faire et que je suis là à répondre à vos questions sans savoir de quoi il s'agit !

Levine le fixa un bref instant.

— Nous menons une enquête sur un réseau de pédophiles, révérend, et votre nom a été prononcé.

— Quoi ! Sortez immédiatement ! Vous croyez que votre fonction vous donne tous les droits ?

— Pas davantage que la vôtre, monsieur. Je suis obligé de vérifier, et je vérifie, c'est tout.

— En m'accusant de ce crime horrible, de ces pratiques odieuses inspirées par le démon !

— Je ne vous accuse pas. Je vérifie. J'ai préféré venir plutôt que de vous convoquer au commissariat, précisément pour ne pas vous porter tort. Voyez-vous, nous marchons sur des œufs dans ce genre d'affaire. Nous devons nous montrer très prudents, tout au moins tant que nous n'avons pas de certitude. Votre nom m'a été donné d'une étrange manière et je suis un policier consciencieux et un citoyen responsable.

— Par qui mon nom vous est-il parvenu ?

— Renseignement anonyme. Cependant nous faisons face actuellement à des meurtres particulièrement sanglants concernant des enfants et de jeunes adultes, et notre devoir est de suivre toutes les pistes, les bonnes et les mauvaises. Vous me dites ne pas connaître les noms que je vous ai soumis, et je vous crois, jusqu'à preuve du contraire.

— Sortez d'ici.

— Je m'en vais, dit Levine en se levant. Ne me raccompagnez pas, je connais le chemin, « mon père ». Il est évident, ajouta-t-il avant de sortir, que si quelqu'un nous apportait un peu de lumière sur ces réseaux, nous lui en serions reconnaissants au point de parler favorablement au juge pour lui. Merci de m'avoir reçu.

Il se retrouva sur le trottoir en ayant l'impression d'avoir perdu son temps. Qu'espérait-il en allant directement voir ce prêtre ? Qu'il allait se confesser en lui offrant le nom de ses complices ? D'ailleurs, était-il coupable de quoi que ce soit ?

Il traversa l'avenue, remarquant au passage que, malgré quelques galeries d'avant-garde qui s'y étaient installées, l'ensemble restait crade. Les immeubles avaient besoin de réparations et les gens qui traînaient sur le trottoir de désintoxication.

Il observa que, sur une petite portion, le coin avait été rénové, pas suffisamment pour redonner une virginité au quartier, mais pour le faire espérer.

Il prit un bus qui le fit descendre par East Broadway et traverser Greenwich Village. Là, tout changeait.

Qu'était en réalité New York ? Ce quartier privilégié d'artistes huppés et de magasins de mode, ou Alphabetland avec ses rues déchirées et sa population assistée ? Soho qui se targuait de faire et défaire les modes du monde entier ou Bovery et ses cloches ? Broadway qui se cramponnait à son passé ou la 42ᵉ et ses sex-shops sordides ? La 47ᵉ des diamantaires en lévite noire et chapeau de fourrure, ou Wall Street et ses yuppies ? Et Harlem, et le Bronx et le Queens ? Et dans cette armée d'ombres, dans cette masse moutonnante de huit millions d'âmes, où se terrait le cannibale ?

— Tu te souviens que Tom vient ce soir nous présenter sa fiancée ? demanda Gerta à son mari.

— C'est du sérieux, cette fois ? rétorqua-t-il en déposant le rôti qu'il avait acheté pour cette occasion.

— Ah, tu t'en es souvenu, dit Gerta en se saisissant du paquet.

— Et pourquoi pas ?

— Parce que les trois quarts du temps je me demande si tu t'aperçois de ce qui se passe dans ta maison. Tu es toujours ailleurs et, quand tu es là, tu es encore ailleurs.

Il haussa les épaules et passa dans la salle de bains. Aujourd'hui, avec l'aide maladroite d'Albert (qui n'était pas très bien, le pauvre petit), il s'était enfoncé dans la région pelvienne une de ces longues aiguilles qui servent aux marins à réparer les voiles et qu'il avait achetées sur le port. Il avait à peine saigné, et la sensation de cette fine tige d'acier pénétrant ses chairs intimes lui avait procuré une ivresse incomparable. Il souffrait toujours de sa brûlure au rectum qui l'obligeait à marcher d'une certaine façon. Gerta lui en avait demandé la raison et il avait parlé d'une crise d'hémorroïdes due à son métier assis.

Il s'était convaincu que les souffrances de plus en

plus fortes qu'il s'infligeait le rapprochaient de la pureté qu'avaient recherchée les martyrs. Bien qu'il convînt que ces mêmes souffrances lui apportaient une extase comparable à celle de prendre la vie. Ce monde l'insupportait par son manque de rigueur et le laxisme qu'il manifestait. La moitié de l'humanité mourait de faim mais continuait à mettre au monde des générations d'affamés. Il se persuadait que sa mission, tel un stylite, était de racheter cette conscience abâtardie dans laquelle se perdaient les hommes, comme l'avait fait autrefois Jésus.

Lorsqu'il s'était enfoncé la longue aiguille dans le corps, Albert, horrifié, avait crié, et il avait été forcé de le battre pour le faire taire. Si ça continuait il serait obligé de s'en débarrasser, bien que le garçon se montrât habile et curieux dans leurs jeux amoureux.

Mais c'était toujours ainsi, jamais il ne pouvait garder quelqu'un longtemps. Aucun ne comprenait que le sacrifice demandé les élevait. Tous restaient rivés à leur misérable condition d'humains.

Il se déshabilla devant la glace, effleurant la pointe de l'aiguille qui ressortait de son aine. Il avait tâtonné pour trouver l'anneau pelvien où il ne risquait pas de toucher quelque nerf. C'est à ce moment qu'Albert avait crié. Il s'était tellement agité qu'il avait été obligé de le menacer de son poignard pour le faire se recoucher et l'attacher, perdant ainsi de précieuses sensations.

Il se reculotta, et se coiffa après avoir mouillé ses cheveux. Cette soirée l'ennuyait profondément. Qu'avait-il à faire de cette fille qui lui prenait son Tom ? Si encore elle était jolie, mais il en doutait.

La soirée fut pire qu'il ne le craignait. La fille était idiote et ne s'en cachait pas. Tom semblait en adoration, l'imbécile, et Billy fut mal élevé comme à son habitude. Robert, leur autre fils, n'avait pu venir, retenu à son travail de gardien de nuit dans un hôtel.

Cindy avait quitté la table avant le dessert pour aller écouter ses chanteurs favoris dans sa chambre, et Gerta, des yeux, avait supplié son époux de la laisser faire. Tom et sa promise, qui se prénommait Rita, avaient fait des projets d'avenir.

Quel avenir ? s'était-il demandé. Tom gagnait mille sept cents dollars par mois comme mécanicien dans un garage, et sa fiancée, mille deux cents comme caissière dans un drugstore. Bel avenir, en effet.

Les gosses qui ne tarderaient pas à dégringoler, la femme qui ressemblerait bientôt à une vache, Tom qui se saoulerait parce qu'il n'aurait pas envie de rentrer chez lui écouter les criailleries des uns et des autres, et tout ça pour quoi ?

— Je vais m'excuser, dit-il au bout d'un moment, mais j'ai des choses à faire au bureau.

— Encore ! s'était exclamée Gerta qui ne se permettait jamais la moindre protestation, mais à qui son statut de future belle-mère donnait des ailes.

— Désolé, répondit-il sèchement.

L'aiguille avait bougé et lui faisait mal. Il se demanda si, avant de sortir, il allait la repousser ou la garder dans cette position. Il choisit la deuxième solution, et c'est en serrant les lèvres de douleur qu'il souhaita le bonsoir à sa famille.

Il était pressé de retrouver sa solitude et le calme de son refuge, mais soudain s'avisa qu'Albert s'y trouvait et cette idée le contraria vivement.

Quand il ouvrit la porte du réduit, Albert releva la tête en émettant des borborygmes inaudibles. Il s'approcha de sa couche et remarqua que le débile avait fait sous lui et que son pantalon était souillé d'excréments et d'urine. Pourtant même ça ne l'apaisa pas.

Sans plus s'occuper de son prisonnier qui poussait des cris déchirants, il descendit son pantalon et, à l'aide d'une pince, réussit à retirer l'aiguille. Il eut un peu de mal à la sortir, et la regretta aussitôt.

— Tais-toi ! cria-t-il au jeune homme qui se tortillait pour se défaire de ses liens.

Albert se mit à sangloter. Il suffoquait de chagrin et de peur, appelait sa mère, suppliait qu'on le détache.

Nichols ressentit une vraie flambée de haine pour son prisonnier, chose rare chez lui, plutôt enclin à aimer, même brièvement, ses victimes. Le jeune homme qui l'avait séduit par son côté... inachevé n'était décidément pas à même de le comprendre. Il est passé à côté de sa chance, sans s'en rendre compte, pensa l'archiviste. Tant pis pour lui.

— Bon, on va sortir. Mais je ne veux entendre aucun bruit. Je vais te ramener à ton institut. Tu me comprends ?

Le visage du jeune homme s'éclaira de bonheur, et Nichols eut une moue de mépris.

— Allez, debout.

Albert voulut se laver, mais Nichols refusa.

— Pas le temps. Si on traîne trop, ton institut sera fermé et tu te retrouveras dehors. C'est ce que tu veux ? Alors pas un mot, pas un geste, si on croise quelqu'un je ne veux pas t'entendre.

Albert acquiesça joyeusement. Son pauvre cerveau, privé de ses médicaments et de son entourage, s'était encore amoindri durant sa détention. L'institut lui apparaissait comme un paradis qu'il ne voudrait plus jamais quitter, surtout pour se promener seul.

L'un poussant l'autre, les deux hommes sortirent du bâtiment et débarquèrent dans le parc qu'ils quittèrent rapidement pour prendre la 42e vers l'est.

La rue véhiculait son cortège habituel de paumés, de camés, de voyeurs et de péquenots mâles en goguette qui échangeaient leurs beaux dollars craquants contre de la poudre tellement coupée qu'on aurait pu la confondre avec le lait en poudre des biberons. Les portiers des sex-shops leur exhibaient des photos leur promettant des bacchanales qui faisaient saliver ces incroyables pigeons jamais rassasiés.

Personne ne faisait attention à l'étrange couple qui dégageait une odeur de merde et de pisse, et dont le plus vieux poussait toujours le jeune devant lui. Un flic, en faction sur son cheval au coin de la 42e et de la 5e, ne leur accorda pas plus d'intérêt qu'aux autres cinglés qui déambulaient.

Nichols voulait gagner le tunnel qui passait sous Park Avenue et rejoignait la 33e Rue où il connaissait de nombreuses caches dont se servaient les employés de la voirie.

Il tenait solidement le garçon, craignant que celui-ci ne se regimbe, mais Albert était trop content d'être sorti de son enfer pour risquer le moindre geste. Il se laissait conduire docilement, croyant que chaque pas le rapprochait de la bonne Mme Clark et ses gentilles façons, mais s'effraya en pénétrant dans le tunnel où rugissaient les voitures qui les frôlaient de près.

Nichols ouvrit à l'aide d'un carré une des portes en fer qui fermait un réduit où les ouvriers rangeaient leurs outils. Il y avait ainsi plein d'endroits semblables à New York, il suffisait de connaître les plans de la ville.

— Entre, intima-t-il.

— Pourquoi ?

— Parce que tu ne crois pas que je vais te ramener à ton école dans cet état ?

— Non... non...

— Enlève ton pantalon et ton slip, ordonna l'archiviste en refermant la porte sur eux.

Le garçon obéit et se pencha pour faire glisser son jean. Sa nuque s'offrit aux yeux d'Edgar qui eut un dernier élan vers cette nuque si jeune et innocente.

Il enfonça violemment le pic à glace entre C5 et C6, regrettant qu'Albert meure sans connaître la rédemption de la souffrance, mais le temps le pressait.

Le garçon ne poussa pas un cri. Il glissa sur le carrelage et s'effondra à ses pieds. Nichols arracha le pic et le porta à sa bouche. Il avait un goût de sang et de moelle.

Il repoussa le corps, sortit, et descendit le tunnel vers la 33ᵉ en se protégeant des voitures qui fonçaient.

Il était content de s'être débarrassé aussi aisément du débile. Mais il devrait se montrer plus prudent désormais, si ce capitaine tellement décoré le prenait en chasse.

Il évoqua l'image de ce flic gardien de l'ordre. De leur ordre. Belle confrontation en perspective.

Il avait certainement une famille.

— On a retrouvé le jeune Albert Crawford, annonça Samantha en entrant dans le bureau de son chef.

— Ah bon, où donc ?

— Dans un des réduits dont se servent les ouvriers de la voirie sous le tunnel de Park Avenue.

— Mort ?

— Oui.

— Merde ! jura Levine en se levant brusquement. Merde, merde, et merde ! Mutilé ?

— Non.

Un des inspecteurs arriva avec un dossier.

— Ils ont le feu en bas, j'ai déjà le rapport d'autopsie du type qu'on a retrouvé dans le tunnel. Ils y ont travaillé toute la nuit.

— Donne, ordonna Levine en se jetant dessus.

Il le parcourut en détaillant chaque explication.

— S'qui s'passe ? demanda Swanson, les rejoignant.

Samantha désigna le dossier.

— Rapport d'autopsie du jeune Crawford.

— Déjà ? s'étonna-t-il.

— Mort par pénétration d'une longue lame, genre pic à glace, à la base du cou. Exactement entre la cinquième et sixième vertèbre. Mort quasi instantanée, lut Levine.

— C'est notre dingue ? demanda Swanson. L'a rien de coupé ?
— Il a été violé. On a retrouvé du sperme dans son rectum.
— Chiotte ! cracha Swanson.
— Un attardé mental, dit Samantha avec colère, c'est pas croyable !
— Il porte des traces de coups sur tout le corps, continua Levine, et a été attaché. Ses chevilles et ses poignets sont profondément marqués. Il a été également brûlé, peut-être avec un chalumeau électrique.
— Nom de Dieu ! soupira Swanson. Qu'est-ce que c'est que cette ville de merde ! Où t'en es avec les pédophiles ?
— Tu commences toi aussi à y voir un lien ?
— Ce type a été violé et ils l'ont peut-être tué parce qu'avec son QI d'huître ils avaient peur qu'il parle.
— Je vais à son institut. Sam, vous m'accompagnez.
— Et moi ? se plaignit Swanson.
— Toi, tu fais le café.
— Et la parité, nom de Dieu !

— Où se trouve son école ? demanda Sam en sortant de l'ascenseur avec son chef.
— 31e et 8e.
Il héla un taxi qui les arrêta devant un bâtiment en brique d'apparence banale.
Levine montra sa carte au gardien.
— Je voudrais voir le directeur.
Le gardien jeta un bref coup d'œil sur la plaque et indiqua le fond de la grande cour où s'ouvraient de nombreuses fenêtres.
— Deuxième étage, escalier du fond. Son nom est dessus. Bedford.
— Merci.
Ils traversèrent la cour et remarquèrent que les

fenêtres du rez-de-chaussée correspondaient à des classes ou des ateliers. Derrière chaque fenêtre ouverte on apercevait des têtes de jeunes occupés à travailler.

— Ça a l'air sympa, remarqua Samantha.

— Ouais, les gosses ont l'air bien ici, répondit Levine d'un air sombre, pensant au jeune Albert.

Ils arrivèrent à la porte du bureau du directeur sans que les élèves ou les adultes qu'ils avaient croisés n'aient manqué une seule fois de poliment les saluer.

— On est où, ici ? s'étonna Levine. On ne nous a pas insultés, couverts de crachats et autres amabilités. On a pris une navette spatiale ?

Samantha sourit et ouvrit la porte après qu'une voix les eut priés d'entrer.

L'homme assis derrière son bureau se leva et vint vers eux, le visage sympathique, quoique grave.

— Capitaine Levine ? Votre bureau m'a annoncé votre venue. Je m'appelle Charles Bedford et suis le directeur de cet établissement.

— Bonjour, monsieur, répondit Levine en lui serrant la main. Sergent Stevenson, mon adjointe.

— Enchanté, sergent. Je vous en prie, asseyez-vous, invita-t-il en avançant deux chaises.

Ils s'installèrent et Levine examina autour de lui. C'était une pièce claire dont la fenêtre s'ouvrait sur une rue calme. Des dessins de facture naïve étaient accrochés aux murs et Levine pensa que c'étaient sans doute les œuvres des pensionnaires.

— Je vais fermer la fenêtre, si vous le permettez, nous nous entendrons mieux, dit le directeur.

Il revint s'asseoir derrière son bureau.

— J'imagine que vous venez pour notre pauvre Albert, commença-t-il.

— Hélas. Nous voudrions quelques renseignements sur ce garçon, si c'était possible.

— Est-ce que... est-ce qu'il a été tué... rapidement ?

— Oui.

— Il a... il... il aurait subi des sévices de...

— Il a été violé, dit Levine. Battu aussi. Seule sa mort, paradoxalement, a dû être rapide.

— Mon Dieu ! souffla Bedford en portant les deux mains à sa bouche dans un geste curieusement féminin.

— Comment était ce jeune homme ? demanda Levine.

— Très gentil. Voulez-vous que j'appelle la personne qui était tout spécialement chargée de son groupe ? Voyez-vous, expliqua le directeur, nous formons ce que nous appelons des familles, cinq ou six jeunes qui sont le plus souvent ensemble et se partagent équitablement les tâches et les responsabilités.

— Vous n'avez que des garçons ? demanda Samantha.

— Oui. L'école des filles est à Queens et fonctionne selon le même schéma. Une responsable, disons une monitrice, les encadre tout le long de l'année scolaire en liaison avec le personnel médical.

— Ce serait bien que nous la voyions, approuva Levine.

Le directeur donna l'ordre qu'on appelle Mme Clark.

Quelques instants plus tard une femme mince, vive, pas très grande, fit son entrée. Elle avait les cheveux fins et gris coiffés sagement de chaque côté d'une raie et un visage pointu et aimable. Levine se leva et lui tendit la main.

— Je suis le capitaine Levine chargé de l'enquête sur la mort du jeune Albert Crawford, et voici ma collaboratrice le sergent Stevenson.

Le visage de Mme Clark se brouilla et ses yeux s'emplirent de larmes.

— Oh mon Dieu, le pauvre petit...

— Asseyez-vous, madame Clark, invita le directeur.

Ces personnes désireraient en savoir davantage sur le jeune Crawford.

— Un garçon très gentil, commença Mme Clark après être restée un moment repliée sur son chagrin. Serviable, doux.

— Avait-il de la famille ?

— Oui, ils venaient le voir souvent. Ils nous l'avaient placé là pas du tout pour s'en débarrasser mais pour qu'il fasse des progrès. Et il en a fait, mon Dieu ! Quand il est arrivé il y a trois ans, il parlait à peine, était incontinent. Mais il a tellement progressé que c'était lui le plus souvent le chef de famille. C'est pour ça que nous l'avons encouragé à se promener seul dans la ville, tout en le mettant en garde ! Cela faisait deux mois qu'il avait cette autorisation et il en était tellement fier !

Elle se cacha le visage, et ses épaules furent secouées de sanglots. Le directeur se leva et lui mit la main sur l'épaule.

— Nous savons combien vous y étiez attachée, madame Clark, ainsi qu'à tous, d'ailleurs. Le capitaine Levine m'a affirmé qu'Albert n'avait pas souffert.

— Mais où était-il tous ces jours ? demanda-t-elle d'une voix coupée de sanglots en fixant Levine. Où était-il ?

— Nous l'ignorons pour l'instant, madame. Peut-être a-t-il vécu dans la rue car lorsqu'on l'a retrouvé...

Levine s'arrêta. Etait-ce utile de dire que le garçon était dans un état de saleté repoussant ?

— ... on l'a retrouvé sous le tunnel routier de Park Avenue, dans un des cagibis qui servent aux ouvriers de la voirie. Probablement qu'il s'était trouvé cet endroit pour dormir et qu'il aura été attaqué par un rôdeur.

— Albert ne connaissait pas la ville, comment aurait-il trouvé cette cache ? Il n'était pas bien malin, vous savez, monsieur, rétorqua Mme Clark.

— L'enquête le déterminera, affirma Levine. À part sa famille, est-ce que d'autres personnes venaient le voir ?

Mme Clark secoua la tête.

— Non.

— Vous a-t-il parlé de quelqu'un qu'il aurait connu lors de ses promenades ?

— Il ne m'a rien dit. Albert était très timide et assez craintif, ce n'est pas lui qui serait allé vers un inconnu.

— Ne vous a-t-il jamais parlé d'une rencontre qu'il aurait pu faire ?

— Non. Albert rentrait toujours dix minutes avant l'heure et me racontait sa promenade de long en large. Nous avions programmé d'aller ensemble au zoo du Bronx, il adorait les animaux.

Sa voix se brisa encore une fois.

— Je ne crois pas être une mauvaise femme, capitaine, mais celui qui a fait ça à Albert ne doit pas vivre.

— Nous allons nous efforcer de l'arrêter, madame. Ce qu'en feront les jurés sera de leur responsabilité.

— J'espère qu'ils l'enverront à la chaise électrique, dit-elle en se levant.

Elle se tourna vers le directeur.

— Vous n'avez plus besoin de moi, monsieur Bedford ?

Bedford se tourna vers Levine en levant un menton interrogatif.

— Non, je vous remercie, dit Levine. Toutefois, ajouta-t-il alors que Mme Clark passait la porte, si quelque chose vous revenait, n'importe quoi, un détail, je vous serais reconnaissant de m'appeler. Ça vaut aussi pour vous, monsieur le directeur, dit Levine en lui tendant la main. Merci de nous avoir reçus.

— Je suis à votre disposition.

Ils se retrouvèrent sur la 8e et descendirent vers Penn Station.

— C'est rare à présent d'être aussi bien reçus,

remarqua Sam. Même quand on vient présenter nos condoléances on se fait les trois quarts du temps rembarrer.

— Ouais... je crois que les gens sont à bout. Ils en veulent à tout le monde parce qu'ils se sentent en permanence en insécurité ou grugés. C'était pareil avant, mais maintenant on est au courant. Ils ne font plus confiance à personne. Ni aux politiques, ni aux flics, ni à leurs curés. Ils sont déboussolés.

— Qu'est-ce que vous pensez de ce meurtre ? demanda Sam. Je dois dire que je le trouve particulièrement odieux.

— Parce que Crawford était anormal ?

— Oui. Les enfants, les vieux, je ne supporte pas. Sont trop faibles, tous ces gens.

— C'est pour ça que ce sont des proies. Et les femmes ?

— Les femmes ?

— Les femmes qui subissent viols, agressions sexuelles, verbales, qui se font rouer de coups, ça vous fait le même effet ?

Samantha hocha la tête.

— C'est différent... Elles ont intériorisé une faiblesse qu'on leur a fait croire qu'elles avaient pour mieux les dominer. Elles ne devaient pas ou ne pouvaient pas résister. Mais celles qui l'ont compris et ripostent ne subissent plus cette oppression. En revanche les enfants, les vieillards ou les handicapés n'ont pas cette possibilité. C'est pour ça que je suis davantage touchée quand on les tue ou les martyrise.

— C'est un discours féministe ou antiféministe ? Je vais être obligé de demander à ma femme, elle seule saura me le dire.

— Se poser cette question fait de vous un phallocrate, chef. Avez-vous déjà demandé à Swanson s'il avait un discours mâle ou anti-mâle ?

— J'aperçois un taxi, coupa Levine en faisant signe à un *cab*. C'est vous la prochaine fois qui resterez au poste pour faire le café.

— Je ne bois que du thé.

— PA', dit Judith, je voudrais faire du théâtre à l'école.

— Ça me semble une bonne idée.

— Tu trouves aussi ? Celle qui s'en occupe est très chouette, elle dirige un théâtre off à Broadway.

— Ah oui ?

— Elle fait étudier des pièces anciennes et modernes. Cheryl en fait depuis un an et elle me supplie d'y venir.

— Ah, oui, pourquoi pas ? demanda Stan en écartant son journal.

Ils étaient dans le salon de leur maison et Judith se tenait plantée devant lui, les mains dans le dos, très jeune fille de famille. Cette attitude, pour le moins inhabituelle, alerta son père.

— Parce que les répétitions se font en dehors des heures de classe.

— Ah, oui, c'est-à-dire ?

— Oh, j'sais pas... heu... on rentre vers neuf heures, rarement plus tard.

— Du soir ?

— Evidemment, du soir !

Stan se redressa.

— Il n'en est pas question.

Père et fille se défièrent du regard.

— C'est à cause de ton fichu métier, n'est-ce pas? cracha Judith.

— Qu'est-ce que ça a à voir?

— Comme tu ne fréquentes que des pervers et des fous, tu crois qu'il n'y a que ça! Mais mes copines, elles, elles s'amusent, et il ne leur arrive jamais rien! Elles sortent le soir, elles vont manger au restaurant, vont au cinéma, font du théâtre, tiens! oh, j'en ai marre!

Sa fille avait les larmes aux yeux, mais c'étaient des larmes de colère. Son joli visage se crispait devant tant d'injustice.

— Ecoute, Judith, en ce moment effectivement il y a de drôles de types dans la rue. On peut très bien vivre sans faire du théâtre.

— On peut vivre aussi sans sortir et sans voir de films! Manger et dormir suffit pour rester en vie! explosa-t-elle.

— C'est vrai, convint son père qui savait que la séance ne faisait que commencer.

Il était parfaitement conscient de faire partager son angoisse à sa famille, et tout autant conscient qu'il n'aurait pas dû. S'il n'était pas flic, agirait-il de cette façon? Il se répondit par l'affirmative parce que, même s'il n'était pas flic, il lirait les journaux et écouterait les infos. Auraient-ils dû vivre à la campagne comme le voulait Sarah parce qu'à la campagne il y avait moins de cinglés?

— Nous ne t'avons jamais empêchée d'aller au cinéma ou au restaurant, même si ta mère n'aime pas quand tu vas au Tex-Mex ou chez McDo...

— Tu veux que j'amène mes copines chez Levinski ou Toboul parce que chez eux on mange casher? T'as vu comme c'est gai leur restau!

— On ne t'a jamais dit ça. Tu manges de la façon que tu veux quand tu es dehors.

— Comme toi!

— Heu... comme moi. Mais moi c'est parce que j'ai pas le temps de chercher un restaurant casher.

— Menteur !

— Bon, d'accord. Toujours est-il que tu peux sortir autant que tu veux la journée, mais pas le soir.

— Pourquoi ?

— Parce que tu as à peine quatorze ans et que tu n'as pas encore assez de défense...

— De défense contre quoi ?

— Le fait que tu poses cette question me conforte dans le fait que tu n'as pas de défense. Ecoute, ma petite, t'as entendu parler des violeurs, des...

— Oui !

— Et tu crois que, parce que t'as un père flic, tu les reconnaîtras si t'en croises un ?

— Je ne croise jamais personne !

— Tu ne les reconnaîtras pas parce qu'ils sont en général particulièrement charmants, sinon ils n'arriveraient pas à convaincre leurs victimes de leur ouvrir leur porte, ou de les suivre dans leur voiture pour qu'ils les raccompagnent, tu piges ?

— Je pige surtout que tu es un parano !

— Qu'est-ce que tu racontes ?

— Je suis trop malheureuse ! conclut Judith en sortant de la pièce en courant.

Son père resta un moment à réfléchir et reprit son journal. Les années dures s'annonçaient à l'horizon.

— MERCI de nous recevoir, monsieur Cailleia, dit Levine en s'installant sur le fauteuil placé devant le bureau du directeur de l'Angel School, pendant que Swanson, qui avait refusé de s'asseoir, restait les mains dans les poches à côté de son chef.

Cailleia leva une main dans un geste courtois.

— Que puis-je pour vous, capitaine ?

Depuis qu'il était entré, Levine essayait de deviner qui se cachait derrière le masque policé de l'homme.

— Je vais aller droit au but, sourit-il faussement. Nous savons que vous avez été un temps soupçonné d'organiser des séances avec des mineurs et que...

Cailleia se leva d'un bond.

— Attention, capitaine, j'ai été lavé de cet horrible soupçon par un jugement de la cour. Revenir dessus entraînerait contre vous des poursuites immédiates. Si vous deviez continuer sur ce ton j'appellerais aussitôt mon avocat. À vous de choisir.

D'homme du monde, Cailleia s'était transformé en homme indigné.

Levine accentua son sourire.

— Il n'est pas question de revenir sur un jugement rendu, même si celui-ci l'a été à cause d'un vice de procédure habilement exploité par votre avocat.

Cailleia resta une seconde interdit et décrocha son téléphone.

— Qu'est-ce que vous faites ?

— J'appelle mon avocat.

Levine se leva et appuya sur l'appareil, coupant la communication. Cailleia le regarda d'un air ulcéré.

— De... de quel droit ? éructa-t-il.

— Abus de pouvoir, répondit Levine en faisant le tour du bureau. Asseyez-vous, monsieur Cailleia.

Le directeur hésita mais se rendit compte qu'il faisait une bonne tête et une dizaine de kilos de moins que Stan. Il s'assit sans lâcher le combiné que Levine lui ôta des mains et replaça sur son support.

— Monsieur Cailleia, commença-t-il en s'asseyant en travers du bureau et en écrasant intentionnellement les papiers qui s'y trouvaient. Je sais, et vous savez, que votre non-lieu a été obtenu grâce à un avocat retors et vicieux, mais que vous étiez bien coupable d'organiser des putains de soirées avec vos putains de copains et que dans ces soirées des gosses étaient obligés de faire des putains de saloperies !

— Je ne vous permets pas ! cria Cailleia en tentant de se lever, blanc de rage et de peur.

Levine l'obligea fermement à se rasseoir.

— Si vous ne vous tenez pas tranquille, lui confia-t-il à voix basse, je vais vous frapper. Et c'est pas le lieutenant Swanson qui vous défendra. Hein, Swanson ?

— Laissez-moi un quart d'heure avec lui, chef, et il me dira même ce qu'il sait pas.

— J'aurai votre peau, Cailleia, dans une semaine, dans un mois, je ne sais pas, mais je l'aurai. La vôtre, et celle des pourris dans votre genre. Tout ce beau monde se retrouvera à l'ombre si longtemps que vous vous demanderez même dans quel siècle vous vivez. Et en tôle on adore les types comme vous... Oh, vous serez en bonne compagnie, Cailleia. Sénateur, prêtre, élus municipaux et même un super-flic.

— Je ne comprends rien à ce que vous racontez, balbutia le directeur qui avait perdu de sa superbe.

— C'est pas grave, ma poule, dit Levine avec le même sourire faux. Je veux juste que tu me dises si, dans ta clientèle, tu en soupçonnes un d'aller plus loin que les gâteries habituelles... Par exemple, un suffisamment cinglé pour tuer les mômes ?

— Vous êtes malade ! cria Cailleia en se levant si brusquement qu'il fit tomber son fauteuil.

Une demi-seconde après, on frappa à la porte.

— Va voir, dit Levine à son adjoint.

Swanson alla ouvrir et se trouva nez à nez avec la secrétaire-cerbère du directeur. Elle se pencha et regarda son patron.

— Vous avez besoin de quelque chose, monsieur le Directeur ? Tout va bien ?

— Tout baigne, ma jolie, dit Swanson, retournez donc à vos photocopies et à votre rouge à ongles. J'vois là un doigt qu'est pas fini, dit-il en lui refermant la porte au nez et en s'y adossant, bras croisés.

— Alors, Cailleia, vous avez réfléchi ?

— À quoi ? Je ne sais pas de quoi vous parlez, vous êtes un psychopathe et un parano, vous voyez le mal partout !

— Tiens, c'est ce que m'a dit ma fille, sourit Levine, je vais finir par le croire. Ecoute, mon bon, dit-il en le saisissant par les revers de son veston, je cherche un homme qui ressemble à ça, regarde ! ordonna-t-il en lui collant sous le nez la photo du portrait-robot.

— Je ne sais pas qui c'est ! cria Cailleia en jetant un coup d'œil au portrait.

— Soixante balais à peu près, pas grand, maigrichon mais vachement mauvais. Tu veux que je te dise ce qu'il a fait ?

— Je m'en fiche, je vous dis que je ne le connais pas !

Cailleia tenta en vain de se libérer de la poigne de

Stan qui l'enfonça sans le lâcher dans son fauteuil et lui posa négligemment le genou sur le ventre.

— Il a tué une petite fille de neuf ans et il l'a mangée. Ensuite il a égorgé un garçon de dix-sept et lui a coupé les couilles et les doigts pour les emporter. Tu sais ce qu'il en a fait ? À mon avis, il les a fait frire ou les a mis en marinade. Tu vois le genre de type que c'est ? Et il a tué, en lui enfonçant une aiguille dans le cou, un ado débile après l'avoir violé et torturé. Ça te suffit ?

Levine n'eut que le temps de se reculer avant que Cailleia inonde son pantalon de vomi.

— Ah, quel dégueulasse ! s'exclama Swanson.

— Tu l'as dit ! Assez de cinéma, Cailleia, tu fais moins la fine bouche quand tu obliges un pauvre gosse à te faire une turlutte. Ecoute, mon pote, je reviendrai, et si tu te plains je te ferai la peau. Réfléchis, donne-moi ce type et on passe l'éponge sur tes saloperies et tu quittes la ville. C'est d'accord ?

— Vous êtes complètement cinglé, hoqueta Cailleia, complètement !

— C'est possible. Mais faut se méfier avec les cinglés, ma poule, parfois ils se contrôlent plus. À tchao, mon gros. J'attends ton coup de fil.

Nichols se sentait nerveux comme jamais.

Billy venait de l'envoyer promener avec une insolence qui l'avait mis hors de lui.

Billy avait quitté la maison en sifflotant avec mépris et rejoint ses copains qui l'attendaient dans un minicar qui appartenait à l'un d'eux.

Billy lui avait dit qu'il n'était qu'un pauvre malade et que s'il n'avait pas besoin de lui pour le nourrir, il l'aurait dénoncé à la police.

Billy avait trouvé dans sa chambre une sorte de pagaie grossièrement fabriquée, d'une soixantaine de centimètres de long, qui se terminait par des clous dont les pointes dépassaient. Il avait aussi déniché un chat à neuf queues dont les lanières étaient poisseuses de sang comme les pointes de clous.

— T'es un cinglé intégral ! Et si tu me touches, avait-il crié alors que son père faisait le geste de le frapper, je te mets en pièces !

Heureusement que Gerta était en course et qu'ils étaient seuls à la maison. N'empêche, une telle humiliation de la part de son fils était insupportable.

Cette planche il l'avait toujours eue et toujours cachée, ainsi que le fouet et d'autres instruments dont il se servait pour se donner du plaisir. Des instruments sexuels, le plus souvent, qu'il achetait et qu'il transformait. Comme ce sexe masculin qu'il avait entouré d'une épaisse couche de papier de verre.

Comment son fils était-il tombé sur la planche ?

Dès qu'il était parti il s'était précipité dans sa chambre et l'avait découverte bien en évidence sur son lit. Il l'avait immédiatement dissimulée avant que Gerta revienne, bien qu'elle n'entrât jamais chez lui.

Il fouilla dans ses affaires, craignant que Billy n'ait découvert autre chose, mais par chance tout était en place.

Il feuilleta fébrilement le dossier qui renfermait les annonces matrimoniales qu'il avait passées tout au long de sa vie et lui avait permis de connaître de nombreuses femmes et de s'introduire dans leur intimité. Il vérifia aussi les doubles des lettres qu'il avait envoyées sous pseudonyme aux femmes désireuses de contracter une union, et en relut une avec émotion :

> Ma très chère et délicieuse Grace,
>
> Je viens de recevoir votre lettre si charmante où vous m'appelez votre très cher Robert. Cher miel de mon cœur vous m'avez capturé. Je suis votre esclave et tout ce que je possède est à vous. Bitte, couilles, et tout l'argent que vous désirez. Si vous consentiez seulement à devenir ma délicieuse épouse, comme je vous adorerais. O combien ! Embrassades-baisers-fessées. Puis Embrasser là où j'ai fouetté. Votre Délicieux Gros Cul Magnifique. Vous n'auriez plus jamais besoin de papier-toilette pour torcher votre délicieux gros cul car je serais là pour le nettoyer avec ma langue.
>
> Bien à vous, ma Grace, votre Robert.

La femme avait dû se méfier car elle n'avait jamais répondu. Il le regrettait encore car elle lui avait semblé, lors des précédentes lettres, pleine de possibilités. Bon, il en avait eu d'autres, des moins méfiantes ou des plus curieuses qu'il avait aimées un temps avant de leur faire connaître le grand frisson.

Ce qui le navrait c'est qu'après avoir connu ce grand frisson elles ne pouvaient plus lui en parler. Pourtant, il aurait souhaité recueillir leurs impressions. Mais la flamme de la vie était fragile et différente pour chacun.

Telle qui supportait certains tourments de longs jours, une autre y succombait rapidement. Question de résistance. C'était pour tout le monde pareil. Les adultes n'étaient pas plus forts que les enfants et les hommes que les femmes. Seul le goût de leur chair était différent.

Pour se délasser, il alluma la télé et regarda vaguement une émission de jeux en tâchant de répondre correctement aux questions posées. Puis ce furent les informations où le speaker parla du meurtre d'un jeune homme dans le souterrain de Park Avenue pour lequel la police n'avait pour l'instant aucune piste, et enchaîna sur l'Hôtel de Ville et le capitaine Levine en charge de cette enquête.

— Le nouveau coordinateur de la police de la NYPD, le capitaine Levine, que l'on présente comme devant être le futur chef de la police, a déclaré que ses services mettaient tout en œuvre pour conserver à notre ville sa réputation de sécurité.

» Depuis 1976, année noire concernant les crimes de sang dans notre ville, les chiffres de la criminalité n'ont cessé de baisser pour atteindre leur niveau le plus bas depuis vingt-six ans, a souligné le capitaine. Ce résultat a été obtenu grâce à une politique sécuritaire de la part de l'équipe municipale et un travail acharné de votre police sur le terrain.

» La NYPD travaille en collaboration avec les plus grands spécialistes scientifiques pour traquer le crime mais nous sommes conscients que nous ne pourrons éradiquer le mal du cœur de certains hommes.

» Des hommes mauvais, mais surtout des malades

qui auraient davantage besoin d'être soignés que punis et qui souffrent pour la plupart d'un déficit intellectuel et émotionnel. Notre société se doit de les empêcher de nuire. La science nous a débarrassés des grandes maladies infectieuses mais pas des graves affections mentales qui frappent certains et les font se conduire de manière ignoble envers leurs semblables. Et aujourd'hui, je lance personnellement un défi à ceux qui se moquent de la loi des hommes et croient pouvoir la défier en se laissant aller à leurs bas instincts qui les font s'attaquer à des êtres innocents et sans défense. Qu'ils sachent que leurs jours sont comptés.

Nichols suivit sans l'entendre la fin de l'entretien de Levine qui se pavanait aux côtés du maire sous les flashs des journalistes.

Il était hébété de rage. Déficit intellectuel ? émotionnel ? maladie mentale ? C'est de lui que l'on parlait ? Qu'est-ce que voulait faire croire cet escroc de Levine ? Levine ! D'où pouvait-il être ? Juif, sûrement. Il y avait à la bibliothèque un nombre impressionnant d'écrivains juifs qui s'appelaient Levine, ou Levy, ou encore Levi ou Levaï, bref des assassins du Christ. Des profiteurs. La preuve, il allait être bombardé chef de la police !

Nichols se leva et regarda par la fenêtre, bouillant de colère. Il avait toujours été bon catholique. Sa mère y avait veillé, même quand, emmenée à l'asile psychiatrique par une horde de policiers qui avaient eu du mal à la maîtriser, elle avait crié à son fils aîné qu'il devait mettre le petit Edgar dans l'institution catholique la plus dure possible.

Ça ne l'avait pas gêné, au contraire. C'est pendant ces longues années à l'orphelinat qu'il s'était forgé sa nature. Il avait immédiatement adoré la discipline de fer qui y régnait. Il se souvenait des punitions corporelles qu'on leur infligeait pour des peccadilles, et le plaisir qu'il prenait à les subir autant qu'à assister à celles des autres. C'est à peu près à cette époque qu'il avait eu ses premières hallucinations religieuses où il se promenait en hurlant : « Je suis le Christ ! » et où il essayait de se purger de ses péchés en s'automutilant ou en pratiquant des sacrifices d'animaux. Cela avait duré le temps de son adolescence, jusqu'à ce qu'il soit envoyé dans une clinique psychiatrique par son confesseur qui avait payé ses soins de sa propre poche, et d'où il était ressorti, de l'avis des médecins, complètement guéri, en tout cas « pas dangereux pour la société, même s'il présente une personnalité psychotique à caractère sexuel ».

Mais il n'avait jamais cessé d'avoir la foi. Le Christ était son Sauveur, et souvent, quand il sentait venir certaines pulsions qu'il réprouvait, il savait pouvoir compter sur Lui.

Ses envies se manifestaient tel un feu qui courait dans ses veines. Son corps était parcouru de frissons, et lui, qui se savait frêle, se découvrait un homme puissant. Une force impérieuse le guidait, une force qui mêlait fantaisies sexuelles dominatrices, et excitation, en même temps que peur et plaisir. Et il n'y avait que lorsqu'il satisfaisait ces pulsions qu'il se sentait comblé.

Alors il Le suppliait de l'aider à surmonter ses désirs, parfois Il l'écoutait et la fièvre ardente le quittait. En contrepartie, Jésus exigeait qu'il souffrît pour ses péchés et il s'infligeait ces souffrances avec bonheur et reconnaissance. Et ceux qu'il punissait de la même façon auraient dû le remercier de vouloir les sauver de leur nature vicieuse.

Ces femmes qui répondaient à ses annonces, que cherchaient-elles d'autre que le plaisir le plus vil ? Ces garçons qui le suivaient et vendaient leur corps pour trente deniers ? ces enfants vicieux qui se laissaient tripoter, que méritaient-il d'autre, tous, que de souffrir comme le Christ sur sa Croix ?

Il avait besoin de prendre l'air. Il avait profité de

deux jours de congé pour ranger sa partie de la maison et c'était sûrement pour ça que Billy était tombé sur la planche.

Il repensa à Levine. Voulait-il faire croire qu'il pouvait débarrasser New York de ses Justes, ces hommes qui vivaient selon leurs propres lois et incarnaient comme lui une justice supérieure ?

Ce grand juif avait bien besoin qu'on lui rabatte le caquet. Pourquoi dire que les meurtriers étaient des imbéciles ou des malades alors que des spécialistes en qualifiaient certains d'esprits supérieurs pour lesquels la loi commune n'était pas faite ?

Il avait tenu la police en échec durant des décennies, comme Ted Bundy accusé de plus de soixante-dix assassinats, ou Ed Kamper qui adorait dépecer et décapiter ses victimes en commençant par sa mère dont il avait conservé la tête sur sa cheminée durant des semaines, la prenant pour cible à ses jeux de fléchettes, et qui possédait un Q.I. de 144.

Il se sentait proche de ces hommes hors du commun pour qui le public avait une véritable fascination, comme s'ils dévoilaient la part sombre de chacun. Combien, du fond de leurs cellules, étalaient complaisamment leur vie dans les colonnes des journaux ou écrivaient des livres qui leur rapportaient des milliers de dollars tant les gens étaient friands de récits macabres. Et les artistes, comme John Wayne Gacy, qui avait massacré trente-trois jeunes hommes, et dont Johnny Deep et d'autres se disputaient les œuvres.

Les hommes ordinaires croyaient se protéger du meurtre en le punissant, mais le meurtre était dans les gènes de l'homme depuis qu'il avait compris qu'il était mortel.

Il s'habilla soigneusement, abandonnant la tenue légère qu'il portait depuis plusieurs jours pour se remettre en costume. Sa barbe avait poussé et il estimait qu'elle lui donnait l'air d'un artiste.

Il ignorait où habitait Levine, mais le découvrir était une question de patience et de stratégie. Levine ne passait pas sa vie au commissariat, il lui arrivait bien de rentrer chez lui voir sa petite famille.

Nichols était sûr qu'il avait des enfants.

— J'AI enfin pu récupérer les résultats du labo concernant l'autopsie de Murray, annonça Sam Stevenson.

— Je ne veux pas croire qu'ils les aient égarés, bougonna Levine, ce serait trop grave.

— C'est très grave, reconnut Sam. Mais qu'espérez-vous de gens qu'on recrute à la va-vite, pas formés, qu'on balance dans un service de la police scientifique en les payant moins qu'une femme de ménage, et à qui on demande des résultats immédiats et probants ? Vous savez quoi, chef ? Ce qui m'étonne, c'est qu'on obtienne parfois des bonnes réponses.

Levine soupira. La gabegie, le je-m'en-foutisme, l'incompétence se retrouvaient dans tous les services. Le maire avait embauché huit mille nouveaux flics et construit des prisons, refoulé les *homeless* et donné du travail à des centaines d'employés municipaux qui vous cavalaient derrière pour ramasser le moindre papier que vous balanciez. On pouvait à présent se balader sans se faire trouer la peau pour cinq dollars, mais aucun travail de fond n'avait été fait parce que invisible aux électeurs.

Les labos croulaient toujours sous les dossiers ; il n'existait ni collaboration ni information entre les différents services de police et la moitié du matériel était obsolète. Bref, les renseignements concernant le jeune Murray arrivaient plus de quinze jours après le meurtre.

— Qu'est-ce qu'ils disent ? demanda Levine.

— Ils ont trouvé sur ses vêtements des cheveux gris appartenant à un homme de type caucasien, pas jeune, annonça Sam, et une empreinte de pouce et d'index. Il n'y a pas eu rapport sexuel et Murray est mort par percement du ventricule droit par une lame étroite introduite horizontalement entre la neuvième et dixième côte, puis remontée, déchirant la plèvre sur une hauteur de quatre centimètres et demi. L'assassin a ensuite retiré la lame et ouvert la gorge de Murray de gauche à droite en se tenant derrière lui. Donc, c'est un droitier. Les prélèvements d'organes et de doigts ont été faits *post mortem.* Le plus intéressant, ajouta Sam en relevant la tête, c'est que les cheveux et les empreintes sont identiques à ceux retrouvés sur le cadavre d'Albert, le jeune handicapé, et chez la petite Gloria.

Levine releva vivement la tête.

— Nom de Dieu ! J'en étais sûr, l'assassin de Murray est également celui de Crawford et celui de Gloria ! Putain, je le sens depuis le début !

— Nous avons aussi sa séquence d'ADN, qu'ils ont récupérée dans les traces de sperme retrouvé dans l'anus de Crawford, enchaîna Sam avec une satisfaction évidente.

— Que vous avez envoyée immédiatement au Service de recherche des criminels du FBI ? compléta Levine.

— Immédiatement, confirma Sam, ainsi qu'aux services de la criminalistique, et nous attendons la réponse.

— Nom de Dieu ! répéta Levine en se dressant. Le même cinglé a tué Gloria, Murray et Crawford !

Il se tourna vers les flics présents qui avaient levé la tête vers lui.

— Putain de merde, c'est confirmé : *on l'a, notre serial killer* !

Levine se dégagea de son bureau et alla à grandes enjambées vers le mur où étaient affichées les photos des cadavres de Murray et Crawford, celle de Gloria souriante sur les genoux de sa mère et, en regard, le portrait-robot du suspect qu'avaient décrit les Riley et les deux portiers de nuit. Levine le tapota de l'index comme s'il voulait percer la cloison.

— Regardez bien la gueule de ce taré ! La bonne soixantaine, cheveux fins et gris, sperme peu actif, ce qui confirme l'âge, pas très grand, assez gringalet. Petite moustache, habillé classique. Attention, vous n'avez pas affaire à des Blacks déguisés psychédéliques avec des tifs à la mords-moi-le-doigt que vous repérez à deux cents mètres. Le mec que vous recherchez ressemble à votre concierge ou à votre laitier. C'est le lambda. Le type couleur muraille à qui vous parlez pendant cent sept ans sans être seulement foutu de dire à quoi il ressemble ! Et si ce type ne s'est jamais fait épingler, les crânes d'œufs de Quantico pourront nous dire qu'il est sensible au germe de la rougeole, nous donner la longueur de sa bite et s'il s'est fait violer enfant par son chien, mais nous on continuera à cavaler derrière une ombre ! Je ne veux pas qu'il batte le record d'Ottis Tool et Henry Lucas et leurs deux cents bonnes femmes grillées au barbecue !

— Et pourquoi il s'attaque tantôt à un enfant, tantôt à des jeunes gens dont l'un est pédé et l'autre retardé ? lança Swanson occupé à recueillir la déposition d'un pépé qui se croyait assailli en permanence par les Peaux-Rouges de Géronimo.

Le pépé releva la tête.

— Parce que les Indiens enlèvent les enfants des Blancs pour les faire élever par leurs squaws, expliqua-t-il gravement.

Swanson le regarda par en dessous.

— Monsieur Muller, on reprendra cette conversation plus tard. Retournez à votre caravane avant qu'elle soit incendiée par les Iroquois. On en a signalé ce matin.

— Je vous remercie de me prévenir, monsieur l'officier, répondit le vieux en se levant et en saluant martialement. J'informerai le général Custer de votre précieux concours.

Il pivota sur ses talons et poussa vigoureusement les portes battantes qui séparaient le coin des inspecteurs du reste du poste.

Les flics saluèrent son départ de coups de sifflets et de ricanements.

— Vos gueules ! intima Levine. La rigolade c'est terminé. Je veux que vous me décortiquiez vos indics jusqu'à la moelle. Que vous me grattiez les murs et le fond des poubelles jusqu'à plus avoir d'ongles ! Tous les flics vont se trimballer le portrait de ce salopard et le montrer partout ! Vous recherchez un type qui a sûrement un boulot pépère, au moins régulier, et peut-être une famille. Un type intelligent mais qui est en train de perdre les pédales. Jusque-là il a été assez futé pour ne pas se faire prendre et ne laisser aucun indice derrière lui car je suis certain que ce ne sont pas ses premiers meurtres, vu son âge. Pourquoi maintenant il pète les plombs, agit à visage découvert, sème du sperme, des cheveux, des poils, j'en sais rien et on s'en fout !

» Ces trois meurtres ont été préparés et perpétrés dans Manhattan, même s'il a tué Gloria Riley ailleurs. Donc, on va recommencer à fouiller entre Bryant Park, où le jeune Crawford avait dit vouloir se rendre et qui est proche de l'endroit où on a retrouvé son corps, Greenwich, où Murray a été tué, et Lower West à la hauteur de Battery Park où habitait Gloria. Ce coin est pourri d'entrepôts et de lieux sordides, et vous allez interroger les commerçants, les ambulants, les clochards, les sourds-muets et les aveugles. Ce type habite ou travaille par là. Sam, où en êtes-vous avec vos recherches sur les Mosley ?

— Quarante-quatre, rien qu'à Manhattan. Nous en avons vu trente-cinq. Les autres sont absents. Sur trente-cinq, dix-sept hommes dont quatre de plus de cinquante ans. Ça n'a rien donné. Aucune ressemblance avec le portrait-robot. Nous recherchons les autres.

— Ouais, de toute façon, peu de chance pour que ce soit son nom. Johnson et Foster, vous draguez les bars gays, les tatoueurs, les lieux de rencontres homosexuels. Pas de brutalités, montrez le portrait et tâchez de savoir si on l'a déjà vu.

Il y eut des ricanements entendus autour des deux flics.

— Tu vas t'habiller comment, Johnson ? demanda d'une voix flûtée un collègue dont les opinions racistes n'étaient un secret pour personne.

— Comme vous quand vous y allez, Roberts, répondit sèchement Levine.

Les flics étouffèrent leurs ricanements.

— Inutile de souligner que vos week-ends avec Claudia Schiffer attendront la fin de l'enquête, reprit Levine. Tous sur le pont. On laisse tomber les autres enquêtes.

— Celles des pédos également ? demanda Swanson.

Levine le regarda pensivement en se mordant les lèvres.

— J'hésite, finit-il par lâcher. Y a-t-il ou non connexion entre les deux affaires ?

Il ne s'adressait à personne en particulier. Les autres flics attendaient, habitués à voir leur chef réfléchir à haute voix. Johnson déchira deux tablettes de chewing-gum et les enfourna dans la bouche.

— J'hésite à cause de la perte de temps et d'énergie... et on n'est pas assez nombreux, reprit Levine.

Bon, on laisse tomber, décida-t-il soudain. Vous me retrouvez l'amateur de chair fraîche en vous aidant de tout ce qu'on a sur lui. Sam, tarabustez le VICAP, il nous faut les renseignements sur les meurtres commis ailleurs et pouvant avoir un rapport avec les nôtres ! Autre chose, faut voir avec le service des victimes. On doit en connaître un maximum sur chacune d'elles pour savoir s'il existe un lien. À première vue, entre une fillette, un pédé et un demeuré, y en a pas. Mais pourquoi et comment les a-t-il choisies ? Sans préméditation puisque apparemment il n'est pas connu dans les milieux gays, pas davantage de la famille Riley ainsi que de l'institut des handicapés. Donc, c'est un impulsif qui agit sous l'action du stress. Un criminel peut changer au cours de sa vie comme chacun d'entre nous pour une raison quelconque, situation sociale, problèmes familiaux ou autres. Mais que ce soient ses premiers crimes ou pas, on va faire en sorte que ce soient ses derniers !

— Chef, intervint Randel de sa voix habituellement traînante, on peut savoir à quoi rimait votre conférence de presse où vous affirmiez que le crime reste à la porte de notre bonne ville, que les criminels sont des malades qu'il faudrait soigner et comprendre. Pourquoi lui avoir lancé un défi ? Vous étiez sûr à c'moment-là qu'c'était le même ?

— Parce que, monsieur Randel, à côté du .38, des sirènes hurlantes et des portes défoncées à coups de pied, il y a ce qu'on nomme la stratégie, à laquelle Machiavel et Clausewitz ont donné ses lettres de noblesse. Et la mienne consiste à énerver notre cannibale et à le vexer suffisamment pour qu'il fasse une connerie et que nous en profitions. Vous pigez ?

— Vous allez le pousser au meurtre ?

— J'espère qu'il nous donnera le temps de le poisser avant. Mais, à mon avis, s'il m'a entendu, il va vouloir me prouver qu'il est assez fort pour me défier en prenant des risques. On a de lui une description précise et son ADN, mais c'est comme si nous n'avions rien puisqu'il n'est connu nulle part. Si nous ne le prenons pas en flag, et c'est pas la peine de rêver, il peut continuer à tuer et bouffer ses semblables pendant un bon moment. Je veux qu'il me haïsse, vous comprenez, mon bon Randel ?

— Qu'il s'en prenne à vous ? s'effara celui-ci qui en perdit son attitude de vieux sage tirant sur le calumet.

— Pourquoi pas ? Mais ne vous faites pas d'illusions, les gars, celui qui me bouffera n'est pas encore né. Tout ce que je fais c'est agiter le chiffon rouge.

Comme les flics semblaient attendre la suite, Levine donna un coup de poing sur son bureau.

— Bordel, vous vous bougez ou quoi !

Ils bougèrent en raclant les pieds. Ces fameux pieds de flics qui allaient, dans les prochains jours, en voir de toutes les couleurs.

NICHOLS eut un éblouissement. Dégringolant les marches, Levine et un collègue venaient dans sa direction.

Il se détourna et se colla à la rampe de l'escalier du métro qui débouchait devant City Hall. Les deux policiers le croisèrent et il entendit Levine dire à son collègue :

— Je me rentre. Quoi que ce soit, appelle chez moi.

— OK, répondit l'autre flic.

Ils se séparèrent au bas de l'escalier et Nichols emboîta le pas de Levine qui fendait la foule sans regarder autour de lui. Sa chemisette découvrait ses avant-bras puissants et il tenait à la main une veste en lin froissé. Il ne portait pas d'arme, sans doute parce qu'il n'avait rien pour la dissimuler. Nichols nota le détail avec intérêt.

Par provocation et goût du danger il se posta derrière lui sur le quai. La rame arriva et Nichols monta par la porte voisine. Le policier descendit à Penn Station, prit la 34e Rue Est, Nichols sur ses talons.

Levine ne se retourna pas une seule fois. Il s'arrêta à un kiosque pour acheter le journal, plaisanta avec le vendeur et tourna sur la gauche vers la 3e Avenue. Il dépassa encore deux blocs et s'arrêta devant un immeuble en briques ocre avec des baies vitrées sur les trois étages et, devant, un bout de pelouse plantée de trois rosiers.

Il ouvrit la porte extérieure avec une clé et la referma soigneusement.

Nichols traversa. L'immeuble était un ancien entrepôt ou un atelier de confection transformé en lofts comme les affectionnaient les New-Yorkais branchés.

Dans ces immeubles, les ascenseurs traditionnels étaient en général des monte-charge que les locataires se gardaient bien de faire remplacer. Il s'étonna qu'avec son salaire de policier Levine pût s'offrir ce genre d'appartement, et conclut que décidément ces gars-là étaient de sacrés magouilleurs.

Il avisa un bar proche, y entra et commanda un café. Il s'installa derrière la vitre en face de l'immeuble. Piéger Levine avait été encore plus facile qu'il ne l'espérait. Il était à présent sur le territoire de l'adversaire, mais c'était lui le chasseur.

Le rapport du FBI arriva à neuf heures trente le jeudi. Swanson qui l'avait récupéré le porta à son chef.

— Bingo, dit-il en se laissant tomber sur une chaise. L'ADN de notre cinglé n'est pas inconnu, d'autant moins qu'il souffre d'une particularité génétique.

— De quel genre ?

— Ses chromosomes sont YYX.

— Non !

— Comme j'te dis !

— Tu connais la théorie comme quoi les criminels auraient pour la plupart, enfin les particulièrement chtarbés, un surnuméraire ?

— Oui, j'connais ! À part qu'on pense que c'est du pipeau ! Bref, il en a laissé dans la gorge d'une jeune femme, Ethel Rasberg, assassinée et mutilée en 1997 à Detroit. Celle-ci, il lui a coupé les seins et les mains. Devine comment il les a accommodés !

— Arrête, grogna Levine d'un air dégoûté.

— Poils et sperme également sur une petite fille violée et étranglée la même année à Lafayette. Intacte, celle-là, si on peut dire. La police n'a jamais pu retrouver l'assassin. J'ai eu l'inspecteur qui s'est occupé du meurtre d'Ethel Rasberg, à Detroit. D'après lui il n'y a eu aucun témoin. La victime a été découverte chez elle où il n'y avait aucune trace d'effraction, comme si son assassin lui était connu.

— ... Ou qu'il s'était fait passer pour le facteur, objecta Levine. Et l'enfant ?

— Dans un champ, pas loin de la maison où elle habitait. Les parents ont déménagé presque aussitôt. Six mois plus tard sa mère s'est suicidée après avoir été soignée pour une profonde dépression nerveuse. Ils avaient d'abord soupçonné son mari, qui était le beau-père de la petite, mais les empreintes génétiques l'ont innocenté. On ignore où il est maintenant.

— C'est tout ?

— Ouais. Faut pas oublier que le VICAP n'a démarré difficilement qu'en 1985, et qu'en 91 il n'avait répertorié que cinq mille cas à peu près. Les flics se font tirer l'oreille pour remplir leurs formulaires. Tu les as vus ? C'est bon pour des majors de Harvard. Quand tu commences, t'en finis pas de remplir de la paperasse ! Soixante feuilles avec des questions à la mords-moi-le-nœud !

— Je suis sûr que ce cinglé a tué beaucoup plus que cinq personnes, grommela Levine.

— Possible...

— Frisco a répondu ?

— Ils n'ont pas d'archives criminelles qui remontent avant 1906, ou alors très fragmentées. En plus, à cette époque, il suffisait d'habiter dans une banlieue qui était rattachée à une autre mairie, et t'es marron. Tout' façon, je fais continuer les recherches. Qu'est-ce que ça donne les bars à pédés ?

— Rien pour l'instant. À mon sens, ce n'est pas le genre d'endroits qu'il fréquente régulièrement. Et il n'est pas qu'homosexuel.

— Nan, d'autant que la petite pute, Murray, n'a pas été enculé, juste découpé.

— Ce que j'apprécie le plus chez toi, Swanson, c'est ta délicatesse de langage et de sentiments.

— Ouais, mais Crawford, lui, y est passé.

Levine soupira sans répondre.

Les deux flics restèrent quelques instants plongés dans leurs pensées.

— Je me demande si j'ai eu raison de laisser tomber les réseaux pédophiles, dit Levin pensivement

— Ces mecs sont des tarés, je te l'accorde, mais jusque-là on n'a jamais rien eu concernant des meurtres.

— Oui... ça continue d'affluer, les pépés dans les commissariats ?

— Un peu moins, les flics font gaffe. On a eu trois plaintes à la mairie. T'as pas eu d'autres contacts avec ce type qui t'avait téléphoné sur les réseaux ?

— Non, mais il faudra s'en occuper, je n'aimerais pas qu'ils règlent leurs comptes eux-mêmes.

— Ce que j'aime dans ce boulot, c'est qu'il y a pas de morte-saison. C'est pas comme quand tu vends des parapluies ou des maillots de bain. Tu vas drôlement t'emmerder quand tu seras chef de la police, reprit Swanson. Tu te vois dans ton petit bureau à établir ton timing des cocktails ?

— Fiche-moi la paix !

— T'auras un bel uniforme bleu nuit avec des dorures sur la casquette et des pompes super-briquées. Tu jetteras du jus.

— Lâche-moi.

— Des journalistes canon viendront t'interroger sur les statistiques, et si elles veulent en savoir plus tu pourras exiger un droit de cuissage.

— Fais chier, Swanson, tire-toi !

— C'que t'as mauvais caractère, j'me d'mande comment fait Sarah pour te supporter.

JUDITH sortit de l'école en même temps que son amie Cheryl.

— Tu te rends compte, lui répétait celle-ci les yeux brillants, je l'embrasse sur scène !

— Pas vraiment...

— Presque !

Cheryl jouait dans une pièce que préparait l'école le rôle d'une étudiante amoureuse du capitaine de l'équipe de foot ; et celui qui tenait le rôle, dans la vie elle en était folle dingue.

Judith haussa les épaules. Elle le trouvait, elle, particulièrement lourdingue.

— Et tu sais quoi ? On cherche une fille qui ferait la voisine de Dusty, et qui serait drôlement jalouse. Qu'est-ce t'en dis ?

Judith haussa encore les épaules.

— Mon père ne veut pas.

— Y veut pas quoi ?

— Que je fasse du théâtre, à cause des heures de répétition.

— C'est débile ! Tu serais géniale dans le rôle, j'en ai déjà parlé à la prof !

Elles marchaient dans East Houston Street. Judith et Cheryl étaient élèves à la School of Bethseba, une école religieuse dont la directrice, Mme Blumenthal, n'avait qu'une ambition : faire de « ses filles et de ses garçons les femmes et les hommes les plus accomplis ». Y entrer relevait du pari impossible. Les dossiers exigés auraient suffi de sésame à la NASA.

— Je te dis qu'il ne veut pas.

— À cause de quoi ? Il n'a pas confiance ?

— C'est pas ça, mais dans son travail il n'arrête pas de voir des cinglés, il a peur, c'est tout.

— Comme le père de Dusty. Il est commandant de bord et il dit que s'il n'était pas obligé il ne prendrait jamais l'avion. C'est débile !

— Ouais, soupira Judith qui n'aimait pas l'avion.

— Alors qu'est-ce que je dis à la prof ? demanda Cheryl au moment où les filles se séparaient.

Judith plissa les lèvres dans une attitude familière de profonde réflexion.

— Je vais en reparler. C'est bien, ce rôle ?

— C'est génial ! Comme t'es jalouse on n'arrête pas de se disputer !

— Elle est de qui, cette pièce ?

— Un auteur que je ne connais pas, mais c'est drôlement bien ! une comédie amère sur les difficultés de l'adolescence.

— Je vais voir, soupira Judith en embrassant son amie. Dis à ta prof que c'est presque OK.

— Génial ! s'exclama Cheryl en la serrant contre elle. Qu'est-ce qu'on va s'amuser ! En plus, tes répliques ne sont pas dures, elles sont hyper-naturelles ! Je me sauve, je suis déjà en retard. On fait la première lecture ce soir. À demain ! cria Chéryl qui s'éloigna en courant.

Judith agita la main et repartit plongée dans ses pensées. Le théâtre, c'était une aventure ! Autre chose que le violon que pourtant elle aimait. Etre sur une scène et faire rire ou pleurer. Donner de la chair à un texte inerte. Redonner vie aux héroïnes du passé.

— Oh, pardon !

Heurtée de plein fouet, Judith poussa un petit cri et laissa tomber ses livres. Etendu à ses pieds, un aveugle, comme elle pouvait en juger à la canne blanche tombée à ses côtés et ses lunettes noires, tentait maladroitement avec un bras dans le plâtre de se relever. Elle se précipita vers lui.

— Oh, excusez-moi, monsieur, je ne vous ai pas vu.

Elle se mordit les lèvres.

— Je ne vous ai pas fait mal ?

— Non, non, bougonna l'homme qui, redressé sur un genou, cherchait sa canne. Ma canne, où est ma canne ?

— Là, monsieur, se rua Judith en la lui mettant dans la main.

Elle regarda autour d'elle, espérant du secours, mais seules des voitures passaient sur l'avenue. C'est bien ça, pensa-t-elle, d'aller à l'école dans un quartier aussi résidentiel.

L'homme se releva avec difficulté en grimaçant de douleur. Il se frotta la jambe gauche qui semblait le faire souffrir.

— Vous avez mal, monsieur ?

— C'est-à-dire, soupira l'homme avec irritation, qu'avec ce bras ça n'arrange rien ! Je crois bien m'être tordu un muscle de la cuisse. Mais vous ne pouviez pas regarder devant vous ! dit-il brusquement. À quoi ça sert nos cannes, alors !

Il semblait furieux et Judith ne savait plus quoi faire. Sur le trottoir d'en face passèrent deux femmes et elle agita la main en les hélant, mais elles se détournèrent et continuèrent leur chemin.

— Où on est ? demanda l'homme d'un ton bourru.

— Près d'University Plaza, indiqua Judith.

— Je n'arriverai jamais chez moi dans cet état, dit l'homme. Vous me semblez une enfant, il faudra que vos parents me dédommagent si je dois prendre un taxi pour rentrer. Et encore, cette jambe ne me porte plus.

— Je vais vous emmener chez un médecin, s'écria Judith, j'en connais un tout à côté.

— Sûrement pas ! Ce sont des incapables et des voleurs ! s'exclama l'homme qui semblait de plus en plus furieux.

Judith était au bord des larmes. Ce type qui d'abord lui avait fait pitié, elle le trouvait à présent impossible. C'était lui qui l'avait heurtée. D'accord, c'est elle qui voyait, mais quand même. Elle se reprocha son attitude. Chez elle, on plaignait beaucoup les handicapés. Même son père, qui pourtant n'était pas un tendre.

L'homme s'appuya contre le mur. Il était tout pâle et ne paraissait pas en bonne santé. Ses vêtements étaient de mauvaise qualité et elle pensa qu'il ne devait pas être riche.

— Vous habitez où ? demanda-t-elle.

Il eut un geste irrité de la main en haussant les épaules.

— Où que j'habite, je ne peux plus prendre le métro, j'ai trop mal, bougonna-t-il en se frottant la cuisse. Ah, quelle poisse ! Le bras et maintenant la jambe !

— Vous pourriez prendre un taxi ? hasarda Judith.

— Vous croyez que j'en ai les moyens ?

— Je vous le paierai, s'écria Judith, j'ai un peu d'argent.

— Et comment je monterai mes étages, hein ? Sur la rampe ?

Judith en eut soudain assez. On tournait en rond. Ce type était un mauvais coucheur, ça se voyait. Tout ce qu'il voulait c'était se faire raccompagner en taxi. Elle consulta sa montre. Sa mère ne rentrerait pas avant une heure, seule Mélanie devait être à la maison. Elle avait le temps de déposer cet enquiquineur, de l'aider à remonter chez lui, et de revenir avant sa mère.

— Je vais vous raccompagner en taxi, dit-elle un peu sèchement, et je vous aiderai à rentrer. À moins que vous n'acceptiez d'aller chez le médecin que je paierai.

Il haussa les épaules.

— Je veux rentrer chez moi, c'est tout.

Un *yellow cab* pointa son mufle à l'entrée de l'avenue. Elle lui fit signe. Il vint s'arrêter contre le trottoir. Elle se tourna vers l'homme qui n'avait pas décollé du mur.

— Nous avons un taxi, si vous voulez venir...

En maugréant, il s'avança en évitant d'appuyer sur sa jambe blessée.

— Vous saignez pas, au moins ? demanda le chauffeur en se retournant.

L'homme se laissa tomber lourdement sur la banquette.

— Mais si, espèce d'imbécile. Un muscle froissé, tout le monde sait que ça pisse le sang !

— Je monte devant, décida Judith que le mauvais caractère de l'aveugle exaspérait. Alors, où on va ?

— Démarrez, je vais vous indiquer.

SARAH Levine se leva pour jeter le gobelet en carton qui avait contenu son café.

L'agence de pub où elle travaillait comme directrice artistique venait de décrocher le contrat de l'année avec le lancement d'un nouveau produit antitabac. Si on en croyait le slogan, il allait rendre ludique le divorce avec la cigarette en évoquant une séparation à l'amiable entre fumeurs et tabac, torts partagés.

L'idée de génie, d'après les concepteurs, c'est qu'ils avaient exactement calculé ce que les fumeurs guéris allaient économiser et ce qu'ils pourraient faire avec cet argent. On ne parlait plus cancer ou maladies cardio-vasculaires, mais placements boursiers, croisières et voitures neuves.

Sarah et son équipe, qui avaient travaillé trois mois sur le projet, le matin même ignoraient encore s'ils allaient l'emporter. La décision était tombée à deux heures, et le patron, Roch Rothemberg, avait décidé d'emmener les vainqueurs et leurs conjoints fêter la victoire dans un cabaret russe sur Orchard Street.

Sarah devait d'abord prévenir Stan et rentrer chez elle se changer. Elle décrocha son téléphone et appela son mari à qui elle expliqua le projet.

— Tu rentres tôt pour une fois, et avant tu passes chercher au pressing ton costume en alpaga, lui dit-elle. Je serai à la maison à sept heures. Le rendez-vous est à huit et demie.

— Et les enfants ? demanda Stan.

— Ils se garderont, répondit Sarah d'un ton léger.

Elle entendit son mari maronner. Des deux, il était de loin la mère poule.

— Tu pourrais y aller seule, tenta-t-il.

— Sûrement pas ! Je veux que tu assistes à mon triomphe.

— OK, à tout à l'heure, chou.

— Ne sois pas en retard...

— Non, dit-il en raccrochant.

Avec ce contrat, Rothemberg ne pourrait faire autrement que de l'associer dans son agence.

Elle ferma son ordinateur en souriant de plaisir, quitta son bureau et gagna la sortie en s'apercevant qu'elle était la presque dernière. Seul Roth était encore là.

La voyant passer il lui fit un signe de la main.

— Sarah, dis à ton mari de ne pas prendre de fusil à canon scié, on sera entre amis.

Elle répondit en tirant la langue. La profession de Stan suscitait souvent ce genre de plaisanterie.

Elle sortit et, tout à son euphorie, ne s'aperçut même pas de la moiteur de l'air. Elle prit un taxi et arriva chez elle un peu plus tôt que prévu. Elle trouva Mélanie devant la télé et Jon sur son ordinateur en train de régler une bagarre intergalactique.

— Bravo, les enfants ! s'exclama-t-elle. Je vois que vous savez vous occuper ! Jon, ce soir tu es le garde du corps des filles !

— Pourquoi ? demanda Mélanie sans quitter des yeux le dessin animé.

— Parce que ta mère a remporté une belle victoire professionnelle, expliqua-t-elle en se laissant tomber sur le canapé à côté de sa fille et en envoyant promener ses chaussures, et qu'elle est invitée avec ton père dans un super-restaurant.

— Et nous ? demanda Jon en sortant de sa chambre.

— Vous, vous aurez des hamburgers avariés et des légumes à l'eau.

Le garçon se jeta en rugissant dans les bras de sa mère, pendant que Mélanie se précipitait à son secours. Le tout forma une mêlée d'où émergeaient bras et jambes, jusqu'à ce que Sarah arrive à prendre le dessus.

Elle attrapa sa fille et l'étouffa de baisers. Puis elle fit de même à Jon, qui, pour un garçon, pensait-elle, était aussi câlin que ses sœurs.

— Et où est Judith ? demanda-t-elle en lançant un coup d'œil à sa montre.

— S'chais pas, dit Jon.

— Elle veut faire du théâtre, dit Mélanie.

— Oui, mais papa est contre.

— Elle fait bien du violon, dit Jon.

— Oui, mais la journée. Les répétitions théâtrales l'obligeraient à rentrer tard le soir et papa ne veut pas.

— Elle a quatorze ans, rétorqua Jon, qui en avait quinze.

— Pas tout à fait, et papa a dit qu'en ce moment il y a une recrudescence de gens qui embêtent les enfants.

— Moi, si j'en vois un, je lui casse la gueule, dit sobrement Jon.

— Dis-le autrement, ce sera encore mieux, rectifia sa mère.

— Moi aussi, affirma Mélanie, je lui casserai la gueule !

— Mélanie !

Jon s'esclaffa.

— N'empêche, reprit Sarah, elle devrait déjà être là. Le mardi elle rentre plus tôt.

Elle se dégagea et gagna la chambre de Judith pour

consulter son emploi du temps affiché au mur devant son bureau. Le mardi, Judith terminait à quatre heures. Il en était six et demie. Elle sentit un vide à l'estomac.

Elle regarda autour d'elle comme pour chercher une explication et revint dans le salon. Elle se saisit du carnet d'adresses et, sans réfléchir, téléphona à l'école. Plusieurs sonneries retentirent avant qu'une voix répondît.

— Oui ?

— Bonsoir, je suis Mme Levine, ma fille Judith qui est en quatrième A n'est pas encore rentrée alors qu'elle finit à quatre heures. Y aurait-il eu un changement ?

— Je vais me renseigner, madame, répondit la voix courtoise mais ferme.

Elle revint en ligne quelques instants plus tard.

— Toutes les classes sont sorties à part la sixième C qui prépare une interrogation écrite. Voulez-vous que je vous passe Mme Blumenthal ?

— S'il vous plaît, répondit Sarah d'une voix angoissée.

Elle eut rapidement la directrice en ligne.

— Madame Levine ? Bonsoir.

— Bonsoir, madame Blumenthal.

— Notre Judith n'est pas encore rentrée ?

— Non.

— Eh bien... la directrice sembla réfléchir... je crois pourtant l'avoir vue sortir à l'heure normale avec une autre jeune fille... je crois Cheryl Goldenson, oui, c'est ça. Je sais que Cheryl devait se rendre à une répétition de théâtre, peut-être que Judith l'aura accompagnée.

— Pas sans nous prévenir.

Il y eut un silence au bout du fil.

— Elle n'a que quatorze ans, reprit Mme Blumenthal, elle aura pu oublier.

— Ce n'est pas possible, répliqua sèchement Sarah que la panique gagnait. Tout simplement pas possible.

Mme Blumenthal perçut sa peur.

— Vous êtes-vous renseignée auprès du professeur d'expression théâtrale ?

— Non.

— Je vais le faire, dit la directrice, restez en ligne, s'il vous plaît.

À ce moment, Stan apparut dans l'entrée, son costume emballé dans du plastique sur un bras, l'autre caché derrière le dos.

— Salut tout le monde, lança-t-il en refermant du pied la porte derrière lui et en brandissant joyeusement ce qu'il tenait caché. C'est pour qui ce splendide bouquet ?

À cet instant il saisit l'expression de sa femme accrochée au téléphone, et Mélanie et Jon, muets à ses côtés.

— Qu'est-ce qui se passe ?

— Vous êtes certaine ? cria Sarah. Puis-je parler à Cheryl ?

— Que se passe-t-il ? répéta Stan en traversant la pièce en trois enjambées.

— Cheryl, je suis la maman de Judith, vous êtes sorties ensemble de l'école, c'est bien ça ? À quelle heure ? Quatre heures... et après, où est allée Judith ? À la maison ? C'est ce qu'elle t'a dit ? Où vous êtes-vous quittées ? Houston et Mercer ? Elle est partie toute seule ? Non, elle n'est pas encore rentrée. A-t-elle dit qu'elle allait faire une course ou voir une camarade ? Je t'en prie, Cheryl, tâche de te rappeler... elle devait rentrer ? passe-moi ton professeur. Allô ? je suis... bonjour madame... oui... oui, ma fille... vous ne l'avez pas vue ? non, non, elle aura du retard, c'est tout, merci.

Sarah raccrocha, le regard fixe.

— C'est Judith ? Où est-elle ? redemanda Stan d'une voix blanche.

Elle ne répondit pas.
— Où est Judith ? cria son mari en attrapant Sarah par le bras et en la secouant.
Elle le regarda et ses paupières papillotèrent. Elle avala sa salive et dit d'un ton plat :
— Son amie Cheryl l'a quittée vers quatre heures et demie. Judith lui a dit qu'elle rentrait ici.
Stan jeta un coup d'œil à sa montre.
— Il est presque sept heures, souffla-t-il d'une voix détimbrée.
— Où est ma sœur ? demanda Mélanie en se pressant contre sa mère.
— Elle avait pas piscine aujourd'hui ? dit Jon.
— Elle y est allée hier, répondit Sarah mécaniquement.
Stan se rua sur le téléphone.
— Qu'est-ce que tu fais ?
— Je préviens la brigade, il faut chercher dans les hôpitaux. Elle a pu avoir un accident !
Pendant qu'il s'activait, aboyait des ordres, appelait le Service des personnes disparues qui ne devrait pas bouger normalement avant quarante-huit heures mais qui, pour le futur chef de la police, allait se mettre immédiatement en branle, Sarah comprit que tout ça ne servait à rien.
Comment et pourquoi le savait-elle, elle aurait été bien en peine de l'expliquer. Elle le savait, c'est tout. Même si elle ignorait les détails concernant l'enquête de son mari, à cet instant précis, aussi puissant qu'une lame de fond, elle comprit que Judith ne rentrerait pas.
Mélanie leva la tête vers elle.
— Où est Judith, maman ?
Sa mère la fixa sans la voir. Jon s'approcha et prit la main de sa sœur.
— Elle va revenir, dit-il.
Sarah s'assit sur le canapé. Elle ne pouvait ni crier

ni pleurer. En elle, la vie ne battait plus. En elle, il y avait un morceau de granit qui occupait tout l'espace.

Stan raccrocha et regarda sa famille groupée près des canapés.

— Nous allons très vite avoir les réponses des hôpitaux.

Le téléphone sonna. Il se précipita.

— Oui.

— Heu... Stan ? C'est Roth, Sarah est là ?

— Oui.

— Je peux lui parler un instant ?

— De quoi ?

À l'autre bout du fil, Roth se tut.

— Eh bien... une question de travail.

— Pas maintenant, dit-il sèchement en raccrochant.

Sarah leva vers lui un regard interrogateur. Il secoua négativement la tête.

— Il faut... il faut envoyer les enfants chez ta mère, dit-il.

— On veut rester ici, affirma Jon.

— Qu'est-ce qui se passe, Stan ? demanda Sarah.

— Je ne sais pas.

— Si, tu sais !

— Non.

Le téléphone sonna de nouveau, les faisant tous sursauter. Stan décrocha, les mâchoires serrées.

— Oui ?

— Capitaine Levine ? dit la voix à l'autre bout du fil. Capitaine Levine, comment allez-vous ? Pas très bien, n'est-ce pas ?

— Qui êtes-vous ?

— Celui que vous cherchez.

— Je ne cherche personne !

— Mais si, mais si, même si vous avez dit que la ville était tout ce qu'il y a de sûr. Quelle vantardise ! Vous savez depuis combien de temps vos collègues me pistent en vain ? Vous vous demandez sans doute pourquoi, après avoir été si précautionneux durant toutes ces années, soudain je laissais derrière moi une piste que vous avez pensé facile à suivre... je dois vous avouer que je me suis aussi posé la question. Et vous savez quoi ? J'ai compris. Comme disait ce poète français, « à vaincre sans péril, on triomphe sans gloire », vous faire courir m'amusait moins. Mais votre défi m'a excité.

— Qu'est-ce que vous voulez ?

— Vous prouver que je suis plus habile que vous, et ni malade ni débile.

— Je ne comprends pas.

— Mais si, mais si.

— Foutez-moi la paix. Dégagez cette ligne !

— Pourquoi, vous espérez des nouvelles de votre fille ?

Stan se figea. Il sentit ses jambes se vider.

— Que savez-vous de ma fille ? balbutia-t-il

Il y eut un petit rire à l'autre bout.

— C'est ça le challenge, capitaine. À mon avis, la police n'est pas assez motivée. J'agite la carotte.

— Qui c'est ? implora Sarah.

Son mari lui fit signe de se taire.

— Vous n'avez pas explicitement parlé des trois meurtres, reprit la voix. Pourquoi ? Est-ce parce que les gens que j'ai tués n'en valaient pas la peine ou pour ne pas faire chuter vos statistiques triomphales ?

— Qui me prouve que vous êtes celui que nous recherchons ?

Sarah appuya sur le haut-parleur.

— C'est juste. Alors que dites-vous d'une certaine lettre envoyée à la maman d'une enfant et qui donnait des détails... culinaires ?

Sarah eut un haut-le-corps. Stan la soutint du bras.

— Pourquoi vous en prendre à moi ?

— Parce que je n'ai pas aimé ce que vous disiez de nous.

— Nous ?

— Ceux qui, comme moi, méprisent ce monde hypocrite et lâche. Vos lois ont été conçues pour les faibles et les imbéciles qui acceptent et subissent le sort commun. Nous sommes au-dessus de vos lois humaines. Dieu est mon juge, et Lui seul me guide.

— Dieu ne vous a jamais dit de tuer.

— Vous avez voulu me pousser à bout, vous allez le regretter.

— Ma fille n'est pas responsable de ce que j'ai dit, hoqueta Stan.

— Non, mais elle est plus vulnérable... et plus tendre.

— Stan ! hurla Sarah.

— S'il lui arrive quoi que ce soit...

— Quoi donc, capitaine ? Vous ne savez même pas où je suis. Vos services scientifiques, vos limiers de qualité, vos indics, toute cette machine qui coûte une fortune aux contribuables et résout moins de soixante pour cent des crimes dans notre pays, est incapable de me retrouver au milieu de millions de personnes.

— Comment avez-vous su où était ma fille ?

— Selon les bonnes vieilles méthodes ; en l'attendant et en la suivant. Voyez, pas besoin des autoroutes de l'information.

Stan mit sa main sur l'écouteur et regarda sa femme. Sarah, les yeux exorbités, le visage emprisonné dans ses mains, le fixait, bouche ouverte.

— Que voulez-vous ? demanda Stan d'une voix sourde.

— Un concours. Votre intelligence contre la mienne. On dit que vous êtes intelligents, vous autres, c'est le moment de le prouver. Je ne ferai rien à l'adorable Judith pendant cinq jours. Si vous ne m'avez pas trouvé, passé ce délai, je me régalerai de votre fille de la manière dont vous savez.

Stan coupa le haut-parleur, mais c'était trop tard. Il attendit de reprendre ses esprits et balbutia :

— Ce n'est pas juste, vous avez des éléments que j'ignore.

— Bien sûr ! mais en contrepartie, vous avez avec vous tous les services de la ville ! Rendez-vous compte : un homme seul contre tous. Un seul cerveau contre des milliers d'autres ! Croyez-vous que je ne puisse pas bénéficier d'un petit avantage de départ ? Capitaine, il est... il est sept heures vingt, nous sommes mardi. Dimanche, à la même heure, si vous ne m'avez pas arrêté je tue votre fille.

— Attendez ! hurla Stan.

— Mes hommages à votre épouse et mon bon souvenir à Jonathan et Mélanie.

Sarah poussa un cri et tomba à genoux sur le canapé, les yeux révulsés.

Mélanie se précipita avant son père, resté pétrifié, le combiné en main. Il se ressaisit et s'efforça de ranimer sa femme que déjà les cris de Mélanie sortaient de son malaise. Ils se regardèrent tandis que Mélanie et Jonathan sanglotaient dans ses bras.

— Qui c'est Stan ? cracha Sarah. Qu'est-ce que tu as fait pour qu'il enlève notre fille et veuille la tuer ?

Il évita son regard parce qu'il ne l'avait jamais imaginé chargé de tant de haine.

— Qu'est-ce que tu as fait, Stan ? martela-t-elle, tandis que ses enfants le fixaient avec frayeur.

— Mais... rien... enfin, chérie...

— Cet homme se venge de toi sur Judith, qu'est-ce que tu lui as fait ? cria-t-elle ! Qui est-il ?

Il essaya de trouver de l'air et n'obtint qu'un hoquet.

— Un type que nous poursuivons, lâcha-t-il d'une voix faible.

— Un type ? Quel genre de type ? Celui dont tu ne voulais pas me parler et contre qui tu m'as demandé de protéger les enfants ?

Il ne répondit pas et se mit à marcher autour de la pièce.

— C'est bien, ça, Stan ? dit-elle d'une voix qui résonna entre les murs comme dans une cathédrale.

Dressée, son visage semblait sculpté dans la pierre. Ses yeux agrandis n'avaient plus de couleur, pas plus que ses lèvres tirées vers l'intérieur. Stan avait déjà vu cette transformation chez Howard Riley et se demanda à quoi lui-même ressemblait à cet instant.

Le corps se défendait contre l'horreur en consacrant toute son énergie aux seules fonctions vitales afin de déserter ses émotions. Il fut surpris d'analyser aussi froidement la situation, comme s'il assistait à un phénomène qui ne le concernait pas.

Il ferma les yeux. La voix de Sarah, venue de loin, se rapprocha. Il respira profondément, décolla les paupières, se tourna vers elle.

— Qu'est-ce que tu comptes faire ? demanda-t-elle d'un ton glacial.

Elle semblait revenue dans leur monde. Toujours aussi cadavérique, mais ses yeux avaient perdu leur folie.

— Le chercher et le tuer.

Sa voix était si enrouée qu'elle le fit répéter.

— Ah oui ? Et où ? Tu as une piste ? J'espère que si tu as tout fait pour l'exciter, c'est que tu avais un plan.

Il refusa d'affronter son regard. Le téléphone sonna. Tous fixèrent le combiné. Il décrocha au bout de deux sonneries.

— Swanson à l'appareil. Rien dans les hôpitaux. Pareil pour les cliniques. On a juste fait celles de Manhattan, mais de toute façon, d'après l'itinéraire de Judith entre University et chez vous, il n'y en a que deux. Pareil pour les flics. Pas d'incidents à signaler, enfin de cet ordre. T'as une idée, Stan ?

— Il vient de m'appeler.

— Qui ?

Stan chercha une formulation anodine.

— Celui... celui qu'on soupçonne d'avoir enlevé Gloria.

Il y eut un long silence au bout du fil. Quand Swanson parla, Stan eut du mal à reconnaître sa voix.

— Tu veux dire... tu veux dire...

— Oui.

Le silence s'éternisa à l'autre bout. Enfin.

— Sarah est là ?

— Oui.

— Et les gosses ?

— Oui.

— Qui c'est ? demanda Sarah.

— Swanson.

— Passe-moi Sarah, dit Swanson.

Stan lui tendit le combiné.

— Swanson veut te dire un mot.

— Sarah, on va la retrouver. Même si c'est la dernière chose que je doive faire sur terre, on va la retrouver. Il faut faire confiance à Stan, Sarah. Et à nous. Y a pas une pierre qu'on va pas retourner.

— Vous ne savez rien, Jim, rien. Même mon mari le reconnaît. Vous avez voulu jouer aux apprentis sorciers et c'est ma fille qui paye !

Sa voix se brisa.

— C'est pas ça, Sarah. Stan a fait que son boulot. C'est l'autre qu'est un vrai tordu !

— Il n'y a que des tordus dans l'entourage de mon mari, répondit Sarah trop calmement. Vous savez quoi, Jim, il aurait dû faire comme vous. Ne jamais se marier. Ce n'est pas juste que ce soit ma fille qui paye.

Elle raccrocha et sortit de la pièce, suivie des enfants. Stan les regarda partir. Il se sentait plus seul à cet instant qu'il ne l'avait jamais été de toute sa vie.

Il était sonné, incapable de réagir. Le téléphone grelotta. C'était Samantha Stevenson.

— Je viens d'apprendre, chef. Swanson et moi on a

rameuté tous les collègues. Le grand chef vient d'arriver. Vous nous rejoignez ?

Tout se précipita, ce mardi soir.

À neuf heures, on appela le 21e Principt pour signaler que Rodney Ferson, le conseiller municipal, avait été retrouvé pendu chez lui.

Les premières constatations avaient conduit le lieutenant Kingoo, un Coréen, à contester la probabilité du suicide en attendant les résultats de l'autopsie.

À dix heures, on appela Levine sur son portable.

— Capitaine Levine ?

— Oui.

— Nous nous sommes déjà parlé.

— Oui, dit Levine d'un ton las, en reconnaissant la voix de celui qui lui avait fourni les noms des prétendus responsables de réseaux pédophiles.

À cet instant ce qu'avaient subi ces gosses le laissait indifférent. Ce qui le hantait, c'était l'image de Judith entre les mains du cannibale.

— Je sais que vous avez commencé votre enquête en interrogeant deux des principaux responsables, Cailleia et Metaxa, reprit la voix. Pourquoi vous êtes-vous arrêté ?

— Nous avons des enquêtes prioritaires, je reprendrai mes investigations plus tard. Au revoir.

— Attendez. Ce soir vous avez retrouvé Rodney Ferson pendu.

— Comment le savez-vous ?

— C'est moi qui l'ai découvert et ai alerté la police.

— Vous ? Et de quelle manière ? demanda Stan en branchant le haut-parleur du téléphone et en faisant signe à l'un de ses hommes de rechercher l'origine de l'appel.

Assis en face de lui, Swanson releva la tête.

— J'avais rendez-vous avec lui. Il devait me faire des

révélations qui permettraient d'inculper ses complices. Je suis arrivé trop tard.

— Il faut que nous nous rencontrions, dit Stan.

— Pas pour l'instant, capitaine, j'ai besoin de ma liberté de mouvement.

— Moi, j'ai besoin de vous, dit Stan.

— Je suis flatté.

Stan interrogea du regard le technicien qui répondit par la négative. Il fallait qu'il le retienne encore.

— Ecoutez... ce soir... il hésitait à lui parler de Judith.

— Ce soir, reprit l'autre se méprenant, avec la mort de Ferson nous avons, mes amis et moi, essuyé un échec. Il m'avait confié avoir eu connaissance, dans un forum de discussion du Net, de filières qui proposaient à des amateurs, moyennant une assez grosse somme d'argent, des meurtres en direct sur le Web. D'après lui, affolé, il avait immédiatement rompu la communication et à présent le regrettait car il aurait voulu les coincer.

— Des meurtres en direct, de qui ?

— Hommes, femmes, enfants, au choix. Le type qui s'était glissé au milieu des conversations des pédophiles a même présenté ses références sous la forme d'une photo scannée d'une femme subissant le viol collectif de trois hommes et mise à mort par strangulation devant la caméra. Ferson ne s'est pas pendu, capitaine, on l'a pendu avant qu'il parle. Je vais vous laisser à présent. Je vous rappellerai, dit l'homme en raccrochant.

— Attendez !

Stan, furieux, regarda le technicien qui secoua la tête.

— Il appelait d'un portable, expliqua le flic, je n'ai pas réussi à cibler le satellite.

— Bon, on va le retrouver. Demandez aux communications qu'elles fassent une triangulation autour du poste pour remonter le numéro. Il a appelé... Stan vérifia sa montre, dix heures vingt.

— C'est parti, cria le flic.

— Qu'est-ce que tu espères ? demanda Swanson. Tu crois qu'il y a un rapport avec Mosley ?

— Je ne sais pas ! grogna Stan en se relevant si brusquement qu'il fit tomber son téléphone. Pourquoi pas ? pourquoi Mosley ou quel que soit son putain de nom ne ferait pas partie d'un réseau de *snuff movies* ?

— Celui qui a tué la petite Riley, Murray et Crawford n'a pas besoin qu'on le regarde tuer et il n'a pas envie de regarder les autres le faire. C'est un enfoiré de psychopathe solitaire, et tu le sais, cracha Swanson. T'es en train de perdre du temps avec tes pédos ! Pour le moment on doit rechercher ta fille, rien d'autre !

Stan lui lança un regard meurtrier.

— Et qu'est-ce que tu crois qu'j'fais ?

Sam Stevenson s'avança entre les deux hommes qui se mesuraient haineusement du regard.

— Ce n'est pas le moment de s'engueuler, dit-elle d'une voix calme.

— Ce que tu fais, reprit Swanson, c'est que tu te sens tellement morveux d'avoir défié le tueur sans prévoir qu'il s'en prendrait à ta fille que, par culpabilité, tu vas faire des conneries et nous faire perdre un foutu temps !

Stan lança son poing en avant au travers du bureau, et Swanson n'eut que le temps de pivoter pour l'éviter mais Stan se rua alors sur lui et le renversa au sol, l'écrasant sous son poids. Les autres flics se précipitèrent et les séparèrent.

Ils relevèrent leur chef en le maintenant solidement. Swanson se redressa en se frottant la figure. Stan avait eu le temps de lui éclater le nez et Sam passa un mouchoir à son collègue.

— T'es qu'un enfoiré, cracha celui-ci à son chef en

épongeant le sang, un putain d'enfoiré ! Si c'était pas pour Judith j'te laisserais t'enfoncer dans ta merde !

— J'ai pas besoin de toi ! hurla Stan à son tour. Je la retrouverai, Judith, je la retrouverai !

— En suivant des fausses pistes qui ne mèneront à rien ? En attendant, ça te donne l'alibi que tu cherches ! Ça te dédouane de tes conneries ! Tu veux te convaincre que c'est pas parce que t'as provoqué l'autre taré qu'il s'en est pris à Judith, hein, c'est ça ton raisonnement !

— Merde ! intervint Randel se départant exceptionnellement de son flegme. Il a raison, Swanson, pour le moment on laisse tomber les pédos. Celui qu'a pris votre fille l'a fait pour se venger de vous ! C'est ce que vous espériez : qu'il réponde à votre défi !

Levine, plié sur son bureau, reprenait difficilement son souffle. Les flics comprirent à la détresse de son regard qu'il avait pété les plombs.

Sam pensa que, de la même manière que certains malades nient leur cancer, le patron voulait nier sa responsabilité dans le kidnapping de sa fille. Une façon de garder sa raison à un moment où n'importe quel parent dans cette situation la perdrait. Etre flic ne lui servait à rien. Il était avant tout un père qui crevait de peur, un père qui se sentait impuissant à protéger les siens, et dans son cas un père qui, par son inconscience, avait mis en jeu la vie de sa fille.

Sam se souvenait du sien, cuisinier dans un restaurant, à qui les flics de la route étaient venus apprendre la mort de son fils aîné dans un accident, et qui avait continué à cuisiner, sans dire un mot, les yeux dans le vague, jusqu'à ce que, bien plus tard, son esprit accepte la réalité et qu'il s'écroule.

Mercredi

CHERYL resta interdite quelques secondes avant de reconnaître la mère de son amie Judith chez qui pourtant elle avait été invitée de nombreuses fois.

Sarah portait des lunettes noires, était vêtue d'un jean, d'un blouson de cuir, chaussée de baskets, mais ce qui avait troublé l'adolescente était son air égaré. Ses cheveux noués en catogan accentuaient la ligne dure de sa bouche et faisaient ressortir son teint blafard. La Sarah Levine qu'elle connaissait n'avait qu'un lointain rapport avec cette femme au visage glacé.

Cheryl, comme les élèves et les professeurs de l'école Bethseba, ignorait ce qui était arrivé à son amie

— Bonjour, madame Levine.

— Bonjour, Cheryl. Dis-moi, est-ce que tu voudrais m'accompagner à l'endroit où vous vous êtes séparées hier soir, Judith et toi ?

— Elle n'est pas rentrée ? s'effara l'adolescente.

Sarah secoua la tête.

Cheryl fut effrayée. Son amie avait-elle fugué ?

— C'est plus loin, au carrefour Mercer et Bond, ou à peu près, dit-elle.

— On y va ?

Cheryl dut allonger le pas pour suivre Sarah.

— C'était par ici.

Elle tentait de se remémorer l'instant. Elles s'étaient arrêtées pour discuter, elle s'en souvenait très bien, et parce qu'elle craignait d'arriver en retard s'était sauvée en courant. Ce que Judith avait fait ensuite, elle n'en savait rien.

Sarah Levine examina l'avenue dans les deux sens.

— Personne ne vous a parlé ? demanda-t-elle.

L'adolescente secoua la tête. Elle ne savait quoi penser. Elle avait bien remarqué que son amie n'était pas venue ce matin, mais avait cru à un malaise ou n'importe quoi. Son intention avait été de l'appeler dès ce midi.

— Il y avait du monde sur les trottoirs ? demanda Sarah.

Cheryl secoua la tête.

— Vous n'avez pas de nouvelles depuis hier ? s'étonna l'adolescente.

Sarah ne lui répondit pas. Cheryl pensa que Mme Levine portait des lunettes sombres parce qu'elle avait dû beaucoup pleurer.

— Et les voitures ?

— Ça, des voitures, ça circule toujours, répondit Cheryl qui sentait la panique la gagner.

Ce n'était pas le genre de Judith de fuguer. D'ailleurs, elle avait dit vouloir la rejoindre pour la répétition. Alors, que s'était-il passé ?

— Elle ne vous a pas appelée ? insista-t-elle

— Non. Tu l'as vue parler à quelqu'un ?

— Non... non... je suis partie parce que j'étais en retard... je ne sais pas... La mère de Judith pensait-elle qu'elle la protégeait en inventant une histoire ?

— Je suis... je suis inquiète aussi, madame.

Sarah sembla revenir sur terre. Elle eut un pauvre sourire vers l'amie de sa fille.

— Ne t'en fais pas, quand elle... quand elle reviendra, Judith nous donnera une explication. Sauve-toi à présent, tes parents vont être inquiets.

Cheryl hésitait à partir, mais Mme Levine la poussa par le bras.

Elle s'éloigna et, se retournant, vit la mère de son amie arpenter le trottoir en observant autour d'elle.

Quand Cheryl eut disparu, Sarah resta un moment immobile à la même place. Ses yeux enregistraient chaque élément du carrefour. Des feux, une enseigne vantant les mérites d'une chaîne de télévision, des immeubles cossus, avec des dais et des portiers. Elle se dirigea vers le plus proche et entra dans le hall. Le concierge releva la tête par-dessus le comptoir.

— Bonjour, monsieur. Pouvez-vous me dire si vous étiez là hier après-midi ?

— Et le matin aussi.

— Excusez-moi de vous demander ça, je vous explique pourquoi. Ma fille a disparu hier, et il semblerait, d'après l'amie avec qui elle parlait, que ça se soit passé devant votre immeuble, vers les quatre, cinq heures.

L'homme, pas jeune, le visage tavelé par un excès de boissons, ne répondit pas.

— Elle a quatorze ans, une jolie brune aux cheveux coupés au carré. Elle portait un jean et un chemisier. un mètre soixante-cinq, à peu près, mince.

Le gardien haussa les épaules.

— Moi, j'bouge pas de derrière mon comptoir, j'vois pas c'qui s'passe dans la rue.

— Vous auriez pu remarquer par hasard ma fille qui parlait avec quelqu'un... comprenez, monsieur, dit soudain Sarah en se penchant vers lui par-dessus le comptoir. Ma fille a été enlevée !

— J'suis désolé, répondit l'homme. Vous avez prévenu la police ?

— Evidemment.

— Ben, y sont rien venus m'demander, répondit-il d'un ton méfiant.

Sarah le fixa un instant. Une furieuse envie de le frapper la saisit. Mais elle se dit que tout ce qui comptait était de recueillir des renseignements. Elle tira une carte de visite de sa poche et un billet de dix dollars.

— S'il vous revenait quelque chose, il y en aura d'autres comme celui-là.

Il le prit et le posa sur sa tablette.

— J'ai rien vu, j'suis désolé, m'dame.

Elle sortit et resta devant l'immeuble, consciente que le concierge l'observait. Les feux passèrent au vert et les voitures s'élancèrent. Elle remarqua que les piétons se retrouvaient sur Lafayette Street, bordée de boutiques, et désertaient Mercer qui en était dépourvue.

Tel un chien sur une piste, elle humait l'air, écoutait, essayait de reconstituer la scène où sa fille lui avait été enlevée.

Elle traversa l'avenue et entra dans un autre immeuble où elle resservit le même discours, sans plus de succès que dans la douzaine d'autres qu'elle visita. C'était toujours la même réponse. Personne ne faisait attention à personne.

Si Judith avait été enlevée, elle s'était certainement débattue, peut-être même avait-elle crié comme on le lui avait toujours conseillé de faire.

Crie au feu ! lui avait enseigné son père. Pas autre chose. Au secours ! au feu !

Et personne n'avait rien entendu.

Quand elle était partie ce matin de la maison, son mari n'était pas rentré. Elle s'étonna de penser « mari » à la place de Stan. Il avait téléphoné dans la nuit. Jon et Mélanie avaient été accompagnés à leur école dans une voiture de police qui irait les rechercher et les ramènerait jusqu'à la maison.

— J'ai de quoi me reposer et me changer au poste,

lui avait-il expliqué bien qu'elle ne lui ait rien demandé. Je préfère rester sur place. Comment vas-tu, ma chérie ?

Puis avant qu'elle ait pu répondre :

— Je vais la retrouver, je te le jure.

Elle s'était retenue de l'insulter. Il la prenait pour une gourde, une demeurée ? Il lui avait déjà expliqué comment, pour récupérer un fugitif, il tendait parfois un appât : « Quand on ne sait pas où est le type, il faut le faire sortir de son trou, le provoquer, l'attirer, et pour ça tu lui offres ce qu'il cherche. »

Stan lui parlait de ses enquêtes quand elles n'étaient pas trop sordides. Elle s'était toujours intéressée à son travail qu'elle trouvait passionnant. Comme Stan le faisait pour le sien. Elle n'était pas de ces femmes de flics qui ne veulent rien savoir, par peur ou par inquiétude. Elle connaissait les risques du métier mais estimait que se mettre la tête dans un sac n'était pas la bonne solution.

Elle se planta au bord du trottoir, indifférente aux regards que lui lançaient les automobilistes. L'agression partait de là, tout au moins du coin. Elle en était sûre. Un peu plus loin, Judith aurait pris son bus pour rentrer et le quartier s'animait. Non, le plus facile pour un enlèvement discret c'était entre ces deux rues.

Elle ferma les yeux pour réfléchir. Comment l'avait-il emmenée ? En voiture. Donc il s'était arrêté. Impossible. L'avenue était en sens unique et les véhicules circulaient sur les trois bandes. On ne l'aurait pas laissé. Les chauffeurs new-yorkais n'étaient pas des tendres. Seuls les taxis pouvaient stationner quelques minutes. Entente tacite. Et sous quel prétexte aurait-elle accepté de monter ?

Elle ouvrit les yeux. De l'autre côté du carrefour, un kiosque, moitié livres, moitié journaux, et une femme qui arrangeait ses piles. Elle traversa.

— Bonjour, madame...

— Oui... répondit la femme sur ses gardes.

Placée comme elle était, Sarah pensa qu'elle devait donner des renseignements toute la journée.

— Excusez-moi de vous déranger, je voudrais vous demander quelque chose.

Elle lui expliqua et, peut-être parce que c'était une femme, s'exprima plus clairement et plus simplement.

— Votre fille ? s'effara la kiosquière.

— Hier après-midi. La police la recherche, d'autant que mon mari est capitaine. Mais moi, je ne peux pas attendre chez moi sans rien faire.

— Les journaux n'en ont rien dit.

— C'est exprès, madame.

La femme la regarda pensivement. Cette femme au visage ravagé n'avait rien d'une folle ou d'une mythomane. Et c'est vrai que la police gardait bien des choses pour elle. Depuis le temps qu'elle vendait des journaux et les lisait, elle le savait.

— Hier vers quelle heure, m'avez-vous dit ?

— Quatre, cinq heures...

— Et pourquoi pensez-vous que ça se soit passé dans le coin ?

— Parce que plus loin ma fille aurait pris son bus et qu'il y a davantage de monde sur les trottoirs. Son amie l'a quittée ici et ma fille a dû encore un peu marcher. C'est-à-dire qu'elle a peut-être traversé le carrefour avant de rencontrer... Sarah ravala un sanglot. Excusez-moi, murmura-t-elle.

— Vous avez de l'argent ? demanda la femme.

— Mais oui. Nous vous paierons n'importe quel renseignement que vous nous donnerez, la pressa Sarah.

La femme haussa les épaules.

— C'est pas ce que je vous demande. Je voulais savoir si votre fille avait été enlevée pour une rançon.

— Pourquoi ? demanda Sarah, décontenancée.

— Dans ce cas vous auriez des chance de la...

La femme se tut.

— Ce n'est pas pour une rançon, dit Sarah.

Et soudain elle eut envie de se décharger sur cette femme qui s'intéressait à son problème au point de ne plus s'occuper des clients qui lui réclamaient les journaux et à qui elle désignait les piles et dont elle empochait la monnaie sans même les regarder.

— C'est une vengeance contre mon mari qui était à la poursuite d'un fou. Et c'est ma fille qui prend, vous comprenez ?

— Moi, j'ai une fille que je ne vois plus depuis des années, dit alors la femme. Je ne sais même pas si elle est morte ou vivante.

Sarah ne dit rien.

— Vous savez pourquoi elle est partie ?

La femme tapota une pile de *Newyorkers*. Elle releva la tête et regarda Sarah qui s'aperçut à ce moment-là seulement à quel point ses yeux étaient d'un bleu profond.

— Elle est partie parce que mon mari, son père, lui faisait des attouchements honteux et que moi je ne disais rien. Je faisais semblant de ne pas savoir.

La femme se tut et regarda au loin. Les feux passèrent au vert et les voitures démarrèrent, certaines en faisant crisser leurs pneus.

— Hier, à peu près à l'heure que vous me dites, j'ai vu, là-bas, elle désigna un point de l'autre côté du trottoir, une adolescente discuter avec un homme qui était tombé. Elle l'aidait, m'a-t-il semblé, et après j'ai eu l'impression qu'ils se disputaient un peu. La petite regardait autour d'elle et à un moment un *yellow cab* est arrivé et s'est arrêté. L'homme est monté et la petite aussi.

— Co... comment était la jeune fille ?

La femme haussa les épaules.

— D'ici, j'ai pas pu voir, et pourquoi que ça m'aurait intéressée, dites voir ? Il s'est rien passé de spécial.

Une adolescente et un aveugle qui prennent ensemble un taxi !

— Un aveugle ?

— Il avait une canne blanche qu'il tapait par terre. Il semblait aussi avoir du mal à marcher. Il se tenait la jambe. Peut-être parce qu'il était tombé. La petite, elle pouvait bien avoir l'âge de la vôtre.

Elle se détourna vers un client qui lui demandait un journal sur les spectacles.

— C'est tout ce que je peux vous dire.

JUDITH, hébétée, regarda autour d'elle sans comprendre. Puis la mémoire lui revint et elle se crispa.

Un aveugle. Un taxi. Un faux aveugle qui l'avait entraînée elle ne savait où parce que aussitôt qu'ils étaient entrés... où ? dans un couloir ? un bâtiment ? un jardin ? il l'avait maîtrisée et étouffée avec un tampon dont elle sentait encore l'odeur.

Elle gémit et s'aperçut avec terreur qu'elle était attachée par des courroies en cuir au châlit sur lequel elle était couchée.

Elle poussa un cri qui se répercuta dans le silence glacial. Elle hurla sans discontinuer jusqu'à ce qu'elle n'en ait plus la force. Elle mourait de soif, ne put retenir son urine qu'elle sentit couler le long de ses jambes, tira sur ses liens comme une forcenée.

Une ampoule au plafond, enfermée dans une applique en verre, éclairait la pièce. Elle aperçut une table et un lavabo contre le mur. Elle étouffa et fut prise d'une telle panique que ses intestins se relâchèrent à leur tour.

Elle aurait voulu mourir et qu'on ne la retrouve jamais. Elle s'évanouit.

— VOTRE femme est en ligne, annonça Sam.

Levine sursauta. Dix fois il avait appelé chez lui sans succès. La dernière fois la femme de ménage avait répondu que Mme Levine était sortie et n'était pas encore rentrée.

Toute la nuit il avait recoupé et vérifié les renseignements que lui rapportaient ses hommes, mais rien n'était ressorti de leurs recherches. Jackson, le chef de la police, avait ouvert une cellule de crise. Les journalistes étaient tenus à distance et les flics avaient eu consigne absolue d'en dire le moins possible.

Le maire avait téléphoné à Levine pour l'assurer de sa compassion, lui avait déclaré qu'il lui laissait carte blanche, et indiqué que la ville, le cas échéant, débloquerait la somme que pourrait réclamer le ravisseur.

— Ce n'est pas de l'argent qu'il veut, avait répondu Levine d'une voix qui avait fait frissonner le maire.

Les policiers avaient interrogé les habitants du quartier où avait disparu Judith sans obtenir le moindre renseignement. Des portiers d'immeubles leur avaient déclaré qu'une femme se présentant comme la mère de la jeune fille était venue les questionner le matin même mais que personne n'avait pu la renseigner. La kiosquière avait déjà fermé son étalage.

Quantico, bien qu'ayant placé l'affaire en priorité,

n'avait pas fourni d'éléments nouveaux. Le Service de victimisation n'avait pu mettre en évidence le moindre élément commun entre les victimes, et les enquêteurs étudiaient toujours les dossiers des tueurs cannibales en leur possession.

Levine, rongé d'angoisse, rabrouait ses hommes, s'exaspérait, relisait cent fois les maigres rapports. Tous les flics se baladaient avec la photo de Judith et le portrait-robot de son ravisseur.

Huit millions d'âmes.

Sam Stevenson avait vu son chef se fissurer et s'effriter sous le chagrin et l'inquiétude. Elle aurait aimé lui apporter le réconfort de son amitié, lui dire à quel point elle comprenait sa détresse, mais rien dans son attitude ne permettait de penser qu'il y aurait été encore sensible.

— Où es-tu ? hurla-t-il à sa femme en décrochant son téléphone.

— Au siège des taxis municipaux.

— Quoi !

— Judith a pris un taxi avec son ravisseur qui s'est fait passer pour un aveugle. Il y a vingt-trois mille taxis dans la ville sans compter les privés. C'est un *yellow cab.* Je t'attends.

Elle raccrocha et Stan se précipita avec sa garde rapprochée, c'est-à-dire Swanson, Randel, Johnson et Stevenson.

Le central des taxis jaunes de Manhattan se trouvait à Broadway et occupait tout le sous-sol d'un immeuble. Ils y déboulèrent comme des fous, Sarah les attendait devant le bureau de régulation des appels.

— Ils n'ont voulu me donner aucun renseignement, c'est pour ça que je t'ai appelé, dit-elle avec un calme que son mari trouva effrayant.

L'arrivée des flics avait alerté le responsable qui sortit de son bureau. C'était un petit gros à l'air mauvais. Il détestait la police comme la plupart de ses chauffeurs et cette femme qui l'emmerdait depuis une heure n'avait pas arrangé son humeur.

Elle voulait qu'on retrouve un taxi qui aurait pris sa gosse, la veille, avec un aveugle. Encore une histoire à la mords-moi-le-nœud de parents qui ne surveillaient pas leur marmaille. Un aveugle, tu parles ! Va retrouver une voiture qui a chargé la veille des clients ! Si elle croyait, cette grognasse, que les chauffeurs dont la plupart ne parlaient même pas anglais notaient l'itinéraire de leurs courses ! Encore bien beau quand ils ne mettaient pas le pognon dans leur poche sans descendre le drapeau !

— Capitaine Levine, dit Levine en lui collant sa plaque sous le nez. NYPD.

— Pas la peine d'insister, ça se sent, renifla le gros. J'ai déjà dit à cette femme que j'pouvais pas savoir le lendemain les courses de la veille parce que les chauffeurs ne remettent leurs comptes qu'en fin de semaine. Faut qu'je le dise en quoi ? En papou !

Un groupe de chauffeurs qui attendaient leurs feuilles de route au bureau se rapprocha. Ils allaient s'en payer une bonne tranche. Aucun ne pouvait piffer les cognes qu'étaient jamais là quand on en avait besoin, et qui passaient leur temps à les emmerder dans leur boulot.

Levine le toisa.

— J'ai besoin d'avoir un renseignement sur un de tes chauffeurs qui a pris hier une jeune fille dans... où ? demanda-t-il à Sarah.

— Mercer et Bond, enfin dans ce périmètre, répondit-elle.

Le gros, en l'entendant, ricana.

— Vous êtes sûre que c'est à New York, pas à Philadelphie ? Là-bas aussi y a Mercer et Bond.

Ce fut le sergent Stevenson qui bougea la première, et comme personne, surtout pas le gros et ses collègues, ne pouvait le prévoir, l'effet de surprise fut total.

Elle se glissa derrière lui et lui porta une clé à la tête qui le courba sur le comptoir où elle l'écrasa.

— T'as exactement trente secondes, espèce de gros lard, siffla-t-elle, pour nous donner le renseignement qu'on te demande.

Entre-temps, les chauffeurs s'étaient ressaisis et amorçaient un mouvement tournant pour encercler les flics.

Johnson allongea brusquement le bras en arrière et son poing fermé vint cogner la tête du plus proche. Randel en attrapa un autre et lui tordit le bras dans le dos. Levine sortit son flingue.

— Je tirerai pas en l'air, grinça-t-il. Bougez, faites-moi plaisir.

Tous pigèrent que c'était pas du vent.

Swanson s'avança en souriant vers un type qui avait plongé la main derrière le comptoir.

— Quand tu veux, ma poule, c'est ton dentiste qui va être content, lui dit-il en tapotant négligemment sa main gauche avec une courte matraque.

— Lâchez-moi, nom de Dieu, souffla le gros.

Stevenson le redressa brutalement.

— Les trente secondes sont passées.

Il fit signe à ses gars de se calmer, ce qui, vu la tournure qu'avaient prise les événements, semblait leur convenir. Ces poulets paraissaient assez chtarbés pour les esquinter. Sam le lâcha et il reprit difficilement respiration et dignité. Il lui balança un regard haineux et aboya contre les standardistes qui, pendant l'action, avaient plus ou moins répondu aux appels.

— Et alors, j'vous paye à quoi !

Puis il fit signe à l'homme qui était resté la main sous le comptoir

— Charly, cherche-moi les fiches d'hier.

— Elles sont pas toutes rentrées, grogna le dénommé Charly.

— Tu donnes c'que t'as.

Charly fouilla dans un classeur et en sortit un paquet de fiches.

— Voilà.

— Donne, dit Levine en s'en emparant. On va dans ton bureau, dit-il au gros.

Ils s'installèrent dans le capharnaüm qui servait de lieu de repli au responsable.

— Comment ça se lit ?

— De gauche à droite, ricana le gars qui se reprenait.

Swanson lui balança une beigne qui le fit couiner.

— Encore une vanne de cette taille, et j'y vais avec Colette, dit-il en ressortant sa matraque.

L'homme jura salement et balança les fiches sur son bureau.

— Voilà les gars qui bossaient hier entre deux et cinq, enfin, une partie. Vous avez qu'à voir vous-même, y en a pas un qu'était dans ce coin ! On n'est pas les seuls à bosser, pourquoi vous vous en prenez à nous ? Merde !

Personne ne se donna la peine de lui répondre. Chacun étudiait avec attention les fiches qu'il avait sélectionnées.

Ils durent se rendre à l'évidence : aucune ne mentionnait une prise en charge la veille vers cinq heures près d'University Plaza.

Mercredi, sept heures

BILLY débarqua à la maison une demi-heure après son père. Pendant ce temps, Gerta s'était répandue contre lui en récriminations et reproches.

— Je ne sais plus quoi faire, criait-elle, excédée, à son mari, ce gosse me rend folle et je ne peux pas compter sur toi !

— Qu'est-ce qui se passe ?

— Ce qui se passe ? Il est parti avec ses copains en balade et s'est retrouvé en prison parce que celui qui conduisait était ivre, et que ton cher fils s'est mêlé de le défendre !

— En prison ?

Il fronça les sourcils. Ce n'était pas le moment de se faire remarquer. La partie qu'il menait était passionnante mais devait rester égale. Il y avait longtemps qu'il ne s'était autant amusé. L'importance de l'enjeu l'excitait trop pour qu'un imbécile comme son fils le court-circuite.

— En prison, oui ! Mais comme tu n'es jamais là — je ne sais d'ailleurs pas ce que tu fabriques à être toujours ailleurs, et je m'en fiche — tu ne l'as pas su. Comme tu n'as pas su quand j'ai reçu son carnet avec toutes les absences injustifiées dessus !

Elle se mit à découper nerveusement des légumes sur une planche en bois. Son couteau volait et tranchait avec élégance et précision et, fasciné par l'éclat de la lame, Nichols frissonna de désir.

Depuis qu'il avait enlevé Judith il se sentait en proie à une extase religieuse comparable à celle des martyrs de la foi. L'Eglise méprisait la chair qu'elle considérait comme le véhicule des désirs inavouables. La chair, matrice de nos péchés et de nos envies les plus misérables, devait être punie. Dieu jugeait Ses enfants à la manière dont ils la traitaient, et il ne pouvait se soustraire à ses commandements.

Judith Levine était venue pour qu'il répète le sacrifice d'Abraham. Il l'avait placée sur son chemin pour l'éprouver. Dieu le comprenait et l'aimait. Offrir en holocauste à Jésus la fille d'un de Ses assassins, n'était-ce pas retrouver une place définitive à ses côtés ?

— Et où est ton fils ? demanda-t-il juste au moment où celui-ci poussait la porte.

Ils le regardèrent débarquer en silence.

Billy leur jeta un bref salut et passa immédiatement dans sa chambre. Cindy sortit de la sienne, ses éternels écouteurs sur les oreilles. Elle ne regarda personne et s'installa devant son assiette.

Gerta haussa les épaules et continua son découpage. À présent, c'était un poulet qu'elle désossait avec dextérité. Son couteau court et pointu, à lame triangulaire, tournait autour des articulations, les dégageait avec netteté, tranchait les tendons, écartait les muscles, levait les filets du dos. Possédée par son ouvrage elle ne regardait personne, le bout de la langue coincé entre ses lèvres fines, les doigts souillés de sang et de bouts d'aponévrose.

Nichols, oppressé, détourna les yeux et observa sa fille qui se secouait sur sa chaise à la cadence de la musique infernale de ses écouteurs, et ressentit pour elle un mépris proche de la haine. Ce n'était qu'un petit animal profiteur, un coucou qui parasitait le nid des autres et volait leurs œufs. Il était obligé de travailler jour après jour pour la nourrir et lui offrir ses cassettes de bruits syncopés dont elle nourrissait son âme.

Il imagina sa tête remplie de vent et de bruits, où nulle parole sacrée n'avait accès. Son Dieu se nommait Michael Jackson, un nègre blanchi, ou Boy George, sodomite notoire. Leurs paroles impies se répandaient dans son cerveau comme une lave convulsée.

Billy apparut et considéra ses parents avec insolence.

— Ben quoi, qu'est-ce qui y a ?

— D'où viens-tu ? lui demanda sa mère, le couteau levé.

Le gosse haussa les épaules et alluma une cigarette.

— Ne fume pas ici, ordonna son père, rudement.

Billy le regarda par en dessous et écrasa sa cigarette avec une grimace excédée.

— Ta mère t'a demandé d'où tu venais.

Billy joua avec le mégot sans répondre. Cindy avait monté le son de son walkman et son père entendit ces battements sourds de cœur asphyxié. Deux sons qui frappaient, soufflaient la douleur. Tchum, tchum, bam, bam. Ces sons résonnaient dans son cerveau, l'enfermaient, l'étouffaient, le transperçaient. Tchum, tchum, bam, bam. Tchum, tchum, bam, bam.

Cindy allongea le bras pour prendre du pain. Ses écouteurs s'écartèrent et le bruit fut si fort qu'il se recroquevilla. Tchum, tchum, bam, bam. Tchum, bam. Un son féroce, hostile comme un tambour de jungle.

Gerta se mit à table après avoir servi à son fils une assiette de riz qu'il enfourna à grandes louchées. Elle se versa de la bière.

Nichols sentait son esprit brûler. Il revivait la Cène : trois disciples dont un traître. Mais qui était le traître ?

Lequel le livrerait aux Romains ? Aurait-il le temps d'accomplir sa tâche de purification ?

Il voyait la bouche de sa femme s'agiter sans entendre les mots qu'elle prononçait.

Sa fille se leva en se dandinant sur un rythme dont il éprouva la douleur et l'effroi, un rythme qui écrasait les tempes et versait de l'acide dans son cœur. Boum, boum, boum, boum, boum. Boum, boum, boum, boum, boum. Et puis aussi tchum, tchum, bam, bam. Tchum, tchum, bam, bam. Des sons barbares, inhumains, qui remontaient aux temps où l'homme se traînait à quatre pattes.

Son cœur enfla, sa peau se distendit, ses yeux s'écarquillèrent sur des images de corps torturés et de repas sataniques. Des visions de chairs déchirées et sanguinolentes envahirent son esprit. Il repoussa avec dégoût son assiette de salade.

Billy le regarda avec haine et il sut que le traître c'était lui.

Sa fille ne remarqua pas qu'il quittait la table car elle insérait une autre cassette dans son appareil fixé à la taille.

Le couteau de Gerta était resté sur la planche. Son fil était rouge de sang. Un beau sang vif. Jusque sur la poignée. Il le saisit. Le bois était chaud et odorant. Il le porta à ses narines, le lécha. Il croisa le regard de son fils et ses yeux lui dirent : « Tu es le traître. »

Billy eut un sourire insolent et haussa les épaules.

Nuit de mercredi à jeudi

STAN Levine regarda le haut des gratte-ciel illuminés dont l'éclat éclipsait celui des étoiles. À New York, la nuit n'était jamais assez sombre pour le ciel.

La première fois qu'il avait vu le firmament c'était quand son père, Jacob, l'avait emmené en week-end avec un de ses clients, un Italien qui aimait le pastrami et qui lui avait proposé une partie de pêche.

Ils étaient partis un samedi matin. Sa mère, réveillée bien qu'il fût tôt et qu'elle n'eût pas ce matin-là à ouvrir la boutique, l'avait emmitouflé dans un épais cache-col malgré la température déjà élevée. Comme il protestait du haut de ses huit ans, elle lui avait dit « Mets-le pour moi. Fais comme si c'était moi qui avais froid. »

L'ami italien avait une Ford et il les avait emmenés au bord d'un lac dans le New Jersey, où, disait-il, on pêchait des truites arc-en-ciel. Le mot l'avait fasciné et il était impatient d'arriver.

Son père ne cessait de s'extasier, chemin faisant, sur la campagne, le bon air qu'on y respirait et la beauté des prairies. Parce qu'en ce temps-là, il y en avait encore dans le New Jersey.

Ils devaient dormir le soir à la belle étoile. L'ami de

son père avait un duvet qu'il avait acheté aux surplus de l'armée, eux n'avaient que des couvertures et des bâches sur lesquelles ils se coucheraient.

Il se souvenait de l'inquiétude mêlée de colère de sa mère qui n'avait pas cessé durant le repas de la veille de traiter son mari de pauvre *michougey*[1] qui la ferait mourir de honte d'emmener son fils dormir dehors comme un mendiant.

Non sans peine, son père espérant toujours un meilleur endroit, ils s'étaient trouvé un joli petit coin, près d'un bois de bouleaux.

Ils avaient commencé à déballer l'attirail de pêche vers les onze heures, après avoir pris un premier casse-croûte qu'avait apporté son père. Et c'est avec un soleil au zénith que l'ami qui s'appelait Giovanni leur avait montré comment se servir des cannes qu'il avait apportées pour eux.

Cela avait pris un bon moment, mais enfin, les deux hommes, installés chacun sur leur pliant, lui était trop excité pour rester en place, s'étaient mis en position. Ils n'eurent pas à attendre longtemps.

Suivant l'adage « aux innocents les mains pleines », son père n'avait pas tardé à attraper une magnifique carpe aux reflets argentés et dorés qui se débattait comme une diablesse au bout du fil, et qu'il avait bien du mal à maîtriser.

L'ami s'était précipité et l'avait soulagé avec une épuisette. Ensuite tous trois s'étaient penchés sur la carpe qui se contorsionnait et fuyait l'asphyxie.

L'ami avait chaudement félicité Jacob, non sans une pointe d'envie, et avait aussitôt débouché des canettes de bière pour fêter l'événement.

Les deux Levine étaient restés à regarder le beau poisson se tordre de souffrance.

1. Fou en yiddish.

— Lâche-la, papa, avait dit Stan, remets-la à l'eau. Elle est trop belle.

— Tu es sûr ? avait demandé son père. Tu ne regretteras pas ?

— Non, papa, avait affirmé le garçon, on n'a pas le droit de prendre une vie quand ce n'est pas pour sauver la sienne ou celle des siens.

Jacob avait souri, soulagé, détaché avec précaution l'ardillon de la bouche du poisson, et l'avait remis à l'eau devant l'air stupéfait et fortement réprobateur de Giovanni.

— Qu'est-ce que tu fais, Jacob, s'était-il écrié, tu es fou ! C'est peut-être la plus belle prise de ta vie !

Jacob avait tapoté l'épaule de son ami.

— Non, non... tu vois, Giovanni, cette carpe, quel âge elle pouvait avoir pour être belle et grosse comme ça ? Cinquante, soixante ans... moins, plus... ? Il lui reste encore de nombreuses années pour batifoler et nager dans cette eau claire, plein d'années pour mettre au monde des petites carpes qui folâtreront à leur tour. Et moi, histoire de rapporter un trophée, de dire que je suis un pêcheur hors pair, alors qu'hier j'ignorais le mot hameçon, je vais supprimer toute cette joie ?

Giovanni avait eu du mal à comprendre et avait fait plus ou moins la gueule le reste de la journée, d'autant qu'aucun des trois ne réussit à prendre autre chose que des petits poissons frétillants qu'ils remirent aussi à l'eau sous prétexte qu'eux, ils étaient vraiment trop minus.

C'est cette nuit-là que Stan, blotti dans les bras de son père, avait pu compter les millions d'étoiles qui perçaient la voûte du ciel comme des clous d'argent.

Il arriva devant l'immeuble où habitait Cailleia et ne sut pas pourquoi il était là.

Il avait cessé de penser logiquement, la veille, à sept heures du soir.

Trente heures d'écoulées. Trente heures de perdues. La ville continuait à vivre, à travailler, à se camer. Les flics cavalaient dans le vide et Judith souffrait.

Il ne pensait à rien d'autre qu'à la lettre que le cannibale avait envoyée à Mme Riley et qui lui donnait envie de hurler.

Il sonna sous le nom de Cailleia.

— Oui ?

— Levine, dit Stan, capitaine Levine. Je voudrais vous voir.

Il y eut un moment de silence, et Levine se dit que si Cailleia ne lui ouvrait pas, il irait le chercher en grimpant s'il le fallait par la façade.

— Je vous ouvre, dit Cailleia. Deuxième étage.

Cailleia ouvrit sa porte quand il déboucha dans le corridor et le regarda arriver avec appréhension.

— Qu'est-ce que vous me voulez ?

— Vous êtes seul ?

Cailleia hésita.

— Heu... oui.

Levine poussa la porte et entra.

Il regarda autour de lui. L'appartement semblait grand et assez luxueux.

En contrebas de trois marches s'ouvrait un salon meublé de deux canapés de cuir qui faisaient face à un immense écran de télévision, un bar, et une table basse sur laquelle était posée une sculpture en bronze représentant l'accouplement réaliste d'une femme et d'un faune. D'épais tapis recouvraient le sol. Derrière le bar, un tableau figuratif aux couleurs éclatantes où une foule d'hommes en marche dans un décor de science-fiction se dirigeaient vers un Moloch. Une bibliothèque recouvrait deux murs entiers. Deux magnétoscopes et une triple rangée de vidéocassettes garnissaient plusieurs étagères. Il se tourna vers Cailleia.

— Ferson est mort, dit-il, vous devez le savoir.

— Qui est Ferson ? demanda Cailleia, examinant d'un air inquiet son visiteur.

— Un de vos clients.

Cailleia descendit les trois marches et se dirigea vers le bar.

— Vous prendrez quelque chose ?

— Non.

— Ah, vous êtes en service, dit Cailleia en se versant un demi-verre de whisky. J'ai prévenu mon avocat après votre visite si courtoise de l'autre jour. Il va demander que vous ne m'approchiez plus à moins de quelques centaines de mètres. Harcèlement policier.

Levine le rejoignit, il se planta devant lui, les mains enfoncées dans les poches de son pantalon, les yeux baissés, et Cailleia se raidit.

— Je serais d'un naturel inquiet, reprit-il avec un rire forcé en reculant, je vous trouverais très mauvaise mine.

Levine releva les yeux.

— Ferson avait décidé de livrer des noms. Les noms de ceux qui vont au bout de leurs saloperies. C'est pour ça qu'il est mort.

— Je ne comprends rien à ce que vous racontez. Je ne connais pas ce Ferson.

— Cailleia... Levine avait baissé la voix et parlait lentement : Cailleia, hier soir ma fille a été enlevée.

Cailleia ne moufta pas.

— Elle a été enlevée par un psychopathe qui, lorsqu'il a massacré ses victimes, les mange.

— Arrêtez vos conneries ! éructa l'autre en posant si brutalement son verre sur le bar qu'il le brisa. Vous déconnez ou quoi !

— Vous avez vu les photos ? reprit Levine toujours aussi doucement.

— Quelles photos ? Vos trucs gore de flic cinglé que vous avez osé me coller sous le nez ? Vous savez quoi, Levine, vous êtes aussi dingue que les dingues que vous poursuivez ! Si vous ne sortez pas immédiatement, j'appelle la police !

— Ferson a dit avoir rencontré sur le Net un site où l'on proposait des meurtres en direct. Que savez-vous là-dessus ?

— Vous êtes cinglé !

Levine fit un pas en avant et l'attrapa par le plastron de sa chemise. Il le hissa, nez à nez.

— Tu n'as pas compris, je veux savoir si celui qui a enlevé ma fille fait partie de votre réseau de merde ! Je t'ai montré son portrait-robot, il faut que tu me dises si tu le connais.

— Je vous ai déjà dit que je ne savais pas qui c'était ! Foutez-moi la paix, Levine ! Vous n'avez pas idée de ce à quoi vous vous attaquez ! Ces types ont des appuis que vous ne soupçonnez même pas ! Et où est le mal ? L'enfant aussi a droit à sa liberté sexuelle ! De tout temps les hommes ont été attirés par les adolescents ou même les enfants. On en a fait de grands livres. *Lolita,* Nabokov a bâti sa réputation sur ce seul bouquin ! Qu'est-ce qu'on ferait aujourd'hui, on le mettrait en tôle comme Oscar Wilde qui aimait les hommes ? Dans dix ans, être condamné pour aimer les enfants sera aussi ridicule que si on enfermait Wilde maintenant !

— Je me fous de ta philosophie de merde, Cailleia, souffla Levine, je m'en tape, tu piges ? Les mecs comme toi me font vomir, mais je suis pas là pour ça. Je veux juste savoir qui étaient ces noms que Ferson voulait donner. Je veux juste savoir si le tordu qui a volé ma fille figure dans le lot !

Cailleia voulut se reculer, mais Levine serra encore le poing.

— Je vais t'éclater la tête si tu ne parles pas.

Une lueur de panique apparut dans les yeux de Cailleia. On ne pouvait pas se tromper sur le degré de folie qui habitait Levine. Ce n'était pas le flic qui l'avait secoué l'autre jour, c'était quelqu'un d'autre, un fou qui se moquait de la loi, des avocats, du droit. Un désespéré, un kamikaze.

— Je ne sais pas ce que savait ce Ferson, répondit-il à voix basse. Moi aussi j'ai rencontré ce site, pas que moi, d'ailleurs. Nous n'avons rien à faire avec eux et je ne sais pas qui ils sont. Ou plutôt si, ils se présentent comme une secte, un mouvement qui se réclamerait en même temps de Nietzsche et d'Hitler. Ils veulent opérer une transmutation générale des valeurs, conquérir la liberté en s'affranchissant de l'ordre établi. Leur site se nomme Zarathoustra mais nous ne savons pas où il est. C'est eux qui nous ont approchés mais nous les avons chassés. C'est tout ce que je peux vous dire, Levine. Je ne sais pas qui a enlevé votre fille et je ne connais pas le type du portrait.

— Et qui a tué Ferson ?

— Je ne savais pas qu'il avait été tué. Je croyais qu'il s'était suicidé.

— Tu le connaissais donc ? Tu t'es foutu de moi ?

— Levine, tout flic à la coule que vous soyez, vous ne faites pas le poids. Vous croyez que ceux que vous cherchez sont des paumés en mal d'amour, de petits vicieux qui s'excitent en tripotant des gosses, détrompez-vous. Ça vole beaucoup plus haut que ça. Je ne dis pas que ce soit bon pour les enfants, à vrai dire, je n'en sais rien. On ne leur fait pas de mal en tout cas, et beaucoup sont consentants. Qu'est-ce que vous croyez, Levine, que les mômes sont les innocents qu'on nous présente toujours ? Les mômes sont nous, en plus jeunes. De futurs assassins. Des cinglés, des brutes, des tortionnaires, des tyrans, des violeurs. C'est plus difficile de reconnaître un pervers quand il a des boucles blondes et un sourire d'ange, mais c'est déjà un pervers. Les hommes qui aiment les enfants sont peut-être, eux aussi, selon vos critères, des malades, ou peut-être pas. En Afrique, en Orient, on marie les filles quand elles sont à peine nubiles à des vieillards. Vous en dites quoi ?

Cailleia se dégagea et prit un nouveau verre qu'il remplit à ras bord. Le whisky du précédent coulait sur le sol sans qu'il s'en occupât. Il le vida d'un trait et son teint se recolora un peu.

— Je suis désolé pour votre fille, Levine, mais nous n'y sommes pour rien, je vous le jure.

Levine resta à regarder dans le vide. Cailleia remarqua qu'un tic lui tirait la paupière droite. Sa chemisette était froissée et tachée. Une barbe dure lui piquait les joues. Ses yeux étaient injectés de sang comme quelqu'un qui n'a pas dormi depuis longtemps ; ses lèvres étaient sèches et craquelées et il serrait les poings convulsivement. Le spectacle d'un homme au bout du rouleau. Cailleia en eut presque pitié.

— Vous voulez prendre une douche et vous reposer ? lui proposa-t-il.

Les paupières du flic papillotèrent comme s'il venait de se réveiller. Il saisit sa veste qu'il avait laissé tomber à terre, jeta un dernier coup d'œil autour de lui et quitta l'appartement.

SARAH se pencha sur le lit de Mélanie qui dormait avec un tout petit bruit de respiration. Elle tenait dans ses mains le bout de son drap et son pouce était resté coincé dans sa bouche. Elle l'avait sucé jusqu'à quatre ans, puis avait perdu cette mauvaise habitude. Elle venait de la reprendre.

Sarah aurait voulu se réchauffer au spectacle de son enfant dormant paisiblement. Elle aurait voulu briser la plaque de glace qui l'habitait, sentir revenir l'élan de la vie. Mais rien ne s'animait en elle. Elle était comme une terre morte où plus rien ne pousse.

Elle remonta le drap sur la poitrine de Mélanie, éteignit la veilleuse, quitta sa chambre et revint dans le salon.

Elle ignorait où était Stan mais s'en moquait. Elle regarda la pendulette posée sur la console. Deux heures. La nuit était déjà bien entamée mais elle n'avait pas sommeil. Ce serait la seconde qu'elle passerait sans fermer l'œil. Et combien d'autres encore ?

Quelque part dans la ville, un fou retenait sa fille prisonnière. Davantage qu'un fou. Un tortionnaire. Sa langue goûta le mot mais son cerveau ne répondit rien. Il avait vidé le mot de sa substance. Tortionnaire, coronaire, va-t-en-guerre. Sa mère.

Elle alla à la fenêtre. Leur rue était éclairée par des

lampadaires à ampoules jaunes qui lui donnaient une allure surannée. Peu de commerces, à part la cafétéria en face de chez eux tenue par des Italiens, et un restaurant de fruits de mer au bout de la rue. Deux trottoirs bordés d'immeubles bas, en briques rouges pour la plupart, avec pour certains, au dernier étage, de petites terrasses arborées où aimaient dîner leurs propriétaires privilégiés.

L'été, le soir, on s'interpellait d'une terrasse à l'autre, d'un immeuble à l'autre. Si quelqu'un faisait une fête il invitait ses voisins à venir prendre un verre. Les Levine étaient plus souvent invités qu'ils n'invitaient à cause des horaires impossibles de Stan. C'était pas grave, on se rattrapait autrement.

Ils habitaient là depuis leur mariage, dix-sept ans plus tôt. C'étaient les parents de Sarah qui avaient avancé l'argent pour l'appartement. Ils voulaient bien que leur fille quitte leur luxueuse villa de Laurel Canyon, à Beverly Hills, mais à condition qu'elle habite en plein New York dans un bel appartement. Pas question d'aller à Brooklyn, comme l'avait pensé Stan à cause des prix plus bas et parce que Brooklyn était son fief.

La rue était une des plus vertes et des plus calmes du quartier avec ses trottoirs plantés de platanes et les avancées des immeubles que certains avaient transformées en petits jardins. La partie qu'ils habitaient était comprise entre la 3e et la 2e Avenue, à la hauteur de Cooper Square. Un quartier d'artistes, d'originaux ou qui voulaient le croire.

Ses yeux fouillèrent la nuit à la recherche d'elle ne savait quoi. Elle repensa aux taxis. Elle devait y retourner.

EDGAR Nichols poussa la porte. Aussitôt, Judith releva la tête.

— Bonsoir, ma petite, dit-il en souriant.

Il s'approcha.

— Mon Dieu, tu es toute sale.

— Détachez-moi, hurla Judith, je vous en supplie !

Elle ne s'étonnait pas que celui qu'elle avait cru aveugle se tînt devant elle et la regarde avec des yeux qui voyaient. Elle avait eu le temps de réfléchir et de comprendre.

Cet homme était un de ceux contre lesquels son père l'avait mise en garde. Ceux qui s'attaquaient aux enfants. Pour en faire quoi ? Exiger une rançon ? Dans ce cas, ses parents devaient déjà être au courant et donneraient tout ce que ce malade leur demanderait. Mais avaient-ils autant d'argent ? Il y avait aussi ses grands-parents ; mamie Joyce et papi Bob qui, eux, en avaient. Peut-être même que son père pourrait faire un emprunt auprès de la caisse de la police ou de la ville.

— J'ai soif, dit-elle, et je voudrais me laver.

Elle avait décidé de lui parler le langage de la raison. C'est ce que son père aurait dit. Discuter avec les preneurs d'otages. Dans tous les films c'était pareil. Gagner du temps et leur confiance. Ne rien faire qui les excite. C'étaient des instables, des crétins, des pauvres types, disait son père. Eminemment dangereux parce que n'ayant rien à perdre. Un kidnapping c'était la prison à vie ou la peine de mort, selon les Etats. Judith savait tout ça.

— Je vais te donner à boire, ma petite, dit l'homme en souriant. Tu vas aussi te laver parce que tu pues.

L'idée sembla l'amuser. Il détacha d'abord ses pieds.

— Ne fais pas de bêtises, hein ? Je vais libérer tes mains pour que tu boives, dit-il en la détachant. Oh, mais tu as fait sur toi, cochonne.

Elle avait si honte qu'elle eut envie de pleurer.

— Ça fait combien de temps que je suis là ? cria-t-elle.

— Un petit moment, dit l'homme en l'aidant à se lever.

Elle eut un étourdissement et faillit retomber sur le grabat.

— Quelle heure est-il ?

— Deux heures et demie. Va te laver à ce lavabo.

— De l'après-midi ?

— De la nuit. Tu laveras aussi tes vêtements.

— Mes parents, vous avez prévenu mes parents ?

— Bien sûr.

— Si c'est de l'argent que vous voulez, ils vous en donneront.

Il ne répondit pas et la guida jusqu'au lavabo.

— Sortez, si je dois me laver, dit-elle.

Il secoua la tête.

— Non, je reste. Ne te gêne pas pour moi, j'ai aussi une petite jeune fille comme toi.

Elle fut saisie. Qu'il ait un enfant et qu'il puisse lui faire endurer ça la dépassait.

Elle se pencha sur le lavabo et but goulûment. Son odeur la gênait. Elle se sentait épouvantablement sale.

— Sortez.

Il hocha la tête.

— Je suis à côté.

Elle mourait de faim à présent que sa soif était étanchée, mais elle avait encore plus envie de se nettoyer.

Elle ôta son jean et fit la grimace. Il était complètement foutu, irrécupérable. Elle eut un haut-le-cœur et sanglota, appuyée sur le lavabo. Elle enleva aussi son slip qui était dans le même état. Elle avait envie de vomir. Elle ne pourrait jamais les laver. Et elle ne pouvait pas rester nue devant ce type. Qui sait ce qu'il pourrait lui faire.

À ce moment il entra. Elle sursauta et se cacha derrière le lavabo. Il se mit à rire.

— Jette tes vêtements, je t'en apporterai d'autres.

Il avait une voix douce et parlait gentiment.

— Je veux rentrer chez moi, dit-elle. Qu'est-ce que vous ont dit mes parents ? Ils vont vous payer, n'est-ce pas ?

— Je vais revenir avec de la nourriture et des vêtements propres, mais avant je dois te rattacher.

— Non, non ! hurla-t-elle. Non, je vous en supplie ! je ne me sauverai pas !

Il la regarda avec le même sourire amusé.

— Tu es une belle jeune fille, tes parents doivent beaucoup t'aimer.

— Oui, ils m'aiment beaucoup. Ils feront tout ce que vous voulez !

— Je connais ton papa, tu sais.

Elle s'était recroquevillée derrière le lavabo, les deux mains plaquées sur son ventre pour se cacher.

— Vous connaissez mon père ?

Elle était sidérée. S'il savait que son père était le meilleur flic de New York, pourquoi l'avait-il enlevée, elle ? Il devait bien se douter que c'était encore plus risqué que de kidnapper n'importe qui d'autre.

— Oui. Lui aussi me connaît. Enfin, pas vraiment.

— Où nous sommes, ici ?

— À mon travail. Bon, cesse de poser des questions,

ma petite. Je vais te chercher quelque chose à manger et de quoi te couvrir. Je veux bien te laisser libre parce qu'ici, même si tu tambourines sur la porte, personne ne t'entendra. Mais je serais toi, je resterais tranquille. Plus tu seras gentille et docile, mieux tout se passera.

— Vous me libérerez, monsieur, quand vous aurez l'argent ?

Au même moment elle s'avisa que l'homme lui parlait à visage découvert, comme s'il se moquait qu'elle le reconnaisse ou pas quand elle serait libre. Elle fut envahie par la peur. Il ne la laisserait pas repartir.

— Vous allez me tuer, n'est-ce pas ?

Il la dévisagea sans répondre. Intelligente, cette petite. Evidemment qu'il allait la tuer, qu'il gagne ou pas la partie. S'il perdait, ce qu'il ne croyait pas, avant d'être pris il la tuerait pour faire du mal à ce grand flic plein de suffisance. S'il gagnait et qu'on ne le retrouve pas comme c'était probable, il la tuerait à sa façon.

— Ne me tuez pas, supplia-t-elle, les yeux affolés.

Comme elle était douce et tendre. Ses petits seins pointaient sous le sweet, ronds, pleins comme deux fruits. Sa peau était si lisse, si tendue, si dorée. Ses os, longs et fins. Sa chair, inaltérée, goûteuse, ferme, délicate, fragile. Un fruit vert.

— Si vous me tuez, mon père vous retrouvera et vous abattra comme une bête enragée !

Comme elle se reprenait vite. Il sursauta de surprise et de colère. Elle était bien leur fille. Arrogante, sûre d'elle.

Elle n'avait sûrement jamais subi aucune fessée, aucun sévice de la part de ses parents. Des Juifs libéraux, ça ne frappe pas leurs enfants. Tout au plus les grondent-ils quand ils font une bêtise. Résultat, des gosses mal élevés, qui, plus tard, croient que le monde est à eux. Que tous sont là pour les servir. Une race de patrons.

Il se souvenait qu'après qu'il eut quitté l'orphelinat

le service social lui avait trouvé une place de coursier dans une pharmacie tenue par un couple de Juifs, près de la 47e rue. L'homme était habillé d'un grand manteau noir, hiver comme été. Il portait un chapeau à large bord d'où sortaient des boucles de cheveux qui lui tombaient sur les joues, et passait toutes ses soirées à la synagogue du quartier. La femme aussi portait en permanence un béret. Leur clientèle était comme eux. Ils ne pouvaient pas dire une phrase sans y mêler le nom de leur dieu.

Lui savait que leur dieu n'était pas le bon puisqu'ils avaient refusé de reconnaître le vrai Messie, mais que, malgré tout, ces imbéciles continuaient de l'attendre alors qu'il était là depuis deux mille ans.

Il mangeait avec eux le midi, et le soir rentrait à l'orphelinat. Mais ça ne pouvait pas durer, il était trop âgé, le directeur de l'institution lui avait dit de se trouver une chambre à lui.

Mais tout était trop cher. Il avait demandé à ses patrons de lui prêter de l'argent qu'il leur rendrait sur ses salaires. Ils avaient refusé, lui proposant à la place de se porter caution. Ça l'avait fichu en pétard. L'argent, ils devaient en avoir avec toutes les saloperies de médicaments qu'ils vendaient. Mais bien sûr, ils préféraient le donner à leur fille qui allait s'installer comme docteur et qui devait acheter sa clientèle. Alors il avait volé le contenu de la caisse de deux jours qu'ils rangeaient dans un placard dans l'arrière-boutique.

Le lendemain, alors qu'il se prélassait au lit en comptant ses sous, le directeur de l'orphelinat avait débarqué dans sa chambre avec deux policiers. Un mois de prison seulement en raison de sa situation familiale et parce que l'avocat des Juifs n'avait demandé qu'une peine de principe pour, avait-il dit, « apprendre à ce jeune homme que même pauvre on doit rester honnête ».

N'empêche, un mois de prison, le seul qu'il ait jamais fait.

— Non, je ne te tuerai pas. Tout va s'arranger.

Il alla vers elle et lui passa la main sur la joue.

— Tu es une très jolie jeune fille. Allez, je reviens.

Il ouvrit la porte et elle vit qu'elle donnait sur un couloir à peine éclairé. Aucun bruit ne parvenait de l'extérieur.

C'est un vrai tombeau, ici, pensa-t-elle en sanglotant.

Avant de refermer la porte il lui adressa un signe amical de la main.

Le taxi la laissa à un bloc du Central. Pendant la course elle avait essayé de faire parler le chauffeur. Elle lui avait demandé comment s'exerçait ce métier, s'il travaillait tous les jours, si parfois il pouvait prendre des clients en plus.

Par malchance, l'homme était portoricain et parlait très mal l'anglais.

— *Buenas noches, señora,* dit-il en lui rendant sa monnaie.

Puis au moment où elle s'éloignait, il rajouta :

— Voilà mon numéro de voiture, si vous voulez faire une course avec moi, tous les deux, appelez-moi là.

Il s'était mépris sur le sens de ses questions. L'imbécile croyait qu'il lui avait tapé dans l'œil.

Le bâtiment était brillamment éclairé. Sarah se rapprocha sans savoir exactement ce qu'elle allait faire. Les voitures entraient et sortaient et il y avait presque autant d'animation qu'en plein jour. Des chauffeurs s'interpellaient, se lançaient des plaisanteries. D'autres attendaient au comptoir leur feuille de route. Il y avait plus d'hommes que de femmes, peut-être à cause du service de nuit.

Elle entra sous la voûte. Habillée comme elle l'était, elle pouvait passer pour un chauffeur. Les employés n'étaient sûrement pas les mêmes que ceux du jour et ne pouvaient pas la reconnaître.

Le bureau du responsable était dans l'ombre, lui, au moins, dormait la nuit et personne ne semblait y faire attention. Elle se demanda s'il était fermé à clé.

Elle attendit qu'un groupe de chauffeurs s'éloignent en parlant fort et en riant pour se faufiler jusqu'à la porte. Elle mit la main sur la poignée qui céda. Elle jeta un coup d'œil sur les employées du standard absorbées sur leurs fiches, ouvrit et entra.

La lumière du hall éclairait le bureau. Accroupie, elle se glissa jusqu'aux classeurs, tira le premier tiroir avec précaution. Les carnets de route étaient rangés par ordre alphabétique. Il y en avait beaucoup plus que ce qu'avait donné Charly. Elle retrouva ceux qu'ils avaient consultés et en dénicha de nouveaux. Pour les lire plus aisément, elle se rapprocha de la porte en verre.

Le bureau des standardistes était à gauche de la porte et deux employées y travaillaient. Dans le fond du hall il y avait une sorte de cafétéria où se retrouvaient les chauffeurs. Deux taxis arrivèrent en même temps et l'un d'eux s'arrêta devant le comptoir. Son chauffeur descendit et vint parler aux filles.

À cause du bruit qui régnait à l'extérieur, Sarah ne comprenait pas ce qu'ils se disaient, mais le chauffeur ne semblait pas content et les filles se défendaient. Le chauffeur s'agitait de plus en plus et des collègues vinrent le rejoindre et s'accoudèrent à ses côtés en rigolant.

Ils étaient presque devant la porte du bureau et, bien qu'elle soit accroupie, l'un d'eux pouvait parfaitement l'apercevoir. Elle recula, les genoux douloureux à cause de la position. Elle avait peur de tomber en arrière ou de heurter une chaise. Ses muscles la brûlaient et elle pensa qu'elle aurait du mal à se relever et à courir si elle devait leur échapper. Elle les imaginait comme des ennemis acharnés à sa perte.

Enfin ils s'éloignèrent et le chauffeur remonta dans sa voiture et démarra pour aller la garer. Elle respira, soulagée, et reprit son inspection. Soudain son cœur battit un peu plus vite. Là, une fiche, enregistrée la veille au soir et sur laquelle était notée une course de neuf dollars.

Les clients avaient été pris à 4h50 au coin de Waverly et University. Comme les autres, pas de destination finale. Le nom et l'adresse du chauffeur figuraient en tête de la fiche.

Jan Ericsoon, 45 Vernon et 11e, Long Island, dans les Queens. Sale quartier.

Elle rangea les fiches avec précaution, ne conservant que celle d'Ericsoon. Collée au mur, elle se rapprocha de la porte.

À cet instant, une des standardistes se leva et se dirigea vers le bureau. Sarah se pétrifia. Mais au moment où elle allait ouvrir, sa collègue, occupée avec un appel, lui fit signe de revenir parce que son poste sonnait. Elle secoua la tête de contrariété et repartit.

Il n'était plus question d'hésiter. Sarah entrouvrit la porte et profita que les deux femmes étaient occupées pour se glisser dehors.

Elle resta un moment immobile en pleine lumière, aussi visible que le nez au milieu de la figure mais, curieusement, personne ne la remarqua. Elle rejeta les épaules en arrière et passa avec naturel devant le comptoir.

Deux minutes plus tard elle était sur le trottoir à guetter un taxi.

Le taxi s'engagea sous Queens Midtown Tunnel. Sarah l'avait hélé au moment où il sortait du dépôt. Le chauffeur avait fait la tête en entendant l'adresse mais il était trop près du central pour s'esquiver.

C'était un Blanc d'un certain âge. Sa voiture était un vrai capharnaüm avec des cartes postales collées un peu partout et un squelette en plastique qui se balançait sous le rétroviseur. Elle s'enfonça dans la banquette, évitant de croiser son regard dans le miroir au squelette. Elle l'entendait marmonner.

Une voiture de flics les doubla en leur jetant un coup d'œil et, quand ils les eurent dépassés, le chauffeur leur fit un doigt d'honneur en les traitant de pédés.

Ils débouchèrent de l'autre côté sur Borden Avenue, et c'est comme s'ils avaient changé de ville. À part le roulement continu de la voie rapide de Queens Boulevard sur leur gauche, le silence était quasi total.

Le chauffeur dépassa McGuiness, s'en aperçut trop tard et jura quand il comprit qu'il ne pouvait pas faire demi-tour avant la 48e qu'en général les taxis évitaient à cause de sa population.

La rue était bordée de terrains vagues à moitié défoncés dans lesquels s'incrustaient, telles des dents gâtées, des maisons miteuses. Des carcasses de voitures encombraient les bords des trottoirs, et des groupes de Latinos discutaient devant les maisons en les regardant passer.

— Nom de Dieu ! C'est où cette bon Dieu de rue ? jura le chauffeur en freinant si brutalement que Sarah fut projetée en avant.

Elle décida de négocier.

— Si vous avez un plan, on va pouvoir regarder, tenta-t-elle.

Il lui jeta un regard noir.

— Un plan... un plan... marmonna-t-il, vous croyez que j'arrive seulement ici ? Ça fait vingt-cinq ans que je fais taxi !

— Je vais demander.

Avant qu'il ait pu protester elle sortit et se dirigea vers les Latinos qui la regardèrent arriver avec surprise et ironie.

— Nous sommes perdus, leur dit-elle en se plantant devant eux.

Elle en compta sept, entre quinze et trente ans. Les plus vieux habillés de costumes à larges revers, aubergine, bleu pétrole, noir brillant, avec des chemises à col démesurément long et pointu et de larges cravates bariolées de filles à peu près nues assises sur des pamplemousses ou à califourchon sur des régimes de bananes. Ses yeux enregistraient tous les détails sans que ceux-ci arrivent à son cerveau. Elle voulait son renseignement et elle l'aurait.

L'un d'eux, un peu plus vieux que les autres, se détacha. Ses yeux sombres la détaillèrent avec complaisance.

— Vous voulez aller où, ma chère ? demanda-t-il en assez bon anglais.

Il jeta un coup d'œil vers le taxi, où le chauffeur, raide sur son siège, regardait droit devant lui.

— Nous cherchons Vernon Boulevard et 11e.

Il sourit avec suffisance, faisant briller deux dents en or sur le devant.

— Vous avez dépassé. Prenez Greenpoint Ave, remontez sur Thompson et vous allez y arriver.

Il parlait d'une voix traînante et cherchait ses mots comme s'il voulait se donner l'air distingué.

— La señora querida veut-elle qu'on l'accompagne nous-mêmes ? lança un de ses compatriotes, provoquant les rires.

— Je vous remercie, dit Sarah, nous allons trouver.

Elle remonta en voiture et donna les indications au chauffeur qui embraya en jurant.

Il s'engagea dans Greenpoint, bordé de restaurants aux néons agressifs, de boîtes de salsa et de sex-shops collés à des épiceries ou à des boutiques de vêtements. La rue avait gardé une mauvaise réputation qui ne se justifiait plus. Depuis l'hiver précédent, c'était même devenu le lieu branché de New York. Il suffisait de ne pas s'engager dans les impasses ou les ruelles qui la traversaient, sous peine de se retrouver au milieu de dealers qui vous proposaient tout ce qui existait sur terre en matière de drogues, hallucinogènes et aphrodisiaques.

Le taxi se faufila au milieu de voitures rutilantes et récentes, toutes de marques étrangères, au volant desquelles se pavanaient des hommes au teint sombre qui surveillaient leur cheptel, le bras négligemment appuyé à la portière, avec pour la plupart un barreau de chaise tenu entre des doigts surchargés de bagues. Des acteurs de films de série B des années cinquante.

Les filles circulaient en groupe, elles aussi habillées à la mode portoricaine ou haïtienne, de robes aux couleurs vives et décolletées, juchées sur des sandales surélevées de quinze ou vingt centimètres. Des couples de New-Yorkais entraient et sortaient des nombreuses boîtes de salsa ; des yuppies vêtus trop stricts regardaient les filles avec convoitise et tentaient de leur parler, mais les grands frères veillaient. Alors ils se rabattaient sur celles dont c'était le métier.

— Tournez là, ordonna Sarah alors qu'ils allaient dépasser Thompson Avenue, tant le chauffeur était fasciné par ce qu'il voyait.

— J'te renverrais tous ces métèques d'où y viennent l'entendit-elle maugréer.

Enfin, après avoir parcouru Thompson Avenue déserte et sombre, ils arrivèrent devant le 45 sur Vernon Boulevard.

— Bordel, c'est là ! s'exclama le chauffeur en s'arrêtant comme si une herse venait de se lever devant ses roues.

Il alluma, regarda son compteur et se tourna vers Sarah avec l'air de celui qui pense qu'on ne va pas payer sa course.

— Vingt-huit dollars ! annonça-t-il sur un air de défi.

Elle lui tendit trois billets de dix dollars qu'il empocha sans faire remarquer que le pourboire était insuffisant.

Elle sortit sans ajouter un mot et claqua la portière avec colère. À force de tourner et de virer il était suffisamment tard pour que, dans un pareil quartier, on refuse de lui ouvrir.

— Drôle d'adresse ! eut-il encore le temps de dire avant de démarrer.

Elle regarda ses feux arrière s'éloigner et examina autour d'elle. Oui, il avait raison, drôle de coin.

Des réverbères, la plupart avec des ampoules cassées, laissaient des zones d'ombre qui creusaient les ronds de lumière de ceux qui fonctionnaient, et qui eux, à cause de la crasse de leur globe ou de la faiblesse de leurs ampoules, projetaient des flaques de lumière glauque, jaunâtre, qui éclairait de sinistre façon les maisons.

La plupart étaient en bois et quasi identiques avec leur carré d'herbe pelée, encombré de jouets, de ferrailles, de tuyaux, de poubelles, et de tout ce qu'une famille accumule et se refuse à jeter par négligence ou par crainte de manquer. Certaines avaient des vérandas garnies de chaises et de tables déglinguées, ou, comme celle voisine du 45, une balançoire en toile défraîchie qu'on aurait crue sortie d'un roman de Faulkner.

La maison des Ericsoon était elle aussi plongée dans le noir. Sarah prit le chemin de terre dure qui menait à la porte en grillage et frappa contre le chambranle.

Rien ne bougea et elle insista jusqu'à ce qu'une fenêtre s'allume à l'étage et qu'une tête d'homme courroucé apparût.

— Qu'est-ce que c'est ? cria-t-il.

Il se tenait prudemment en retrait et Sarah dut s'éloigner de la porte pour le voir.

— J'ai besoin de vous parler, monsieur.

— Quoi ?

Voyant que c'était une femme, il s'avança un peu plus. La rue était si sombre que Sarah pouvait à peine le distinguer. Elle recula encore pour se mettre dans la lumière du réverbère.

— Je dois vous parler de quelque chose de très important. Je vous récompenserai de votre dérangement.

Il ne répondit pas, parut réfléchir, ne comprenant strictement rien à ce que lui voulait cette femme qu'il ne connaissait pas et qui débarquait dans sa cour au milieu de la nuit pour lui parler de quelque chose d'important. Et d'abord, d'important pour qui ?

— J'comprends rien. Qu'est-ce que vous voulez ? cria-t-il.

Sarah entendit derrière lui une femme poser une question. L'homme se retourna et lui lança :

— J'en sais rien ! Y a là une bonne femme qui demande quelque chose ! Elle dut lui recommander d'être prudent, car il répondit :

— Ben ouais, j'sais, tout' façon, j'ouvre pas !

— Monsieur, dit Sarah. Si vous descendez et que vous répondiez à ma question, je vous donnerai de l'argent.

— Quelle question ?

— Descendez, s'il vous plaît. Vous voyez bien que je suis seule.

— Ça veut rien dire, répliqua-t-il au bout d'un moment en jetant un coup d'œil des deux côtés de la rue qui était aussi vide que sa main.

— Vous avez chargé mardi soir, au coin d'University et d'une autre rue, une jeune fille et un aveugle. Je veux simplement savoir où vous les avez déposés, et pour ça je suis prête à vous donner cent dollars.

Elle eut l'impression qu'elle s'était adressée à un mur ou parlait une langue étrangère car rien chez l'homme n'indiquait qu'il eût compris quoi que ce soit. Il y eut un long temps de silence, puis :

— Bon, j'descends.

Sarah soupira de soulagement. Un instant elle avait cru qu'il allait refermer sa fenêtre.

Le couloir s'alluma et apparut un homme qui descendait l'escalier. Il avait passé une chemise sur son caleçon et il s'approcha en traînant les pieds. Il se pencha pour regarder au travers de la vitre et ouvrit la porte.

— C'est pourquoi ?

Il était blond avec le crâne presque rasé, des yeux bleus à fleur de tête et un ventre rond et dur qui s'appuyait sur la ceinture de son caleçon.

— Je recherche ma fille qui a suivi un homme qui était un faux aveugle mais un vrai voyou, expliqua-t-elle calmement, ne voulant pas trop l'effrayer.

Elle sortit un billet de cent dollars qu'elle plia dans sa main.

Il lorgna sur le billet.

— À quelle heure vous avez dit ?

— Entre quatre et cinq.
— Comment vous savez qu'c'est moi ?
— Votre patron m'a fourni votre fiche, mentit-elle.
À ce moment, sa femme apparut dans l'escalier et le rejoignit. Elle aussi était blonde et des mèches de cheveux lui tombaient devant les yeux. Elle serrait un peignoir défraîchi sur sa poitrine et s'appuya au mur en faisant une grimace sans signification. Elle avait remarqué le billet de cent.
— Mardi, dit l'homme comme s'il réfléchissait, mardi...
Sarah ressortit un billet de cent dollars. La femme soupira de satisfaction.
— En effet, j'me souviens maint'nant. Ben... j'crois bien que j'les ai laissés, si mes souvenirs sont bons... j'les ai laissés à la hauteur de... au coin de la 38e et 6e. Ouais, j'crois bien qu'c'est ça. C'est même le type qui l'a d'mandé. C'qui m'a surpris puisqu'il voyait pas clair.
— Vous êtes sûr ?
— Ouais.
— Et vous avez vu où ils sont allés ? Je veux dire, dans quelle direction ?
L'homme ne répondit pas et regarda les billets. Sarah les lui donna.
— Merci... J'crois bien qu'ils ont r'monté la 6e. Après j'ai démarré et j'ai rien vu.
— Comment était l'homme ?
Ericsoon regarda sa femme qui haussa les épaules.
— Quelconque. Un aveugle avec une canne. Y s'plaignait d'sa jambe parce que d'après c'que j'ai compris il était tombé et c'était la fille, enfin votre fille, d'après ce que vous m'dites, qui l'aidait. C'est d'ailleurs elle qu'a payé la course.
— Comment... comment était ma fille ?
Ericsoon haussa les épaules.

— Ben, normale. Il avait pas l'air de l'obliger. Mais vous l'avez pas revue depuis ce temps-là ?

— Non. Vous ne pouvez rien me dire d'autre, monsieur ? Je vous en prie, c'est très important.

— J'comprends bien, m'dame. Mais moi, savez, j'les ai juste emmenés là où y m'a dit. Il avait pas l'air méchant. Juste de mauvais poil. Mais normal, sa chute l'avait fait boiter.

— Il boitait ?

— Ouais. Et j'crois bien qu'c'est vot' fille qui l'avait bousculé. À mon avis c'est pour ça qu'elle l'a chargé dans un taxi. Elle est montée devant parce que j'avais l'impression qu'il l'énervait un peu. Faut dire qu'il râlait, ce type. Enfin, moi, j'me dis qu'c'est pas toujours marrant de pas y voir clair.

— Ils sont remontés par la 6e Avenue ?

— Ouais, j'crois, mais j'peux rien affirmer. Comme j'vous ai dit, j'suis reparti tout de suite. On peut pas longtemps stationner dans ces coins.

— Merci, monsieur, merci, madame. Monsieur, pour cinquante dollars vous me ramèneriez chez moi, de l'autre côté du pont ?

— Ce s'rait pas de refus, mais j'ai pas d'voiture, ma p'tite dame. Prenez à votre gauche et suivez tout droit. Vous allez r'tomber sur Jackson où y a des taxis. Marchez au milieu de la rue et montrez pas trop vos billets. B'soir, ma p'tite dame, conclut-il en refermant sa porte.

Il éteignit le couloir et ils remontèrent.

Elle rejoignit la rue et se traita aussitôt d'idiote pour ne pas leur avoir demandé de la laisser appeler Stan. À présent il était trop tard, tout était éteint, ils ne lui ouvriraient plus.

Elle était tellement énervée qu'elle tourna sur place, incapable de prendre une décision. Elle regarda autour d'elle dans l'espoir vain d'apercevoir une cabine. Elle se mit en marche, presque en courant, dans la direction que lui avait indiquée Ericsoon.

Elle se tordait les pieds sur les remontées de macadam qui défonçaient la chaussée. Cette portion de rue était pire que l'autre. Les maisons tenaient debout parce que c'était la mode. Tous les réverbères avaient été pris pour cibles par les voyous du quartier, plongeant la rue dans le black-out.

Mais elle n'avait pas peur. Personne ce soir ne pourrait l'arrêter.

Elle déboucha dans Jackson qui était une transversale et rejoignait Borden, sans qu'aucun taxi ne fût en vue. Elle courut et se retrouva devant les terrains vagues qui descendaient vers la chaussée une trentaine de mètres plus bas.

Des voitures circulaient dans les deux sens et elle se faufila entre les grillages à moitié défoncés qui entouraient le terrain. Elle se laissa glisser le long de la pente en se retenant aux buissons desséchés et piquants, tomba, se démena pour éviter les tessons de bouteilles et la ferraille rouillée qui jonchaient le sol, et dégringola jusqu'au haut grillage dressé le long de la chaussée. Elle courut vers une porte qu'elle trouva fermée par un cadenas neuf. C'était bien sa chance que les services municipaux soient juste passés.

Elle estima la hauteur du grillage. Au moins deux mètres, peut-être plus. Elle l'escalada en coinçant ses pieds et en tirant sur ses bras. Le grillage ondula et elle faillit lâcher prise. Elle se cramponna, passa une jambe, resta un moment suspendue en équilibre sur le faîte, et se laissa tomber de l'autre côté en se recevant mal sur sa cheville gauche.

En boitant elle courut sur la chaussée et agita les bras, mais deux voitures la dépassèrent en accélérant. Elle se planta au milieu de la route, les bras en croix. Une camionnette de laitier fut forcée de s'arrêter.

Jeudi, quatre heures du matin

EDGAR Nichols revint chez lui excité et furieux. Il ne s'expliquait pas pourquoi il avait accordé cinq jours à Levine. Est-ce que Jésus avait bénéficié de ce traitement de faveur ? Non. Il avait été battu, bafoué, avait gravi le Golgotha et avait été laissé en croix jusqu'à ce que son âme divine rejoigne les cieux.

Il avait accordé cinq jours parce que ce seraient les plus épouvantables que le policier vivrait.

Il ouvrit la porte de sa chambre et se laissa tomber sur son lit, les bras le long du corps dans la position du gisant.

Ces cinq jours seraient pour Levine le cauchemar absolu.

Depuis que la fille était en sa possession, aucun journal n'en avait parlé. C'était bien un combat singulier entre Levine et lui.

Il se leva et fouilla dans la malle fermée à clé où il rangeait ses instruments. Sa peau frissonnait d'excitation.

Les aiguilles étaient enveloppées dans un chiffon huilé qu'il déroula. Il les étala sur le lit et les compta. Vingt-cinq. Il en avait déjà utilisé deux qu'à son désappointement il n'avait pu garder. Celles qu'il allait s'introduire ce soir demeureraient. Il s'en faisait la promesse.

Il se déshabilla entièrement et se plaça devant la glace fixée au-dessus de sa commode. Il fit la moue devant l'image de son sexe ratatiné et se l'empoigna. Sans résultat. C'était le signe que son corps attendait davantage que des caresses.

Il prit une aiguille d'une dizaine de centimètres et, plissant un œil, réfléchit au meilleur endroit où l'enfoncer. Il plaça la main au creux de l'estomac à l'endroit où le diaphragme forme un hiatus, localisa le creux, et y appuya la pointe de l'aiguille.

Il soupira voluptueusement tandis que sa peau se hérissait d'appréhension, et commença d'enfoncer l'aiguille. Le sang jaillit en fines gouttelettes et il se rendit compte qu'il n'avait rien prévu pour l'étancher.

Maintenant l'aiguille en place dont un tiers était déjà à l'intérieur, il ouvrit un tiroir de sa commode, prit un linge qu'il appliqua sous l'aiguille et recommença à pousser. Il hoqueta de douleur quand elle fut aux deux tiers, mais ce fut cette souffrance qui provoqua l'érection qu'il attendait.

Il savait que certains soufis se transfixaient avec d'épaisses lames dans toutes les parties du corps sans rien ressentir ni saigner, et que les plaies intérieures se cicatrisaient en quelques minutes. Mais le soufisme ne privilégiait pas la Rédemption par la douleur comme le recommandaient les Evangiles. Jésus était mort dans la souffrance, même si elle était différente de celle des hommes. Il fallait mériter son salut. La douleur n'élevait que si elle était consentie et forte parce qu'elle rapprochait de Dieu.

Tenant toujours le linge, il se recoucha sur son lit où il se masturba. Il demeura ainsi un bon moment, l'esprit à la dérive.

Il goûtait particulièrement ces instants où son corps apaisé lui permettait de remonter le cours de sa vie.

Combien en avait-il aimé ? Il n'en avait pas la moindre idée. Cinquante ? cent ? Davantage ? Il avait commencé si jeune. Par des animaux. Des chats principalement. Les chats, c'était la perfection physique. Et c'était facile à trouver. Pas à tuer. Enfin, pas comme lui aimait. Et puis il s'était lassé. Un chat ça crie, ça ne raconte pas ce qu'il ressent. Pas comme les humains.

Les humains se croient obligés de gémir, de pleurer, de supplier. On leur a appris à faire appel à la pitié et ils pensent qu'ils peuvent impunément se comporter comme des porcs tout le long de leur vie sans avoir à payer, persuadés qu'ils sont que Jésus a racheté en une seule fois tous leurs péchés.

L'aiguille avait pris sa place et il ne la sentait plus comme un corps étranger mais faisant partie de lui-même. Quand il livrerait Judith, il espérait bien que la totalité des aiguilles serait en lui.

Le don de la fille d'un des assassins de Jésus devrait être accompagné de celui de sa propre douleur, à ce moment-là seulement il aurait valeur d'oblation.

Il y avait tant d'exemples de sacrifices humains où les jeunes vierges étaient offertes aux dieux pour apaiser leur courroux ou leur demander une faveur, la pluie, la victoire, une bonne récolte. Lui n'avait rien d'autre à implorer que Son pardon. Pardon pour ses égarements et ceux de ses ennemis. Comme les prêtres des temps passés qui démembraient les vierges et se partageaient les meilleurs morceaux suivant l'ordre hiérarchique, il absorberait cette âme innocente pour retrouver la sienne.

Il se prit à rêver à une rencontre théologique sous forme de controverse avec Levine, tout en restant sceptique sur le sens du sacré de son adversaire.

Votre salut était à ce prix, tenterait-il de lui expliquer. Judith, innocente et vierge, a racheté vos fautes. Et moi, en la dévorant, j'ai réanimé l'Eucharistie.

Le don suprême, celui qui lui ouvrirait la face

cachée de Dieu : *« Prenez et mangez, ceci est mon corps... buvez-en tous car ceci est le calice de mon sang. »*

Il se releva et prit une autre aiguille. Son cœur battait si fort qu'il en eut les larmes aux yeux.

STAN était effondré dans un des canapés du salon en compagnie d'une bouteille de whisky largement entamée. Les yeux cernés brûlant de rage et de désespoir, le tic qui lui tirait la bouche, son teint livide lui donnaient l'expression d'un voyou.

Autour de lui, tout était silencieux. Les bruits de la ville n'arrivaient plus à sa conscience engloutie au fond d'un trou.

La porte de l'appartement s'ouvrit et Sarah entra. Il la regarda comme si c'était une inconnue.

— D'où viens-tu ? demanda-t-il d'une voix pâteuse.

— Je pense savoir où a été emmenée notre fille, répondit-elle, glaciale.

— Quoi ?

Il se releva en renversant la moitié de son verre sur son pantalon sans y prendre garde.

— Qu'est-ce que tu racontes ? Tous les flics de New York sont mobilisés, on marche sur les indics, on racle les fonds de poubelle... le FBI a envoyé une douzaine d'agents spéciaux et toi tu sais où il a emmené notre fille ! Et comment tu le sais, hein ? C'est ton rabbin qui te l'a dit ? Ou c'est peut-être ton Dieu !

— Tu es ivre et tu me dégoûtes, cracha Sarah. J'ai retrouvé le chauffeur de taxi qui les a chargés.

— Comment !

Le téléphone sonna, il décrocha.

— Allô ! aboya-t-il. Oui... où ? Pourquoi Battery ?

Il leva les yeux vers sa femme. Elle secoua la tête.

— Qui c'est ? Moore ? Qui c'est Moore ? Un cocaïnomane ? Et pourquoi il croit qu'ils sont là-bas ?... J'arrive.

Il raccrocha et courut dans la chambre d'où il revint en bouclant son holster. Il rafla sa veste sur le canapé.

— On croit avoir vu une jeune fille avec un type dans un entrepôt à Battery Park. On va vérifier.

— Il n'est pas là, dit-elle de la même voix glaciale. Le chauffeur les a laissés sur la 6e.

— Qu'est-ce que tu racontes ? cria Stan en enfilant sa veste avec difficulté. Où veux-tu qu'il l'ait cachée dans ce coin ? Il a pu reprendre un taxi pour brouiller les pistes !

— D'après le chauffeur, Judith paraissait l'accompagner de son plein gré. Il habite peut-être par là. Il faut chercher.

— Tu veux qu'on entre dans tous les appartements, dans toutes les arrière-boutiques ? Tu irais te cacher là, toi ?

La douleur et le désespoir les ravageaient à ce point qu'ils oubliaient qu'ils étaient alliés et souffraient de la même façon. Leur rage à sauver leur fille, au lieu de les rassembler, les dressait l'un contre l'autre.

— Je vais à Battery, et toi, reste ici ! J'ai pas envie qu'il te kidnappe à ton tour ! Et arrête de jouer les détectives !

Il claqua la porte et Sarah resta figée au milieu du salon. La petite tête de Jonathan apparut.

— Qu'est-ce qui se passe, maman, ils l'ont retrouvée ?

Elle regarda son fils. Jamais elle ne se serait crue capable de haïr son mari avec une telle force.

Le FBI, les indics, dix mille flics, le VICAP, les ordinateurs, les spécialistes ès cinglés, son mari. Et elle, elle avait retrouvé le chauffeur, et le chauffeur n'avait pas dit qu'il les avait laissés à Battery Park mais sur l'Avenue des Américains, cette 6e avenue si longue et sinistre. Et il avait dit qu'ils avaient remonté l'avenue à partir de la 38e, et Sarah imaginait très bien le monstre s'appuyer sur l'épaule de sa fille pour qu'elle l'aide, et elle, éduquée à compatir, lui avait pris la main et l'avait ramené chez lui où il l'avait enfermée, attachée, battue, ou peut-être pire.

Et son père, ce flic puissant et craint, ce sinistre imbécile, courait là où Judith n'était pas, ne pouvait pas être.

— Pas encore, dit-elle si bas que son fils ne l'entendit pas.

— Mais ils vont la retrouver, n'est-ce pas ?

Elle hocha la tête et prit sur la console les clés de la voiture.

— Ils vont la retrouver, hein, maman ? insista Jonathan soudain secoué de sanglots.

Jeudi matin

— CAPITAINE Levine ?

Stan ne réagit pas, et Roy Landerman, du *Herald Tribune*, s'avança contre le bureau du flic et s'appuya dessus des deux mains.

— Stan ?

Levine leva les yeux, et Roy, qui le connaissait bien, cilla devant son air égaré. Ainsi, la rumeur qui courait dans New York concernant un certain kidnapping pouvait être vraie ?

— Hello, Stan, reprit Roy sur un ton enjoué, t'as traversé le Serengeti à pied ?

Rien n'apparut dans l'expression de Levine qui pût faire croire qu'il avait seulement entendu la plaisanterie de son ami.

Roy Landerman, rédacteur en chef du *Tribune*, quinquagénaire soucieux de son apparence parce que grand amateur de femmes, regarda autour de lui.

Un poste de police de l'importance du 21e district n'était certes pas l'endroit idéal pour entamer une méditation. Deux cents flics et leurs clients réunis dans un même espace, ça fait du vent et du bruit, mais ce matin-là l'agitation tenait de la ruche renversée, et l'anxiété était celle paranoïaque des abeilles quand elles ont perdu leur reine.

Landerman était trop professionnel pour ne pas humer le drame quand il était palpable, et l'article qu'il pourrait en tirer.

Ses collaborateurs lui avaient signalé que les poulets ratissaient la ville du plancher au plafond et ramenaient dans leur nasse autant de menu fretin que de gros poisson, et que pas un caïd de Little Italy, de Chinatown, ou de n'importe quel fief habituellement protégé, n'échappait à une entrevue avec les huiles de la police.

C'est d'ailleurs pour ça qu'il était là au lieu de s'entraîner comme chaque matin à son club du Physic Center.

Collants comme des mouches, les journalistes avaient eu un mal de chien à tirer une mini-information, même des flics de base. Enfin, quelques-uns avaient fini par se laisser séduire.

— C'est la fille de quelqu'un de haut placé qui a disparu.

— OK, qui ?

— On peut pas vous dire.

— Enfin, merde, on est copains !

— Y a eu des meurtres pas propres qu'on a gardés au chaud, pour que des cloportes comme vous aillent pas s'exciter.

— Quoi, bordel ! C'est qui celui qu'est haut placé ?

Mais les flics la fermaient parce que, quand on touche à un des leurs, c'est du sérieux.

— Stan, qu'est-ce qui se passe dans notre bonne ville ? J'ai même croisé une équipe de cyberkillers du FBI. On a enlevé Hillary Clinton ?

Stan se leva avec un sourire aussi faux qu'une information de la feue *Pravda.*

— De quoi tu parles, Roy ? dit-il en lui tendant la main.

— De ça, répondit Roy en désignant du pouce par-dessus son épaule la cavalcade des flics et les sonneries ininterrompues des téléphones.

— Quoi, ça ? s'étonna Stan. Des flics au travail, tu connais ?

— Attends, une pareille frénésie je n'ai pas dû en voir depuis la mort de Martin Luther !

— Faut sortir, mon vieux, repartit Levine en le prenant aux épaules et en l'entraînant doucement hors de son bureau. Ce n'est là que l'habituelle journée d'un commissariat new-yorkais.

Roy grimaça.

— Tu ne crois pas qu'on est trop vieux copains pour que tu me fasses avaler pareille couleuvre ? On dit que quelqu'un d'important a été kidnappé.

— Ah ouais ? Première nouvelle. Qu'est-ce qui vous manque, les gars, le monstre du Loch Ness ? Vous n'avez rien à coller dans vos unes ?

— Stan, Stan, ne me prends pas pour un bleu, tu veux ? On parle d'un criminel particulier, un cinglé de cannibale genre Ottis Tool.

Landerman sentit les doigts de son ami s'enfoncer dans son épaule.

— Tu veux arrêter de dire des conneries, Roy ? Où as-tu été chercher ça ?

À ce moment, Levine vit Swanson qui lui faisait signe en agitant une feuille de fax.

— Tu veux bien m'excuser, dit-il en plantant là le journaliste.

Roy regarda du côté de Swanson et lui fit un petit signe amical de la main que lui renvoya Swanson.

— Stan, on vient de recevoir d'autres trucs du VICAP. Qu'est-ce qu'il veut, Landerman ?

— Rien. T'as reçu quoi ?

— À Washington, il y a deux ans, ils ont retrouvé les restes de deux enfants noirs dans une décharge. Il manquait les jambes et de larges morceaux de chair avaient été découpés sur les corps, principalement sur les fesses et le dos. Comme c'étaient des mômes, on n'a pas pu les identifier par les dents parce qu'ils ne s'étaient pas encore fait soigner chez un dentiste. Sur le coup, ils ont pensé que ça pouvait être Jeffrey Dahmer parce que c'était des Noirs, mais Dahmer était déjà arrêté quand normalement les gosses ont été tués. Ça ne l'a pas empêché de reconnaître les crimes. Remarque, au point où il en était, c'était pas à deux près. Bref, les flics ont laissé tomber parce que justement ils avaient Dahmer et que deux cannibales dans la même ville ça faisait beaucoup. Mais...

— Comment ça va, sergent ? demanda Landerman qu'aucun des deux flics n'avait vu approcher.

— Comme un pauvre gars qu'a pas pris de vacances depuis deux ans, répliqua Swanson avec un sourire torve et en évitant que Landerman voie le fax.

— Stan ne veut pas me dire pourquoi les flics ici sont sur les nerfs, rétorqua Landerman en allumant un Havana Cuba avec un briquet spécial cigare à ses initiales.

— Parce qu'on n'est pas sur les nerfs tant que les journalistes ne viennent pas nous emmerder, répliqua Swanson.

— C'est pour moi que vous dites ça, sergent ?

— Qui d'autre ?

Landerman souffla une bouffée de fumée et regarda Stan par en dessous.

— Ils sont pas très polis, tes hommes, Stan... ça va me donner envie d'en savoir plus.

— Y a rien à savoir, grogna Levine en empoignant Landerman par le revers de sa veste en pécari. Rien à voir. Juste nous foutre la paix, Roy. Juste ça.

— OK, répondit Landerman en détachant la main de Levine de son revers. OK, messieurs, eh bien on va faire autrement, c'est pas grave. Jusque-là on a accepté de jouer le jeu. Maintenant mes gars et moi nous allons faire notre travail.

Il souffla encore une épaisse bouffée et sortit sans quitter Levine des yeux.

— Quel chiatique ! siffla Swanson.

— Bon, alors qu'est-ce qu'y a d'autre sur ton papelard ?

— Sur le corps d'un des mômes, là où y manquait un bout de fesse, ils ont retrouvé une goutte microscopique de salive qui avait échappé à la pluie, au soleil et au reste. Ils l'ont analysée, par routine. Je viens de recevoir le résultat. C'est la salive du nôtre.

— Qu'est-ce qu'ils ont d'autre ? questionna Levine d'une voix altérée.

— Les mecs de Quantico qui travaillent sur l'affaire recherchent si le type a déjà été arrêté ou s'il a fait un séjour chez les dingues. Mais tu vois le boulot.

— On n'a pas le temps, Swanson.

Swanson regarda son chef. Ça faisait combien d'années qu'ils bossaient ensemble ? Douze, quinze ? il semblait à Swanson qu'ils s'étaient toujours connus.

Au début, jeunes flics, ils s'étaient fréquentés, puis Stan s'était marié et leurs relations de célibataire s'étaient interrompues. Mais ils en avaient chié ensemble plus souvent qu'à leur tour, et ça forge malgré tout de sacrés liens. Quand la carrière de Levine s'était emballée et qu'il avait été nommé capitaine au 21e, il avait appelé son ancien complice près de lui. Mais jamais Swanson n'aurait pensé voir son chef dans cet état.

— Je sais bien, Stan, mais bon Dieu, on n'a rien d'autre ! Même les caïds sont prêts à nous donner un coup de main, mais ce gars-là, personne le connaît ! À croire que c'est un fantôme !

— Sarah a retrouvé le chauffeur de taxi qui a amené Judith et... et l'autre. Il les a laissés sur la 6e Avenue. C'est par là qu'il faut chercher, dit soudain Levine.

— Quoi ! Pourquoi tu l'as pas dit plus tôt ?

— J'ai déjà prévenu tous les postes du secteur entre Greenwich et Central Park. Tous les garages, les sous-sols, tous les coins où on peut se planquer sont ou vont être ratissés. Sarah l'a appris cette nuit. Depuis ce matin les gars ont nettoyé depuis la 36e jusqu'à la 80e, Est et Ouest. Rien. Je me suis baladé cette nuit à Battery parce qu'un ivrogne a cru voir une gosse et un type ensemble. On a fouillé à cinquante pendant trois heures jusqu'à ce qu'on tombe sur un junkie et sa môme complètement défoncés. Tu vois un peu le temps de paumé ? Il la tient dans un lieu privé, chez lui, n'importe où. Où chercher ? Je vais me rendre. Je ne peux plus attendre.

— Ça veut dire quoi, te rendre ?

— T'as pas compris qu'c'est moi qu'il veut ?

— Il t'a proposé un match, c'est ça ?

— J'ai pas le temps de jouer avec lui. Je crois qu'il est suffisamment cinglé pour ne rien faire à Judith avant la fin de son ultimatum. Il veut ma peau, et je vais la lui donner.

Swanson détourna les yeux. Il était persuadé que Mosley, ou quel que soit son nom, tuerait Judith de toute façon. C'était toujours comme ça. Gary Heidnik, sur le point d'être pris, avait tué sa dernière proie, une gamine de seize ans, qu'il torturait et violait depuis des jours dans la cave où il l'avait enfermée avec les restes de ses trente-huit autres victimes. Aucun sursis, aucune pitié n'était à attendre de ces super-criminels.

Et lui aussi les mangeait.

— Si on n'a pas d'autres indices dans les prochaines heures, reprit Levine, je vais faire une déclaration reconnaissant qu'il est le plus fort et que je me livre à lui, sans arme, où il veut.

— Le maire ne marchera pas.

— Je m'fous du maire !

— Dès qu'on t'entendra tu seras suspendu de tes

fonctions et mis à l'ombre pour t'empêcher d'agir. Tu imagines le futur chef de la police de New York se livrant à un criminel parce qu'on est incapables de le poisser ? Ça tient pas debout !

— Je... je ne veux pas qu'il tue Judith !

— OK, Stan, personne le veut !

Swanson posa sa main sur l'épaule de son chef. Autour d'eux tout continuait, comme une machine affolée qui tournerait dans le vide.

Il restait trois jours et demi avant la fin du combat.

Nuit du jeudi au vendredi

SARAH marchait sur 42e West et c'était comme si elle était transparente. Ceux qui la croisaient étaient des ombres, des figurines sans consistance. Elle marchait dans la ville parce qu'elle était incapable de rester chez elle. Elle priait, et c'était la première fois depuis que Judith avait disparu.

Elle priait en balbutiant des mots à elle, pas de vraies prières. Elle demandait simplement qu'on lui rende sa fille comme l'aurait fait n'importe quelle mère au monde, croyante ou pas.

Elle priait le ravisseur de la prendre à la place de Judith. Elle lui disait qu'il n'avait pas le droit de la faire souffrir, que ce n'était qu'une enfant et, s'il voulait se venger de quelque chose, il n'avait qu'à s'en prendre à elle.

Elle s'adressait autant à lui qu'à Dieu. Parfois elle s'énervait, et sa voix montait, et les hommes qui la croisaient, et qui pourtant à cet endroit et à cette heure n'étaient pas des saints, s'écartaient d'elle.

Elle lui disait que s'il abandonnait Judith, quelque part, vivante, elle se faisait fort d'empêcher son mari d'agir contre lui. Elle lui parlait dans sa tête comme s'il s'était tenu devant elle. Elle lui disait qu'elle comprenait sa souffrance. Que parfois on pouvait avoir envie de faire du mal mais que, pour se satisfaire, il valait mieux châtier les vrais coupables plutôt que de s'en prendre à ceux qui n'y étaient pour rien. Elle-même aurait été capable de tuer, surtout si on touchait aux siens.

Comment devient-on un criminel ? Elle avait posé la question à Stan qui lui avait répondu qu'il y avait autant de criminels différents que d'hommes mais que tout se réduisait en fin de compte à trois choses : le sexe, le pouvoir et la vengeance. Si un homme n'avait qu'un de ces ingrédients, ce n'était pas suffisant. Deux, les risques étaient grands, et trois, on avait le crime. Et, suivant le panachage, on devenait le meurtrier de sa femme, de son voisin, voire de son patron, ou celui qui en massacrait une centaine. « Ça, c'est pour les civils, soulignait-il, car pour les militaires c'est autre chose. »

En bref, n'importe quel homme ou presque, et quelques femmes avaient tout ce qu'il fallait pour devenir des criminels. À partir de là, le reste n'était qu'une question de degrés et de circonstances.

— C'est triste une jolie fille comme ça qui se promène toute seule.

Elle s'arrêta et regarda fixement le type qui venait de lui poser la main sur le bras, la forçant à s'arrêter.

— Enlevez votre main, dit-elle.

Il hésita moins d'une seconde et la retira. Elle le suivit des yeux mais il ne se retourna pas.

Vendredi matin

ROY Landerman leva les yeux vers Stan Levine debout sur le seuil de son bureau.

Landerman avait un bureau en teck et verre surélevé de trois marches par rapport à l'immense salle de rédaction, ce qui donnait l'impression à ceux qui s'y trouvaient d'être dans la timonerie d'un navire.

— Stan ? sourit Landerman en se levant de derrière sa table et en allant vers lui.

Il portait une chemise en voile de coton violet foncé et une cravate en soie jaune. Malgré la chaleur et le degré d'humidité de 92 % annoncé le matin, il semblait sortir d'un pressing.

Levine, avec sa chemisette froissée à moitié rentrée dans son pantalon, sa barbe de trois jours et ses yeux enfoncés et noirs, semblait un échappé du bagne.

— Salut, Roy.

Ils se serrèrent la main et Roy invita Stan à s'asseoir. Sans attendre il commanda une carafe de citronnade glacée à sa secrétaire, qui, installée à l'entrée de son bureau, avait des faux airs de Demi Moore.

— Comment vas-tu, vieux frère ? demanda Roy. Toujours sous pression ?

La fausse Demi Moore apporta la citronnade, et à la

prière de son patron, regagna ses pénates. Roy fit le service.

Ils burent et Stan, la tête rejetée en arrière, appuya son verre glacé sur sa joue.

— Fait rudement chaud, hein ? dit Roy. Tu restes en ville cet été ?

Stan ne répondit pas.

— On va dans le Vermont, continua Roy, les parents de ma femme viennent d'y acquérir une petite propriété. J'envoie les gosses dans le Montana faire du cheval, et les tiens ?

Stan ramena son regard sur Roy.

— Je voudrais te demander un service, dit-il.

— Tout ce que tu veux si c'est dans l'intérêt du journal, répondit Roy en souriant.

— C'est dans mon intérêt et celui du journal, répondit Stan.

— Je t'écoute.

Stan fouilla dans la poche intérieure de sa veste et en sortit un texte qu'il posa devant le journaliste qui, sans le prendre, le lut :

> À celui qui a enlevé ma fille je demande de bien vouloir considérer que j'accepte ma défaite et suis prêt à me livrer à lui selon ses modalités s'il la relâche saine et sauve dans le lieu qui lui conviendra.
>
> Signé : Capitaine Stanislas Levine de la NYPD, 21e Principt.

Landerman, sa lecture achevée, releva les yeux vers son ami. Son teint avait perdu son artificielle couleur cuivrée.

— Judith ou Mélanie ? demanda-t-il.

— Judith.

— Qui est son ravisseur ?

— Celui qui a assassiné et mangé la petite Gloria Riley, assassiné et mangé un jeune prostitué, assassiné et violé un handicapé, entre autres, et après qui nous courons sans succès depuis un moment.

Stan observa la pomme d'Adam de son ami effectuer plusieurs allers-retours.

— Et qu'est-ce que tu veux ? finit par demander le journaliste.

— Que tu passes ce texte en première page. Et, jusqu'à ce qu'il soit passé, il doit rester secret car, dès que le maire l'aura lu, il me virera.

Landerman étendit ses deux bras sur la table et s'y appuya. Un tic tira sa joue. Il ouvrit un tiroir de son bureau et y prit dans une boîte un cigare qu'il alluma. Il exhala une large bouffée et relut le texte.

— Qu'est-ce qui te fait dire qu'il va accepter ta proposition ? demanda-t-il sans regarder Levine.

— Parce que je l'ai traité de débile et qu'il veut me prouver que j'ai tort. Il m'a téléphoné.

— Ça s'est jamais fait ce genre de truc, ou je me trompe ?

— Aucun criminel n'a jamais enlevé la fille du flic qui le poursuit.

— Pourquoi ?

— Parce que y a jamais eu un flic assez con pour mettre en péril sa famille. Quand un flic s'estime en danger, il a l'idée d'éloigner les siens. C'est pour ça que ça s'est jamais fait.

Landerman fit rouler son cigare entre ses lèvres. Il releva les yeux sur Levine.

— Qui te dit qu'il ne l'a pas déjà tuée ?

Levine se leva et se colla à la vitre qui donnait sur la salle de rédaction. L'agitation était du même tonneau que dans son commissariat, à ceci près que, grâce à l'insonorisation, on voyait juste les gens s'agiter comme dans un film muet.

— On a vu des poulets se balader partout avec le portrait d'un homme. C'était lui ? reprit Landerman.

— Oui.

Landerman se leva et rejoignit son ami.

— J'ai ici les meilleurs journalistes de New York, dit-il.

— Ouais.

— Le journal tire tous les jours à un million et demi d'exemplaires, deux millions le dimanche.

Levine étira sa nuque pour la faire craquer.

— Si je passe sa gueule sur toute la première page, il y aura forcément quelqu'un qui le reconnaîtra.

— Oui. Mais il tuera Judith.

Landerman soupira et alla se rasseoir.

— Je ne veux pas passer ce texte, lâcha-t-il au bout d'un moment.

Levine revint lentement et, sans dire un mot, rafla son papier et ramassa sa veste.

— Stan... ce n'est pas la bonne solution.

Levine laissa errer son regard par-dessus la tête de Landerman.

— ... Et tu le sais foutrement bien, acheva le journaliste.

Levine se mordit les lèvres.

— Si moi et Sarah perdons notre fille, dit-il en détachant les mots, il n'y aura plus aucune solution, ni pour elle ni pour moi, Roy. Sarah pense que j'ai pris un flingue et que je l'ai appuyé contre la tempe de Judith. Et je le pense aussi, acheva-t-il. Quand je rencontrerai cet homme, et même s'il la relâche, je l'étranglerai lentement pour le regarder mourir. Et ça, je ne pourrai le faire que si je le rencontre.

— Et si c'est lui qui te tue ?

— S'il me tue, c'est que Judith sera morte, alors je le remercierai.

Landerman considéra un long moment le bout de son cigare.

— Il faudrait que je le passe quand ?

— Dans l'édition de cet après-midi, son ultimatum s'arrête dimanche à sept heures.

— C'est bon, je vais le faire passer. Tu sais le bruit que ça va faire ?
— Je le sais.
— Sarah est d'accord avec toi ?
— Je ne sais pas, Roy, je ne sais pas.

EDGAR Nichols observait Judith. Il l'avait bâillonnée avec une bande d'adhésif argent et droguée au nembuthal.

La chaleur excessive le faisait haleter. Sur son torse maigre et pâle, ses poils ressemblaient à des pattes d'insectes. Ses cheveux collés au crâne par la sueur soulignaient son regard fou.

Il avait relevé sur les cuisses de Judith la robe dont il l'avait habillée et qui appartenait à sa femme. Elle avait les jambes écartées à cause des sangles qui liaient ses chevilles, et regardait avec indifférence la lame que son geôlier brandissait.

Il se pencha sur elle, la fine lame argentée pointée vers son visage. Elle ne cilla pas. Il l'appuya sur le haut de sa robe, changea sa prise sur le manche, et déchira l'étoffe jusqu'au nombril. La lame accrocha et il tira plus fort. Le tissu se fendit avec un chuintement mouillé. L'esprit de Judith perdit sa sensation de flottement.

Elle ferma les yeux parce qu'il s'était rapproché et sa bouche lui parut écœurante.

Il se déshabilla. Elle ouvrit les yeux et il lui sourit. Elle sentit des picotements légers dans un de ses pieds, et, redressant la tête, vit du sang couler entre ses orteils.

Puis Nichols déroula un chiffon qu'il posa sur le lit à côté d'elle et qui contenait plusieurs longues et fines aiguilles qu'il caressa.

Elle vit qu'il était complètement nu. Elle leva les yeux au plafond. Elle sentit son corps reprendre peu à peu conscience de la réalité. Son esprit se réinstalla, elle pensa à sa mère. Et fut submergée d'une vague de terreur et de désespoir.

Son bourreau prit une aiguille et se rapprocha davantage. Elle se raidit dans ses liens et poussa un gémissement derrière son bâillon. Il posa la pointe sur son bras gauche et l'enfonça sous la peau.

Fascinée, elle regarda l'aiguille cheminer comme un ver et fut étonnée que si peu de sang ait perlé.

Il exhiba triomphalement son bras.

— À chaque tourment je t'associerai pour que tous deux obtenions la rédemption de nos péchés.

Et il trancha dans la cuisse de Judith. Les lèvres de la plaie s'écartèrent brutalement et sur le coup, elle ne sentit rien. Puis la douleur que plus rien n'endiguait arriva, et elle hurla sous son bâillon.

Il regarda le sang inonder sa jambe et se pencha pour le lécher et s'en barbouiller.

Judith s'étouffa, et d'un geste sec il arracha l'adhésif qui lui collait les lèvres.

Elle hurla sans discontinuer.

Il prit une deuxième aiguille et l'enfonça à l'intérieur de sa cuisse en grimaçant.

Vendredi soir

BILLY regarda d'un œil vague le journal qui traînait sur la table. Il ne lisait jamais les journaux. Lui et ses copains n'en avaient rien à foutre des histoires des autres. Ils avaient assez des leurs. Il alluma la télé et s'effondra dans le canapé. Son cinglé de père était encore en balade et son idiote de mère sûrement à cancaner chez la voisine.

Sa sœur sortit de sa chambre, pour une fois les oreilles libres, et alla prendre un yaourt dans le réfrigérateur. Elle passa devant lui sans le regarder et regagna sa tanière où elle s'enferma.

Il zappa sans vraiment s'intéresser, réfléchissant à un tas de choses, entre autres qu'il en avait marre de l'école et qu'il allait sûrement se tirer. Il allait rejoindre la côte ouest avec ses potes et gagner du fric pour monter leur orchestre et, vraiment, son vieux était un sale con.

En même temps qu'il avait trouvé le fouet et la planche à clous il était tombé sur la correspondance planquée dans une malle qu'il n'avait eu aucun mal à forcer. C'est au moins à ça que servaient les téléfilms.

Il était resté abasourdi devant le contenu des lettres sur lesquelles il avait reconnu l'écriture de son père.

Lettres toutes signées d'un autre patronyme que Nichols. Revenaient souvent : Edgar Mosley, Robert Hayden, Edgar Howard, Thomas A. Spreague, ou John W. Pell.

Il avait été tellement écœuré de ce qu'il avait lu qu'il n'avait absolument pas pu en parler à ses copains. Il ne comprenait pas ce que signifiaient ces lettres. Mais surtout ne voulait pas se prendre la tête avec ça. Si son père était dingue, ce dont il n'avait jamais douté, c'était son affaire. Lui, toute façon, allait fissa se débiner de là.

Il attrapa machinalement le journal pendant une pub et parcourut les gros titres. Sur la première page, encadré, figurait un texte en gras :

« À celui qui a enlevé ma fille je demande de bien vouloir considérer que j'accepte ma défaite et suis prêt à me livrer à lui selon ses modalités s'il la relâche saine et sauve dans le lieu qui lui conviendra. « Signé : Capitaine Stanislas Levine de la NYPD, 21e Principt.

Billy eut une grimace d'étonnement, et lut le court article qui accompagnait le texte en gras.

« Si le capitaine Levine, un des policiers parmi les plus intègres et efficaces de notre ville, nous a demandé d'insérer ce texte, c'est parce qu'il paye sa détermination à tenter d'arrêter un odieux assassin qui hante notre ville et qui a déjà tué trois fois dans des circonstances particulièrement horribles.

» Cet homme, que l'on décrit comme un individu terne, âgé d'une soixantaine d'années, de taille et corpulence moyennes, vit sans doute en famille et peut être votre voisin. Il s'en prend aux jeunes à qui il fait subir de terribles supplices.

» Les psychiatres qui ont déterminé son profil psychologique le disent sadique et masochiste. Pour arrêter la traque dont il est l'objet de la part de notre police il n'a pas hésité à s'emparer de la fille du capitaine Levine et a menacé de la tuer. C'est pour cette raison que le capitaine Levine comme le ferait n'importe quel père a décidé de se livrer à lui pour sauver son enfant.

» La Municipalité est prête à récompenser toute personne susceptible de fournir des renseignements sur cet homme dont le portrait-robot que la police a pu reconstituer avec l'aide des témoins est à disposition dans tous les postes et commissariats de police. »

Billy relut le texte, les sourcils décrochés. Nom de Dieu ! C'était mieux qu'un film de John Woo ou de Tarantino ! Là, c'était pas du cinoche ! mais qu'est-ce qu'il leur faisait ce taré pour qu'il fasse si peur ? Il les bouffait, c'est pas possible ! Un vieux, en plus ! Un putain de père de famille ! Il allongea le bras vers le téléphone. Si ça s'trouve, ses potes n'avaient pas lu le canard.

— Allô, Mick ? Ça boume, mec ? Cool ! t'as lu le *Tribune* ? Nan ? J'te dis pas, lis-le, c'est poilant ! Ben, lis, tu verras ! Non, un hasard, j'lis jamais ces torche-culs ! à plus ! Hey... ça tient pour ce soir chez Georgie ? Super !

Il raccrocha et reposa le journal. Bon Dieu, pour une fois qui s'passait quequ' chose !

Il rigola franchement et alla pêcher une bouteille de bière dans le frigo. La bière, c'était sa mère, parce qu'elle aimait aussi ça. Heureusement, parce que ça n'aurait tenu qu'au vieux, lui y préférait s'fouetter la couenne jusqu'au sang ou écrire des choses tellement dégoûtantes que rien que les évoquer faisait gerber.

Il fit sauter la capsule et siffla la moitié de la canette. Il rota et respira un grand coup. Son regard se reporta sur le journal resté sur le canapé. « Un homme terne d'une soixantaine d'années qui vivait sûrement en famille. » Sadique et masochiste. Billy savait ce que ça voulait dire à cause des bandes dessinées gore qu'il lisait. Avec ces dessins-là, pas besoin de bulles, tu comprenais tout de suite !

Il termina sa bière et regarda du côté de la chambre

de son père. À cette heure il devait avoir quitté son travail et être sur le chemin du retour. Quoique pour le temps qu'il passait en famille... sa mère râlait, d'ailleurs.

La chambre l'attirait irrésistiblement, mais si son vieux rappliquait, il jouerait Ramona à le voir fouiller dans ses affaires. Il avait bien failli le frapper l'autre fois. Et tout maigre qu'il était, il était suffisamment nerveux pour faire mal. À croire que les dingues avaient tous la même allure.

Il tourna la poignée. La porte était fermée à clé.

Le con, maugréa-t-il. Il examina la serrure et s'aperçut que c'était une vraie serrure de sûreté. C'est pour ça qu'il avait été tellement mauvais quand il avait trouvé sa chambre ouverte.

Il plissa les lèvres. De la chambre de sa sœur arrivaient les battements sourds d'une musique qu'il détestait.

Lui et ses potes, ils donnaient dans la country, pas dans cette musique de tarés ! Tu pouvais t'éclater autant avec de la vraie musique qu'avec ce boucan de merde ! Fallait être maso ! Tiens, Cindy, elle devait tenir ça de son vieux, son machosisme ! son masochisme !

Il reprit le canard. Il en revenait pas de cette une ! À ce moment le téléphone sonna et il décrocha. C'était son copain Mick.

— Alors t'as lu ? cria-t-il. Mais non, Ducon, c'est pas de la pub ! j't'assure qu'c'est vrai ! pourquoi ? ben, ça se sent, c'est tout. Masochiste ? ben dis donc mon pote, faut r'tourner à l'école ! c'est quand on aime se faire du mal ! ouais t'as raison ! faut être barbouillé ! moi j'aime mieux me faire du bien ! il rit. Ben, si t'en as ! moi j'en...

Il s'arrêta net. Il pouvait tout de même pas raconter à Mick les vices de son vieux ! Il aurait pas fini ! Surtout s'il leur racontait les lettres et les instruments dont il se servait.

— Ouais... j'sais pas, il les bouffe, peut-être ! ils s'esclaffèrent. T'en as un tas qui le font ! j'ai lu plein de trucs là-d'ssus ! ils te les découpent et te les préparent aux petits oignons ! Arrête, tu m'tues ! Bon, ben à c'soir, mec !

Ils raccrochèrent. La porte s'ouvrit et sa mère entra.

— Tiens, t'es déjà là, dit-elle. Robert n'a pas appelé ?

— Non, pourquoi ?

— Il avait dit qu'ils viendraient p't'te dîner, dimanche.

Putain, se dit Billy, c'était bon à savoir. Robert et ses deux mômes et sa pétasse, tu parles d'une soirée ! la famille, ça le faisait gerber, Billy. Pas comme le sadomaso, pensa-t-il. Lui, y vivait en famille et ça l'empêchait pas de découper les autres en rondelles !

La famille c'était l'étouffement. Il s'était drôlement marré avec ses potes, l'aut' fois ! Même s'ils s'étaient retrouvés en tôle ! La gueule du vieux quand il l'avait appris ! Ça l'avait à la fois excité et emmerdé, il s'en était bien rendu compte. Il avait léché le couteau avec lequel sa mère avait découpé le poulet ! Un vrai taré !

Il fronça les sourcils, répondant vaguement à sa mère qui lui avait demandé quelque chose.

— Qu'est-ce tu dis ?

— Je te demande si t'as vu ton père ?

— Moins j'le vois, mieux j'me porte, répondit-il hargneux.

Elle haussa les épaules.

— C'était à toi le slip avec du sang qu'était dans le panier à linge ? lui demanda-t-elle.

— Avec du sang, sûrement pas ! ce doit être l'autre taré !

Ils s'observèrent un moment en silence, et sa mère alla dans la cuisine.

Billy se leva et se mit à la fenêtre. Ils avaient le portrait-robot du dingue et la mairie donnait de l'argent si on avait des renseignements. Ça vaudrait peut-être le coup de regarder à quoi ressemblait le portrait.

Bon, fallait pas pousser ! Même si t'es givré au point de te battre les flancs avec une planche à clous ou te fourrer dans le derrière un manche de fouet, c'est pas pour ça que tu tues les mômes. Un mec de c't'âge-là, c'était le délire ! Un pépère qui, ça s'trouve, promenait son clébard tous les matins. Y vivait en famille, le con ! comme son vieux ! Lui non plus ça le gênait pas ! Bon, merde, qu'est-ce qu'il lui prenait ? D'accord il était tordu, mais quand même, c'était pas un assassin ! Putain, ces lettres ! mais à qui il les envoyait ? Sûrement qu'sa mère était pas au courant, tu parles ! Y avait de quoi s'tirer vite fait ! Y disait qui bouffait d'la merde, ah, dégueulasse ! ah l'ordure ! Bon Dieu, y pourrait même plus lui serrer la main ! et le reste qu'il racontait à ces bonnes femmes !

Bill revint au centre de la pièce et regarda vaguement la télé. Une journaliste montrait les photos d'une gamine et de deux jeunes types dont l'un avait l'air débile. Il monta le son.

« Ces trois jeunes gens ont été tués par celui qui a enlevé la fille du capitaine Levine qui l'a supplié d'épargner son enfant, proposant de se livrer à sa place. Le maire a cependant déclaré que jamais la ville ne répondrait à une quelconque tentative de chantage. Cet homme, dont à présent les autorités acceptent de présenter le portrait-robot qui va s'inscrire sur votre écran, doit se rendre, a-t-il ajouté, et recevra les soins qu'exige son état de démence. Il bénéficiera d'un procès équitable et suivra un traitement psychiatrique, j'en fais la promesse. Mais ceci, seulement pour le cas où il délivrerait la jeune Judith Levine âgée de quatorze ans qu'il a enlevée à la sortie de son école. Dans le cas contraire, il devra s'attendre à la plus impitoyable chasse à l'homme qui se sera livrée dans notre pays, a conclu le maire. »

Billy, accroché à l'écran, vit apparaître l'image floue d'un homme vieillissant, à moitié chauve, le visage maigre barré d'une fine moustache, les yeux sombres comme deux morceaux de charbon.

« Regardez ce visage, reprenait la journaliste, celui qui nous mènera à lui ou fournira des renseignements susceptibles de conduire à son arrestation, recevra une récompense que le maire a fixée à vingt-cinq mille dollars. »

NICHOLS revint épuisé après avoir quitté Judith. Il s'était enfoncé autour du pelvis et dans la verge trois nouvelles aiguilles, et l'avait forcée à regarder, la menaçant de lui fendre la peau de l'autre cuisse si elle détournait les yeux.

— C'est pour toi que je le fais, lui avait-il crié. Pour toi et ton père et tous les tiens !

Bien sûr elle n'avait rien compris, se contentant de sangloter à s'en étouffer et il avait dû la frapper pour la faire taire.

Il entra, ouvrit la porte de sa chambre, la ferma soigneusement et resta debout au milieu de la pièce à tout examiner. Rien n'avait bougé. Il possédait ses points de repère. La dernière fois, c'était sa faute si son voyou de fils était entré. Il avait oublié de fermer à clé.

Il mourait d'envie de s'asseoir mais craignait que les aiguilles qui n'avaient pas encore pris leur place définitive le gênent.

Il entendit sa fille parler avec sa mère d'une tombola à l'école. Où était Billy ? Au même instant celui-ci apostropha vertement sa mère. Quel garçon mal élevé ! Il avait été trop faible avec lui. Si lui avait eu la chance d'avoir un père dans son genre, nul doute que sa vie aurait été moins rude. Tous les garçons ont besoin d'un modèle masculin. Lui n'avait eu que ses frères et ses oncles, et quels frères, et quels oncles ! Ce Billy était un voyou qui ne respectait rien ! D'ailleurs, ses autres enfants n'étaient pas mieux.

Heureusement les enfants étrangers lui avaient apporté bien des satisfactions. Les enfants, c'était le sel de la terre. Combien en avait-il connus ? il ne savait plus.

Il se rafraîchit au lavabo, sortit pour rejoindre sa famille à table, et aussitôt perçut un subtil changement.

— Bonsoir, dit-il en dépliant sa serviette. Il y a longtemps que nous n'avons pas dit le bénédicité.

Surprise, sa femme leva la tête

— Tu veux dire le bénédicité, pourquoi ?

— Crois-tu que la nourriture nous est donnée sans que nous ayons à en remercier le Seigneur ?

— Mais... commença-t-elle.

— Suffit !

Il joignit les mains et commença de prier mais s'aperçut qu'il ne se rappelait plus les paroles. Il regarda les siens par en dessous et comprit qu'aucun ne priait. Il fit semblant de ne pas s'en rendre compte.

— Mangeons, à présent, dit-il en distribuant le pain comme il l'avait vu faire.

Il croisa le regard de son fils et ce qu'il y vit le troubla. Il commença de manger, conscient d'être observé. À un moment, relevant brusquement la tête, leurs yeux s'affrontèrent, mais Billy détourna immédiatement les siens.

Il n'avait pas faim. Les aiguilles, une surtout, celle enfilée le long de sa verge, le faisait souffrir. Ça avait été la plus douloureuse, parce que, bien que courte, la pointe dépassait et piquait sa cuisse à chaque fois qu'il bougeait.

Gerta se chamaillait avec sa fille comme d'habitude, mais cet imbécile de Billy ne décrochait pas une parole, bien que pour une fois il ne fût pas affalé sur son assiette mais mangeait comme s'il était invité.

— Qu'est-ce que tu as ? lui demanda son père.

— Moi ? Rien.

— Tu fais une drôle de tête. Quel mauvais coup tu prépares ?

— Moi ? Aucun.

Gerta les regarda alternativement et retourna à son assiette. Cindy annonça qu'elle allait chez une copine dans l'immeuble à côté.

— Pour quoi faire ? lui demanda sa mère.

— On doit voir un truc pour lundi.

— Tu ne peux pas t'exprimer correctement, la morigéna son père. C'est quoi « truc » ?

— Un d'voir, répondit-elle en soupirant avec insolence et en levant les yeux au plafond.

Nichols serra les poings de colère. Cette gamine avait à peine douze ans et s'exprimait comme un charretier !

Cindy s'esquiva et Gerta débarrassa la table. Nichols observa son fils qui semblait l'éviter et qui alla s'asseoir sur le canapé. La télé diffusait une émission de jeux.

— Mets les informations, ordonna son père.

— C'est plus l'heure, répondit Billy, avec gêne.

— Qu'est-ce que tu racontes !

Il s'empara de la télécommande et chercha la chaîne. Effectivement, l'heure était passée.

— Tu n'as rien à faire ? T'as pas de devoirs ?

— Non.

— Et où vas-tu ? demanda Nichols voyant son fils se lever.

— Chez... chez un copain.

— Evidemment. Rester une soirée avec ta famille c'est trop demander !

Billy ne répondit pas et regarda sa mère.

— Qu'est-ce que tu espères ? Que ta mère sera de ton côté ?

Billy baissa la tête et se mordit les lèvres.

Nichols fut étonné de cette attitude. Pas le genre de son fils à encaisser les reproches sans se défendre.

— Tu n'as pas fait de bêtise, au moins ?

— Pourquoi tu me demandes ça ?

— Parce que tu te conduis comme quelqu'un qui aurait quelque chose à se reprocher.

— Quel genre ?

— Qu'est-ce que j'en sais ! À ton âge on a de l'imagination ! Sache, mon garçon, que je ne te laisserai pas en faire à ta guise. Tu es encore sous mon toit !

Billy se mordit les lèvres au sang pour ne pas répliquer. Plus pour longtemps, vieux cinglé ! Si vraiment t'es c'que j'crois, tu vas plus nous emmerder pendant des années !

Pourquoi hésitait-il ? Parce qu'il n'était sûr de rien ou parce qu'il avait peur ? Il regarda son père qui se tenait de l'autre côté du canapé et le fixait d'un air mauvais.

— Qu'est-ce que tu mijotes ?

— Pourquoi tu l'embêtes ? geignit Gerta. T'en occupe pas, ça vaudra mieux. Et puis toi, qu'est-ce t'as à rester là planté comme un piquet ? lança-t-elle à son fils. Ton père est fatigué et toi t'es agaçant, alors va voir tes copains et laisse-nous tranquilles !

Il hésitait à sortir. Il aurait voulu parler avec sa mère. Mais de quoi ? Lui dire que son mari était un malade sexuel, un vicieux ? qu'il aimait se faire souffrir ? et alors ? Ou qu'il ressemblait méchamment au portrait du tueur diffusé à la télé ? Si lui avait du mal à y croire, alors elle ! Et des mecs avec cette tronche y en avait des wagons ! comment imaginer que le type qui t'avait fait, qui s'était quand même occupé de toi pendant des années, qui payait tes études, était le même que celui qui massacrait des jeunes ? Ça tenait pas debout ! On devient pas du jour au lendemain un assassin !

Remarque, ça voulait rien dire. Si tu regardes Gary

Heidnik qu'a fondé une église tu lui aurais donné le bon Dieu sans confession ! N'empêche qu'il bouffait les bonnes femmes qu'il kidnappait ! Il était passé à la télé dans une émission du FBI. Ben quand tu le voyais, t'aurais jamais pensé que ce mec-là était un putain de cannibale !

Non, mais attends, il délirait. C'est pas parce que son vieux était un sale con de vicelard qu'il tuait et violait les gens !

Il respira profondément sans réussir à faire glisser la boule qui lui obstruait l'estomac. Sa mère était dans la cuisine et son père, assis, regardait la télé. Faisait semblant de regarder la télé.

Parce que s'il croyait qu'il le voyait pas l'observer par en dessous ! Quel faux cul, ce mec ! et merde. Qu'est-ce que ça ferait s'il allait trouver les flics et demandait à voir le portrait de plus près ? Il pourrait toujours dire qu'il s'était trompé ou qu'il avait cru reconnaître le gars dans la rue.

— Bon, à plus ! lança-t-il à la cantonade en sortant rapidement.

Il s'arrêta au bas de l'immeuble et alluma une cigarette. Ce chiant lui interdisait de cloper à la maison ! Quelle tache, ce mec !

Il hésita à appeler son copain Mick. Avec lui, c'était toujours pareil. Virée en bagnole pour lorgner les filles.

Il aspira une large bouffée de fumée et partit vers le centre. Les rues étaient pleines de monde. Il marchait sans penser, enfin pas trop.

Il s'arrêta trois blocs plus loin en apercevant les deux globes qui surmontaient l'entrée du poste de police de son quartier. Il rigola en pensant à son père qui l'avait menacé du pire si jamais il était obligé d'aller le chercher là.

Il traversa la rue et alluma une autre cigarette. Le poste semblait endormi. Les doubles portes en verre opaque cachaient ce qui se déroulait à l'intérieur. Et si les flicards étaient en train de passer un mec à tabac et que lui arrive à ce moment-là la gueule enfarinée en disant qu'il voulait voir le portrait du psychopathe ? Bonjour les emmerdes !

Il resta sur le trottoir à réfléchir et écrasa son mégot. Une voiture de flics se gara et débarqua un Noir à dreadlocks, les mains menottées dans le dos. À peine dehors, le Black tenta de cueillir les flics à coups de tatanes, mais ils le matraquèrent sans douceur et le traînèrent à l'intérieur.

Il grimaça. Merde, il allait pas les aider ces salopes ! Il fit demi-tour et retraversa la rue.

Il décida d'aller boire un verre dans le bistrot où il savait retrouver ses potes, près de Battery Park. C'était leur QG. Y en avait toujours un pour savoir où étaient les autres.

Toute façon, c'était du provisoire. Ils allaient monter leur groupe, faire des vidéos et les offrir aux maisons de disques. Pas ici, là-bas, en Californie. Si y avait un coin où on avait une chance, c'était là-bas, pas ici.

Il évita de justesse, tellement il réfléchissait, de se faire embarquer par un camion qui eut le temps de le traiter de tous les noms. Il prit le métro et arriva dans le bar qui n'était pas climatisé, ce qui expliquait que, depuis les grosses chaleurs, il était aux trois quarts vide, et s'installa au comptoir.

— Salut, Georgie, t'as vu les potes ?

— Nan, répondit le barman en continuant de lorgner de côté le match de base-ball qui passait à la télé suspendue au bout du bar. Ah si, dit-il. J'ai vu Bunny y a pas une heure. Il a dit qu'il avait un rancard avec un prod de musique. Tiens, ben l'voilà !

Billy se retourna pour voir arriver Bunny. Bunny était blond et maigre comme un clou. Billy savait qu'il s'piquait. Il s'en foutait. C'était nécessaire de se charger un peu avant un concert. Ça enlevait ta trouille et ça te donnait de la respiration.

— Salut, man, dit Billy en lui tapant la main, j'cherchais les potes, d'où tu viens ?

Bunny fit une grimace et grimpa sur l'un des deux tabourets rescapés plantés devant le comptoir.

— Eh, Georgie, héla-t-il, file-moi une mousse !

— D'où tu viens ? répéta Billy.

Bunny le regarda en lui balançant un sourire torve.

— Je viens de perdre mon pucelage.

— Quoi ?

— J'avais rancard avec un mec qui disait qu'il connaissait tout ce qui est important dans la musique country et qu'il allait s'occuper de nous. J'm'y pointe, et j'pige tout d'suite que si t'arroses pas, tu peux juste balayer les studios.

— C'est pas nouveau.

— Nan, c'est pas nouveau ! convint Bunny en aspirant une large gorgée de bière. C'est pas nouveau mais ça m'fait chier ! Dix sacs, rien que pour graver un disque. Après t'as la location du studio, la syntho, tous les frais qu'on connaît ! Enfin, la merde, quoi !

— Ça ira mieux quand on sera en Californie, dit Billy d'un ton conciliant.

— Tu parles ! Ils nous attendent, là-bas ? tu m'fais rire !

— Alors qu'est-ce qu'on va faire ?

— C'qu'on va faire ? Comme d'hab'. Rien !

— J'sens qu'là-bas, on a plus de chances qu'ici, insista Billy.

— Arrête, pourquoi on aurait plus de chances ? C'est des frais fixes, ça ! À l'heure actuelle si t'as pas dix plaques pour seulement te faire un peu connaître dans les boîtes de prod, tu ferais mieux de t'engager comme récureur de piscine ! Enfin, quoi, j't'apprends rien, man !

Billy commanda une bière à son tour. Bunny avait

l'air salement déçu. C'est vrai que sur ce coup-là Bunny qu'était pas spécialement confiant avait pensé que ça pourrait marcher. C'est l'autre qui l'avait fait marcher, oui !

— Bon, ben j'me rentre, dit Bunny en se laissant glisser de son tabouret. T'as vu Mick ?

— Non, j'viens juste de sortir.

— T'as vu la téloche ce soir ? demanda Bunny.

— Heu... oui, vaguement.

— Y z'ont passé la tronche d'un mec qui ressemble comme deux pois au deuxième mari de ma mère, celui avant l'actuel. Il aurait zigouillé chais pas combien de zigs. Y a une putain de récompense ! Dommage que ce soit pas lui !

— Qu'est-ce t'en sais ?

— Il est mort ! Allez à d'main, vieux ! On y arrivera ! poursuivit-il avant de sortir. Les pieds d'vant !

Il ricana et disparut.

— L'avait pas l'air en forme, le Bunny, fit remarquer le barman en débarrassant les verres. Moi aussi j'l'ai vu le psychopathe. Putain, une sale gueule !

— Tu trouves ?

— Ben ouais, la gueule de tout le monde ! Si ça se trouve j'lui ai déjà servi un verre. Il rigola. Chez moi, à Brownsville, au Texas, on en a eu un. Tu t'souviens pas d'Adolfo Constanzo, le Cubain ? T'aurais vu le mec, super-beau. Il a monté une secte, Les Matamoros. Oh, putain, qu'est-ce qu'il a fait avec ça !

Billy hocha la tête.

— Ouais, bon, ben j'me rentre aussi. Si tu vois Mick tu lui dis que j'passerai d'main.

— D'ac, bonne nuit ! renvoya Georgie. Moi non plus j'vais pas faire de vieux os, y a personne ce soir.

Billy repartit les mains dans les poches et les épaules enroulées, espérant que cette allure découragerait les mauvais. Avant de retourner chez lui il avait une sacrée trotte à se taper en territoire ennemi, et à cette heure fallait plus compter sur le métro.

Le coin était un refuge de clodos et de camés qui s'entre-tuaient pour se dépouiller. Dans ce quartier que la ville avait abandonné, il n'était pas rare de retrouver des cadavres que les équipes de ramassage de la police enterraient dans la partie du cimetière municipal où la moitié des tombes portaient le nom de John Do.

Cette portion entre Wade, Rector et Battery était hantée de bandes qui se différenciaient par la couleur de leur bandana et se massacraient au nom de leur foutu drapeau. Billy n'appartenait à aucune. Sa famille habitait plus loin et pouvait passer pour bourgeoise puisque tous les gosses avaient été au collège. À présent, avec ce qu'il savait de son père, Billy se demandait si le qualificatif de « bourgeois », dont se flattait sa mère, correspondait à quelque chose.

D'anciens immeubles industriels aux fenêtres sans carreaux barrées de planches en croix et aux portes murées, squattés pour la plupart, et où dans les caves les cloches se réfugiaient pour se saouler ou se piquer, formaient une frontière naturelle avec l'empire de la finance et des yuppies qui s'étendait quatre blocs plus à l'est. Mais c'était comme deux planètes qui auraient gravité à des années-lumière l'une de l'autre.

Billy n'arrêtait pas, tout en surveillant attentivement les rues noires et désertes, de penser à son père. Il avait l'impression de marcher avec une chouette nichée sur ses épaules, une chouette qui lui susurrait qu'il devrait se bouger, s'assurer au moins que le dingue était un autre.

Les vingt-cinq mille dollars promis brillaient comme une rivière aurifère qui menait à une montagne d'or. Billy avait les idées enténébrées par ses pensées. Si son vieux était ce type recherché, qu'allait-il se passer ? En admettant qu'il touche la récompense, est-ce que les prod ne tiqueraient pas pour lancer le fils d'un assassin ? est-ce que ses copains ne se dégonfleraient pas pour jouer avec lui ? et est-ce que ce genre de dinguerie était transmissible de père à fils ?

Absorbé, il ne put éviter une poubelle à moitié vide qu'il cogna de la pointe de son soulier ferré. Il jura en se frottant la jambe et se figea.

À l'autre bout de la rue, trois types lui barraient la route. Deux étaient adossés au mur, appuyés sur leur jambe repliée ; le troisième, les mains dans les poches et les jambes écartées, planté au milieu du trottoir, semblait l'attendre.

Affolé, Billy balaya la rue du regard. Ils étaient seuls comme s'ils étaient les derniers hommes sur terre. Il s'était trompé de rue. Au lieu de prendre la queue de Broadway, il avait enfilé Trinity sans s'en rendre compte.

Il sentit ses mains devenir moites et sa gorge s'assécher. Il n'avait rien à leur donner à part son blouson de satin élimé et des rangers qui avaient connu des jours meilleurs. Dans ce cas, la règle était simple. Si t'avais rien pour payer ton passage, on se payait sur la bête.

Il se plaqua au mur et scruta désespérément la nuit. Une onde de soulagement l'envahit. Dans un renfoncement, sous la passerelle métallique qui recouvrait Thames Street et West, il aperçut les globes caractéristiques d'un poste de police. Un seul globe, l'autre était cassé.

Il savait aussi que rien n'arrêtait les voyous, surtout s'ils étaient chargés, et il y avait juste à espérer que, vu la minceur de leur proie, ils renoncent à le poursuivre dans le poste.

Seulement fallait drôlement cavaler. Il calcula qu'il devrait marcher vers eux le plus naturellement du monde, et, arrivé à proximité du poste, brusquement bifurquer et foncer avant que les trois zombis réalisent.

Il se baissa, faisant mine de relacer ses souliers. Il se redressa, tira sur son blouson et se remit en marche. À part celui qui était face à lui, aucun des autres ne semblait s'être aperçu de son existence.

Au fur et à mesure qu'il approchait, Billy sentit sa panique monter. L'un des deux types appuyé au mur tourna la tête vers lui.

Il ralentit légèrement, et soudain s'élança à travers la chaussée en direction de l'impasse. Il courut à perdre haleine, et comme il l'espérait les trois connards réagirent avec retard.

Il traversa une large esplanade encombrée de voitures qui, pour la plupart, reposaient sur leurs jantes ou étaient à moitié calcinées, et donnaient au coin un air d'abandon qui le fit douter un instant du fonctionnement du poste. Beaucoup dans ces quartiers dangereux avaient été fermés pour être regroupés.

Ils faillirent le rattraper au moment où Billy atteignait les quelques marches qui menaient à la double porte en verre dépoli.

Au dernier moment il se demanda si la porte était verrouillée et pénétra en trombe à l'intérieur, se heurtant presque au comptoir qui ne se trouvait pas à plus de trois ou quatre mètres de l'entrée, et derrière lequel un flic réagit vitesse grand V en sortant de sous le comptoir un flingue à canon scié et en le braquant sur lui.

Il agita les bras en criant :

— Non, non, ne tirez pas, ne tirez pas, c'est eux qui me poursuivent !

Comme pour lui donner raison, une pierre fit voler la vitre d'une des portes, et Billy s'affala contre le comptoir, moitié pleurant moitié suffoquant.

Deux autres flics surgirent, la main sur leur arme de hanche. Un gros et un maigre, tous deux affublés de la même gueule de poivrot.

— Qu'est-ce qui se passe, bordel ! hurla le gros en

constatant les dégâts et en soulevant Billy de terre d'une seule main.

Billy se protégea le visage de ses deux bras, s'attendant à se prendre des coups de latte dans l'abdomen ou les côtes comme il pensait que ça se faisait.

— Ne me frappez pas, je vous en supplie, pleurnicha-t-il, je suis poursuivi par des types qui veulent me tuer !

Le flic derrière le comptoir n'avait pas baissé son fusil et visait autant la porte que Billy.

— Qui veut te tuer, ducon ? hurla encore le gros en le secouant comme un sac de noix.

— Là, dehors, balbutia Billy, y a trois mecs qui attendent pour me voler !

— Tu les connais ?

— Non, j'rentrais chez moi. J'me suis fait attaquer !

L'autre flic, le maigre, était resté à l'écart, sans que sa main quitte la crosse de son pistolet. Il se donnait du mal pour ressembler à Clint Eastwood.

— C'est qui qu'a cassé la vitre ? demanda le gros sans lâcher Billy.

— Ceux d'dehors, dit le flic au fusil derrière son comptoir. Çui-là s'est amené en cavalant comme un dingue et y z'ont balancé une pierre.

— Tu les connais ? demanda le gros en relâchant légèrement sa prise sur le blouson de Billy.

— Non, j'vous ai dit, j'rentrais chez moi !

— T'habites où ?

— Vandam et Hudson.

Le maigre bougea vers la porte et avec précaution examina au-dehors.

— Y a rien, dit-il.

— Y sont barrés ? demanda Billy qui reprenait un peu confiance.

— Bon, ben maintenant rentre chez toi, dit le gros qui, d'après son badge, s'appelait Becker.

— Attendez, piailla Billy, y m'attendent peut-être !

— Et alors, s'esclaffa le flic au fusil, on n'est pas tes nourrices ! Barre-toi, qu'on te dit !

— J'voudrais rester un peu, geignit Billy.

— Ecoute, mon pote, dit Becker en le lâchant, y sont barrés tes admirateurs, alors calte !

— Y m'attendent sûrement, protesta Billy.

Le maigre fit une grimace et, avec la démarche de l'inspecteur Harry, avança vers Billy.

— T'as pas compris mon pote, on n'est que trois ici, et on n'a pas envie que ces mecs viennent te chercher, alors démerde-toi puisqu'on te dit qui sont partis.

— Alors appelez-moi un taxi, dit Billy.

Becker s'esclaffa.

— Tu crois qu'les taxis s'paument par là ? Tu veux pas qu'on appelle ton papa et ta maman, aussi ?

Billy le fixa. Ça, c'était une idée. Il pouvait gagner du temps en demandant à voir la photo du cinglé.

À ce moment, ils entendirent une voiture qui arrivait rapidement et s'arrêtait devant le poste. D'un même élan les flics se collèrent au mur et les armes surgirent. Une portière claqua et des pas résonnèrent sur les marches. La porte fut poussée et une femme en uniforme de flic entra. Elle s'arrêta net à la vue des armes.

— Qu'est-ce qui se passe ? demanda-t-elle en portant la main sur la crosse de son .38.

Les flics hésitèrent et, comme à regret, rengainèrent. Elle regarda Billy, collé au comptoir.

— Qu'est-ce qui se passe ? redemanda-t-elle.

— Vous êtes qui ? demanda Becker.

— Sergent Stevenson de la Brigade de recherches criminelles, 21e Principt.

Becker s'avança et lui tendit la main.

— S'cusez. Détective Becker, et eux c'est Morrison, ajouta-t-il en désignant le maigre, et là c'est l'officier Barry.

— Et lui ? demanda Sam en désignant Billy.

— Lui ? Un p'tit mec qui disait avoir des ennuis dans la rue. C'est pourquoi ?

— Un homme de race noire soupçonné de viol a été aperçu dans votre quartier. Comme je patrouillais dans le coin j'ai répondu à l'appel. J'ai plus ou moins son signalement et je voulais confronter avec vos fiches.

Elle se tourna vers Billy.

— Qu'est-ce qui s'est passé ?

— Je rentrais chez moi, répondit rapidement Billy, quand trois types ont voulu m'attaquer. J'ai couru jusqu'ici.

— Ah bon.

— On allait justement le renvoyer, ajouta Morrison en lorgnant Sam.

— J'veux pas ! protesta Billy.

— Bon, coupa Sam, je peux voir votre fichier ?

— Y r'semble à quoi vot' gars ? demanda Becker.

— La mère de la victime qui arrivait l'a aperçu alors qu'il s'enfuyait. C'est elle qui a appelé. Jeune, coiffé afro, avec une chemise ou une vareuse rouge et un bonnet de laine de plusieurs couleurs. D'après elle, assez grand et fort.

Becker soupira et tira une lourde boîte en bois de sous le bureau.

— C'est tout c'qu'on a, dit-il en la plaçant sur le comptoir.

— Vous n'êtes pas informatisé ? s'étonna Sam.

Barry s'esclaffa et remisa enfin son fusil.

— On est les pouilleux du coin, dit-il, ce poste doit être fermé le mois prochain, alors l'informatique...

— C'est quoi le carreau cassé ? demanda Sam, désignant les bouts de verre.

— Les copains de c'monsieur, répondit Becker.

— J'veux pas sortir, répéta Billy.

— Nous fais pas chier, dit Morrison, on t'a dit qu'on n'était pas tes nourrices.

— Mais y vont m'attraper !

Morrison se contenta de hausser les épaules et de remonter son Sam Brown où pendaient une paire de menottes, l'étui de son colt et un « bidule ».

— Bon, je vous ramènerai, dit Sam, en passant derrière le comptoir et en ouvrant la boîte.

— Merci, m'dame, dit Billy qui, rassuré, alla s'asseoir sur l'unique chaise.

Sam consulta rapidement les fiches. Beaucoup de Noirs correspondaient au signalement donné par la mère de la victime.

— Vous ne voyez pas qui ça pourrait être ? demanda-t-elle à Becker en continuant de feuilleter.

— Des violeurs, des dealers, des assassins, des braqueurs, on en a pour tous les goûts. Tous ceux que vous voyez ici en sont plus ou moins. Alors un mec coiffé afro avec un bonnet de laine, vous me dites combien vous en voulez et je vous en livre un wagon.

Barry s'esclaffa. Sam lui jeta un regard peu amène.

— La victime a quatorze ans et a été battue et violée, dit-elle sèchement.

— Possible, répliqua Barry, c'est la grande spécialité des négros, alors si vous voulez nous faire pleurer...

— La fillette aussi est noire, rétorqua Sam durement.

Barry se contenta de hausser les épaules et balança un regard plein de sous-entendus vers Morrison qui grimaça un vague rictus en retour.

— C'est tout c'qu'on a, indiqua Becker, voyant Sam arriver à la fin des fiches.

— Ils se... ils ont des points communs, dit Sam qui se reprit pour ne pas dire : ils se ressemblent tous. Difficile de trancher. Mais d'après vous, détective, qui serait capable de faire ça ? Ça s'est passé il y a moins d'une demi-heure entre Warren et West Street.

Le gros flic haussa les épaules en remontant lui aussi

son ceinturon, qui, à cause de son ventre, redescendit à sa place initiale.

— On n'a qu'ça, j'vous dis. Faudrait les rafler et les confronter.

Sam comprit que ses collègues envisageaient cette éventualité avec autant d'enthousiasme que de traverser l'Hudson à la nage la veille de Noël.

— Bon, si vous entendez quoi que ce soit, prévenez le 21e. Sergent Stevenson.

— J'y manquerai pas.

Sam savait que le gros flic ne ferait même pas mine de chercher.

— Autre chose. Vous avez reçu, j'imagine, le portrait-robot qui a été montré à la télé ?

— Ouais, m'dame, dit Morrison avec son rictus.

— Sergent Stevenson, rectifia Sam en plantant son regard dans le sien.

Morrison hésita, refit son éternelle grimace qui lui découvrait qu'une moitié des dents.

— Ouais, sergent, lâcha-t-il à contrecœur.

— Tout, absolument tout, appuya-t-elle en fixant Becker, doit être fait pour le retrouver. Et c'est pas en restant assis sur vos gros culs que vous allez y arriver.

Il y eut dans le poste un silence stupéfait. Les yeux de Becker papillonnèrent.

— On n'est qu'trois, cracha-t-il.

— Alors vous envoyez un de vos hommes en patrouille toute la nuit.

— On peut pas rester à deux ici.

— Pourquoi ? Le poker se joue aussi à deux.

— Ecoutez, ma pt'ite dame... commença Becker.

— Sergent Stevenson.

Becker lui lança un regard de haine et se dandina d'un pied sur l'autre.

— On peut pas rester qu'à deux, c'est interdit, cracha-t-il.

— Ce sont les ordres du chef de la police en personne, rétorqua Sam qui avait du mal à contenir sa colère.

— Qu'est-ce qu'il a fait ce mec ? interrogea Morrison avec un faux air inquiet.

— Vous n'avez pas lu le fax, détective ? Il a tué, mutilé, violé et dévoré trois jeunes gens.

Barry se mordit les lèvres et lança son habituel coup d'œil à Morrison.

— Et il serait dans le coin ? demanda Becker qui sentait qu'il fallait rambiner.

— On n'en sait rien. Tout ce qu'on sait c'est qu'il est à New York et qu'il a enlevé la fille de mon chef.

— Ah, c'est ça, dit Becker.

Sam le regarda, ahurie. Elle était où ? À New York, ou dans un patelin paumé de l'Arizona ou de l'Alabama où il était plus facile d'attraper un crotale à mains nues que de trouver un flic réglo ?

Billy se redressa sur sa chaise et la fixa, les yeux exorbités. Elle se trompa sur son regard qu'elle crut ironique et moqueur.

— Bon, je pense que vous avez compris. J'oubliais, la mairie donne vingt-cinq mille dollars à quiconque fournira des renseignements permettant de l'arrêter. Vous, vous toucherez pas vingt-cinq mille dollars, mais un flic qui serait assez chanceux pour lui mettre la main dessus ou simplement le repérer, verrait sûrement son sort s'améliorer.

Ils échangèrent des regards et elle comprit qu'ils étaient si désabusés, usés, ou tout simplement fainéants, qu'il ne leur viendrait même pas à l'idée d'essayer.

— On f'ra c'qu'on pourra m'da... sergent, dit Becker avec un sourire qu'il voulut aimable.

— Très bien. Si au cours de votre ronde vous repérez le violeur, occupez-vous-en aussi, dit-elle avant de se tourner vers Billy.

— Bon, où habitez-vous ?

— Vandam et Hudson, sergent.
— Je vous laisserai à une station de métro. À cette heure- là, ils vont redémarrer.
Elle salua le trio d'un signe de tête et sortit, suivie de Billy. À l'est, l'horizon s'éclaircissait déjà et le roulement de l'activité diurne de la cité la plus parano du monde reprenait. Elle consulta sa montre. Quatre heures et demie. Il restait trente-sept heures
— Montez, enjoignit-elle au jeune garçon qui s'empressa d'obéir.

Le samedi il y a deux New York : celui qui travaille et fait ses courses et celui qui flemmarde au lit. Mais le soir, tous se retrouvent dans les cafés, les spectacles et les boîtes.

Ce samedi-là, le maire renonça à partir en week-end avec sa maîtresse. Et pour qu'il y renonce, il fallait vraiment que l'instant fût grave.

À dix heures du matin il reçut Stan Levine en présence de Jackson, le chef de la police de New York, et de Frederick C. Morgan, attorney général de l'Etat.

Le maire était un Italien de la deuxième génération qui avait bien réussi. Son père avait débarqué de Corleone, son village natal, en 1927, à l'âge de dix ans. Par chance pour son fils, il n'était pas entré dans une des familles du crime de cette époque mais avait choisi d'être conducteur de tram. Pendant quarante-deux ans il avait trimballé ses concitoyens, d'abord sur la ligne 101 qui traversait Harlem, puis la 104 qui desservait la 42e Rue. Son fils l'accompagnait quand il n'allait pas à l'école et c'est à ces occasions qu'il connut le mieux sa ville.

Tout ça pour dire que rien ne l'étonnait de ce qui se passait à New York. Seulement aujourd'hui, un super-flic, pressenti comme futur chef de la police, médiatisé à l'instar d'un champion de base-ball, avait fait franchir à sa ville un pas supplémentaire dans la dinguerie. Et ça, à quelques mois de son départ, il avait du mal à l'avaler.

Quand Stan débarqua dans son bureau, pas le grand, officiel et prétentieux, mais celui qu'il utilisait pour ses proches, il sortait de son commissariat où il venait juste de prendre une douche sans penser à se raser ni à se changer. Il ressemblait exactement à ce qu'il était. Un cinglé.

— Asseyez-vous, capitaine Levine, invita le maire appuyé du bout des fesses contre son bureau.

Près de la bibliothèque, dans un confortable fauteuil en velours grenat, était assis Frederick C. Morgan. De l'autre côté, près de la fenêtre, Jackson se tenait debout en grand uniforme.

Ses chaussures noires à bout rond brillaient autant que la boucle de son ceinturon, qui resplendissait, elle, comme la carnation de son propriétaire.

Levine s'assit après avoir salué le juge et son supérieur d'un signe de tête. Le maire évalua l'homme qui venait d'entrer et qui n'avait pas encore dit un mot.

— Capitaine, commença le maire, je voudrais d'abord vous dire combien nous sommes navrés de ce qui vient d'arriver à votre famille. Beaucoup trop de policiers sont morts dans cette ville et ailleurs en faisant leur devoir, mais je crois que c'est la première fois qu'un assassin s'en prend de cette façon à celui qui le poursuit.

Le maire se décolla de son bureau et se rapprocha de Levine.

— Tous les habitants de cette cité comprennent ce que vous endurez, vous et votre épouse, et tous, j'en suis certain, voudraient faire le maximum pour que cesse ce cauchemar.

Le maire posa la main sur l'épaule de Stan qui fixait obstinément le mur devant lui.

— Cependant, reprit le maire, nous ne pouvons

accepter qu'un fonctionnaire, un policier de votre notoriété, s'adresse directement par l'entremise d'un journal au kidnappeur de sa fille. Nous ne pouvons l'accepter parce que ce serait la porte ouverte à l'autodéfense. La porte ouverte à la plus totale anarchie. Qui désormais empêcherait quiconque de se faire justice considérant que la police est inopérante... ?

Le juge Morgan se plaça de côté dans son fauteuil et changea de jambe d'appui. Il était si distingué, si impassible, avec ses longues mains blanches et fines posées sur son genou, son costume sombre et sa chemise à col amidonné, du même blanc de neige que sa chevelure légèrement ondulée entourant un visage hâlé d'un ton parfait, qu'on aurait pu le croire descendu d'un de ces tableaux qui ornent la salle du Congrès ou celle d'apparat de la Cour suprême, et où tous les juges qui y ont siégé ressemblent à des hommes honnêtes, même si certains ont pu être en leur temps de franches fripouilles, comme si la solennité des lieux conférait à chacun sa part de respectabilité.

Le maire s'arrêta de parler et regarda ses visiteurs, cherchant visiblement leur appui. Mais ni Jackson ni le juge ne bronchèrent.

Levine leva les yeux vers le maire, se redressa, se fouilla, sortit sa plaque, décrocha son .38 de sa ceinture et, se penchant, déposa le tout sur le bureau. Les trois hommes présents avaient suivi chacun de ses gestes en silence.

— Ce n'est pas ce que je vous demande, Stan, protesta le maire. Reprenez votre plaque et votre arme. Je vous demande seulement de faire insérer un démenti dans le journal disant que le *Tribune* a pris seul l'initiative de cette action, anticipant sur votre volonté, et interprétant votre détresse à seule fin de vous aider, certes, mais aussi de s'assurer une exclusivité de mauvais aloi.

Stan respira lentement.

— Il n'en est pas question.

Il avait parlé si doucement que le maire, placé tout près, fut le seul à l'entendre. Il se raidit un peu et pinça les lèvres.

— Je vous le demande comme une faveur, dit-il.

Stan se leva et regarda autour de lui comme s'il avait perdu quelque chose. Puis il releva les yeux vers le maire.

— Je ne me fais pas justice puisque je me livre à lui pour qu'il épargne ma fille. Je lui ai promis de ne pas le poursuivre.

— C'est encore pire ! s'exclama le maire en levant ses deux bras au ciel. C'est encore pire ! Rendez-vous compte que n'importe quel malfrat qui voudra qu'on lui fiche la paix n'aura qu'à s'en prendre à la famille de l'un ou l'autre et aura ainsi le loisir de se soustraire à la justice ! Mais c'est encore pire ! répéta-t-il une troisième fois.

Levine enfonça les mains dans ses poches, le visage fermé. Qu'est-ce qu'il foutait là à perdre son temps avec ces guignols ! Il avait accepté de venir par un restant d'habitude. Il savait d'avance ce que lui dirait le maire. Ce qui le surprenait un peu, c'était la présence de l'attorney.

Le maire se tourna précisément à cet instant vers lui.

— Monsieur l'attorney général, voudriez-vous dire au capitaine Levine que rien dans la Constitution de notre pays ne l'autorise à choisir ce genre de procédé. Pour qu'il y ait réponse à un chantage de cette sorte, ou de n'importe quelle sorte, il faut l'acceptation de la plus haute autorité de la ville, moi, en l'occurrence, et justement, dans le cas qui nous intéresse aujourd'hui, je la refuse !

Jackson déplaça ses pieds brillants sur le plancher ciré et s'éclaircit la gorge. Lui comprenait parfaitement l'attitude du capitaine.

Le juge changea encore une fois le croisement de ses jambes et considéra pensivement ses mains.

— Il est bien évident que si nous nous en référons à la Constitution, commença-t-il, d'une voix plate, autant que dans les termes de la loi, le capitaine doit s'interdire toute action de ce genre, et je ne saurais trop vous conseiller, monsieur le Maire, d'accepter sa démission. Parallèlement, il devra être mis dans l'impossibilité d'agir, autant comme civil que dans l'exercice de ses fonctions.

Le maire jeta un coup d'œil à Jackson.

— Je... j'imagine que si nous demandons au capitaine Levine sa parole de ne pas se livrer au criminel comme il en avait l'intention... il ne sera pas utile de le mettre aux arrêts. N'est-ce pas, capitaine ? susurra le maire.

— Allez vous faire foutre, cracha Stan. Arrêtez-moi, et je vous promets la plus belle campagne de presse de tout le pays. Je ne ferai aucun rectificatif d'aucune sorte car je compte bien alpaguer cette ordure au moment où je le rencontrerai et vous n'aurez pas besoin de prévoir une cellule ou n'importe quel tribunal pour le juger. Je peux vous dire qu'il ne coûtera rien aux contribuables. Maintenant, si vous le permettez, je vais vous laisser à vos soucis car j'ai les miens.

Jackson fit un pas en avant.

— Monsieur le Maire, à mon avis il ne faut pas désarmer le capitaine Levine, d'abord ça ne sert à rien parce que n'importe lequel des policiers de cette ville sera trop heureux de lui fournir une arme, ensuite vos administrés n'apprécieront sûrement pas que vous incarcériez la victime en laissant filer le coupable.

L'attorney leva un sourcil.

— Et la loi, chef? Que faites-vous de la loi ?

— La loi, monsieur l'Attorney général, elle est faite d'abord pour protéger les victimes, c'est mon point de vue. En tout cas, ne me demandez pas d'arrêter le capitaine Levine. À trois mois de ma retraite je ne partirai sûrement pas là-dessus. En plus, c'est sa peau qu'il livre, celle de personne d'autre. Mais s'il peut poisser cette ordure, je lui donnerai bien un coup de main. Tout ce que je peux dire c'est que tous les flics de la ville partagent mon point de vue, et si vous ne voulez pas d'ennuis avec eux laissez agir le capitaine.

Le maire regarda le juge qui écarta ses belles mains dans un geste d'impuissance. Il considéra Levine qui se préparait à quitter le bureau après avoir adressé un signe de tête amical à son chef.

— Reprenez votre plaque et votre arme, capitaine, lâcha le maire, et retrouvez cette pourriture.

Nuit de samedi à dimanche

ILS étaient assis chacun à un bout du canapé. Stan, penché en avant la tête dans ses mains ; Sarah, le buste raide, l'esprit et le cœur vides, au point de ne ressentir que les souffles et les battements nécessaires à la survie. Jon et Mélanie dormaient chez des amis.

— Ce n'est pas ce que je voulais, murmura Stan. Landerman m'a trompé.

Il se redressa et regarda sa femme.

— Mais ça ne change rien. Il m'appellera pour montrer qu'il est le plus fort. Sarah...

Il tendit la main vers sa femme qui la prit mécaniquement. Leurs regards s'accrochèrent, il glissa vers elle et posa sa tête sur son épaule. Ses yeux papillotèrent, elle le serra dans ses bras et lui caressa les cheveux.

— On va la retrouver, murmura-t-elle, la bouche dans ses cheveux.

Il sourit, soulagé. Elle était épatante, Sarah. Violente, tendre, acharnée, amoureuse, injuste, coléreuse. D'une parfaite mauvaise foi si ça servait ses arguments en même temps que d'une scrupuleuse honnêteté et, par-dessus tout, le meilleur allié qu'un homme puisse espérer. Mais il pensa que le temps qui restait était court. Très court.

— Quantico recherche tous ceux qui ont fait un séjour en prison ou dans un institut psychiatrique pour ce motif. Ils remontent quarante ans en arrière, dit-il.

— Avec quels éléments ?

— Les empreintes digitales, les cheveux, le sperme...

— Nous n'avons plus le temps, dit-elle d'une voix calme.

— Il me prendra à la place de Judith.

— Je ne veux pas qu'il te tue.

— Il ne me tuera pas.

Elle soupira et regarda autour d'elle. Elle remarqua dans la pièce des choses qu'elle ne voyait plus depuis longtemps. Cette litho de Tobiasse achetée dans une vente aux enchères au profit des orphelins de guerre de l'armée d'Israël. Cette autre de Lipkovitch, un peinte hongrois ami, mort depuis. Des cristaux de Murano rapportés lors d'un voyage à Venise. Une toile de Socquet que Stan lui avait offerte pour la naissance de Jon — objets qui tout à coup reprenaient leur place parce qu'un énorme vide était en eux.

Elle essaya de se souvenir du dernier repas pris ensemble. Judith s'était disputée avec son frère pour une raison qu'elle avait oubliée. Elle se remémora aussi la soirée de mardi où elle était revenue triomphante de son succès et où leur vie à tous s'était brusquement arrêtée.

— Viens, Stan.

— Où, chérie ?

— Allons chercher notre fille.

Il était cinq heures dix du matin. Il leur restait exactement quatorze heures.

Dimanche

STAN arrêta la voiture au coin de la 38e et de la 6e et, les mains sur le volant, examina la rue. Sarah se figea sur son siège. C'était là que le taxi avait déposé Judith et le... elle refusa le mot qui lui venait à l'esprit et qu'elle remplaça par « ravisseur ».

L'avenue s'animait lentement. Des camions de livraison revenaient dans les entrepôts ; les travailleurs de la nuit croisaient ceux du jour. La rue se réveillait comme une personne ouvre les yeux, s'étire et bâille, quand elle sait que rien ne la presse.

La chaleur du jour allait bientôt remplacer la fraîcheur de la nuit et les gens semblaient vouloir encore en profiter.

— Le garçon, Albert Crawford, a probablement été enlevé à Bryant Park, dit Stan. Mme Clark qui s'occupait de lui s'est souvenue qu'il lui avait dit vouloir s'y promener.

— Et... ?

— Et nous sommes à deux blocs de Bryant.

— Ce qui veut dire que le... qu'il peut habiter dans le coin ?

— Ou qu'il y travaille.

Elle regarda autour d'elle. Des immeubles par

dizaines, des logements par centaines, des bureaux, des arrière-boutiques, des caves, des entrepôts, des soupentes, des greniers, des immeubles en travaux, en construction, démolis, et dans l'un d'eux, *peut-être,* il y avait Judith. Stan avait raison. Il faudrait un phénoménal coup de chance pour tomber sur le bon. Jusque-là, ils ne l'avaient pas eu.

— Des équipes ont fouillé partout, murmura Stan, mais ça vaut le coup d'essayer de nouveau. Il se terre peut-être à Harlem, Brooklyn, le Bronx ou le New Jersey. Peut-être qu'il me suit et que ça l'amuse. Peut-être qu'il attend que je le supplie... Je ferai tout ce qu'il exigera, murmura-t-il les épaules secouées de sanglots.

Sarah lui mit la main sur l'épaule.

— Elle est là, chuchota-t-elle, je le sens. Ma fille est vivante et m'attend.

Elle descendit de voiture et resta la main sur la portière à examiner autour d'elle. Stan descendit à son tour. Le premier bus les croisa, à vide. Stan le suivit des yeux.

Sarah claqua la portière et le rejoignit.

— On commence par où? demanda-t-elle en sortant la photo de sa fille et le portrait-robot du ravisseur.

— On va remonter l'avenue, toi à droite, moi à gauche. Ça a déjà été fait, mais il faut recommencer. Ensuite on prendra chaque rue en direction de Bryant Park.

— Des gens habitent dans le parc?

— Je ne crois pas. Il n'y a que des bâtiments administratifs: bibliothèque municipale, un petit musée d'Histoire...

— Comment on fait pour se faire ouvrir? s'inquiéta Sarah.

— S'il y a des portiers, pas de problème, tu montres les photos. Sinon, tu sonnes à n'importe quel nom. Les gens ont la mauvaise habitude d'ouvrir sans rien demander. Là, ça nous arrange. Je t'en supplie, Sarah, dit Stan en tournant sa femme vers lui, si jamais tu tombes sur un type qui ressemble à... ce... à cet assassin, invente n'importe quoi. Que tu fais la quête pour une bonne femme qui est morte dans l'immeuble, ou que tu es témoin de Jéhovah, et tu viens me chercher. Sarah, tu ne fais rien seule, tu m'entends ?

Elle ne répondit pas et ouvrit son sac.

— Je ne suis pas seule, dit-elle en exhibant un spécial police .38, à canon court.

Stan eut un regard effaré.

— Tu l'as oublié dans l'armoire. Il y est depuis longtemps.

— Tu sais t'en servir ?

— On remonte le chien et on tire, c'est ça ?

Stan serra les poings.

— C'est ça. Mais je t'en supplie, viens me chercher, répéta-t-il.

— Je ferai de mon mieux, dit-elle avec un pauvre sourire en tournant les talons et en se dirigeant vers le trottoir de droite de la 6e Avenue.

À l'est, le ciel rosissait par tranches, allumait le bleu sombre de la nuit.

Il était six heures et demie et déjà le thermomètre indiquait 80 °F.

NICHOLS ouvrit les yeux et resta un moment, bras et jambes écartés, dans son lit. Il avait peu dormi mais se sentait dispos. Le jour perçait au travers des rideaux et il écouta son sang battre dans l'artère gauche de son crâne.

Un examen effectué suite à de violentes migraines avait mis en évidence que son artère cervicale gauche était inférieure en diamètre de deux tiers à celle de droite. Deux millimètres au lieu de six. Les médecins avaient dit que c'était congénital et qu'il n'y avait rien à faire.

Il avait appris à aimer ce souffle continu.

Il respira profondément, repoussa les draps, s'assit au bord de son lit, cherchant machinalement ses mules.

Il sentait des frémissements partout comme lorsque arrive le jour tant attendu. Il regarda son sexe qui reposait contre sa cuisse, pâle, abandonné, ressemblant à un oiseau blessé, et d'où dépassait la pointe d'une aiguille.

Il se leva et, sans se laver, entreprit de s'habiller. Aujourd'hui, rien ne devait souiller son intégrité. Même les vêtements étaient de trop et il les enlèverait dès qu'il commencerait.

La maison était encore silencieuse. Gerta dormirait

jusqu'à neuf heures, comme tous les dimanches. Elle adoptait le rythme de ceux qui travaillaient à l'extérieur.

Il quitta sa chambre et se rendit dans la cuisine où il se prépara du café instantané. Il avait l'esprit vide du champion qui se concentre avant l'effort.

La ville, calmée par la pause dominicale, était quasi silencieuse, et il l'imagina devenue sa complice. À présent chaque acte, chaque action avait sa signification. Il ne devait rien laisser au hasard. D'ailleurs, le hasard n'existait pas. Le hasard c'était lui.

Il but son café, lava sa tasse et sortit. Il regarda sa montre : huit heures.

Il alla attendre le bus qui arriva au bout de dix minutes. Il était le seul voyageur et le conducteur le regarda à peine. Le bus ne prit que deux fois des passagers avant d'arriver à son arrêt.

Dans le parc, les premiers joggers s'essoufflaient. Une vieille dame promenait son chien dans le coin réservé en lui parlant comme à un enfant. Nichols les plaignit d'avoir devant eux un jour ordinaire. Un jour qui passerait comme les autres, plus lentement parce que c'était dimanche et qu'il s'étirerait jusqu'à l'ennui.

Il contourna le bâtiment et ouvrit la petite porte en fer.

Il descendit au sous-sol, parcourant avec plaisir les allées qui sentaient bon le papier, et poussa la porte du couloir secret qui menait au réduit.

Judith était couchée en chien de fusil sur le lit de camp, les pieds et mains liés, la tête tournée contre le mur, la robe de Gerta remontée sur ses cuisses. Sur le mur du fond une grande croix était appuyée.

En entendant la porte s'ouvrir, elle se réveilla instantanément et se retourna.

— Bonjour, ma petite, dit-il.

Elle ne répondit pas. Ses lèvres desséchées et rouges

n'étaient qu'une plaie. Son regard figé et affolé était celui d'un animal surpris.

Nichols remplit un verre d'eau au robinet et lui porta.

— Tu as soif?

Elle but avidement, s'étranglant à moitié.

— Détachez-moi, je vous en supplie...

Sa voix rauque et cassée était à peine audible.

Il la regarda rêveusement.

— Comment? Mais oui, je vais te détacher...

Il revint près de la petite table, se déshabilla en ne conservant que son slip. Une douzaine d'aiguilles serpentaient sous sa peau. Il se tourna vers sa prisonnière pour se faire admirer, mais elle regardait la croix.

— Qu'est-ce que vous allez faire? croassa Judith, affolée.

— Tu commences à comprendre, je crois, ma chérie, répondit-il, le regard toujours vague.

Non, elle ne comprenait pas. Ce qu'elle comprenait c'est qu'elle ne reverrait plus ses parents, ni Jon, ni Mélanie. Il allait la tuer et on ne la retrouverait jamais. Elle pourrirait et deviendrait un squelette et personne ne saurait où elle était.

Elle sanglota et se tortilla dans ses liens au point qu'elle dégringola sur le sol.

Nichols vint vers elle en secouant la tête.

— Allons, calme-toi, calme-toi, ça va être bientôt fini.

Elle tenta de lui donner des coups de pied et réussit à lui atteindre la cuisse. Il la gifla à la volée.

— Sale petite garce!

Il sortit d'un grand sac en papier kraft de solides courroies en cuir et une hache qu'il posa sur la table. Il fouilla au fond du sac et examina pensivement la croix.

Tétanisée de peur, Judith regardait elle aussi cette croix bricolée avec d'épaisses traverses. Il l'avait apportée la veille et montée sur place à grands coups de marteau.

— Qu'est-ce que vous allez me faire ? murmura-t-elle.

— Il faut que tu saches ce que Christ a souffert, répondit-il tranquillement.

Elle écarquilla les yeux.

— Mais pourquoi, qu'est-ce que je vous ai fait ?

Nichols haussa les épaules et allongea la croix sur le sol.

— Hélas, tu n'en auras qu'un vague aperçu. Ce pauvre Jésus à qui l'on a planté des clous dans les paumes des mains et des pieds, tu imagines la douleur qu'il a ressentie ? Quand les chairs se déchirent sous le poids du corps...

— Ils l'avaient assis sur une traverse, murmura Judith.

— Quoi ! Qu'est-ce que tu dis ? Tu crois que tes ancêtres avaient ce genre de scrupules ? et il la gifla si fort que sa tête cogna un des pieds du lit. Je ne sais pas ce qu'on t'a raconté, ma petite, mais pas la vérité !

— Vous êtes un cinglé, un malade ! hurla soudain Judith, mais sa voix résonna à peine. Vous prenez n'importe quel prétexte pour faire du mal ! Mon père va vous tuer, vous massacrer !

Un barrage venait de céder dans son esprit, celui qui jusque-là avait contenu sa révolte et sa terreur. Tout à coup elle n'eut plus peur de mourir parce qu'elle venait d'accepter sa mort. Rien n'arrêterait son bourreau. Ni raisonnement ni appel à sa pitié parce qu'il était de ces êtres qui ont besoin du mal pour exister. Sa mère lui avait un peu raconté la Shoah et ses massacres inouïs, et elle connaissait ceux qui, depuis, secouaient le monde. Elle était entre les mains d'un de ces hommes-là.

— Me tuer ? Me massacrer ?

Nichols ricana, et elle fut davantage effrayée par ce rire.

— Allez, debout, ma petite, puisque tu veux te lever.

Il la redressa et la traîna jusqu'à la croix sur laquelle il la coucha. Puis il lui libéra les poignets qu'il attacha à chaque extrémité de la traverse horizontale, et lui lia les chevilles de la même façon en prenant soin de s'assurer que ses orteils touchent le sol. Pour soulager ses bras elle devrait se tenir constamment sur la pointe des pieds.

Enfin, avec effort, il souleva l'extrémité supérieure de la croix et la tira jusqu'au mur. Judith ne résista pas, n'ouvrit pas la bouche. Son explosion de rage avait épuisé ses dernières forces.

Ahanant, Nichols réussit à bloquer le haut de la traverse verticale dans un équilibre précaire.

— Si tu gigotes, prévint-il, tu tomberas par terre. Ce sera pas drôle.

Il la regarda, satisfait, et alla vers la table où il avait posé ses vêtements et sa montre.

— Dix heures et demie. Je vais aller te chercher à manger. On mangera tous les deux. Le dernier repas du Christ. Du pain et du vin. *Buvez et mangez car ceci est mon corps*, tu te souviens ? Sûrement pas mais c'est sans importance, parce que moi je me souviens. Dans chaque chrétien il y a une molécule christique.

Il parlait en se rhabillant, comme lorsqu'on explique une chose sans importance.

— Les chrétiens n'ont cessé de manger leur Dieu, reprit-il en se recoiffant avec un peigne tiré de sa poche. L'hostie ? Une part de Dieu. Tu me crois fou ? Peut-on dire que ceux qui ont mis le Seigneur en croix l'étaient ? Non, c'étaient des soldats qui obéissaient aux ordres de leur chef, qui lui-même obéissait à l'Empereur.

Il sourit parce que la tête de Judith reposait sur son épaule droite, comme celle du Christ. Il vint vers elle et lui arracha sa robe, ne lui laissant que sa culotte qui appartenait aussi à Gerta. Ainsi, avec son mince corps d'adolescente, son regard à moitié fermé mais si douloureux, elle *lui* ressemblait.

— Le Christ a beaucoup souffert pour sauver les hommes, reprit-il d'une voix douce. Toi aussi tu devras souffrir.

— Ne me faites pas mal. Tuez-moi, si vous voulez, mais ne me faites pas mal, supplia-t-elle dans un souffle. Déjà, là, j'ai très mal.

— J'aurais bien voulu, ma petite fille, mais la douleur est rédemptrice. Et, sais-tu que, lorsque la chair a souffert, elle a plus de goût? Je l'ai souvent constaté. Rien n'est dû au hasard, tout a une raison, ici-bas.

Elle releva la tête. De quoi parlait-il?

— Qu'est-ce que ça vous apporte de me tuer?

Sa voix était si faible et cassée qu'il dut tendre l'oreille. Il lui caressa les cheveux.

— C'est ce qu'ils m'ont tous demandé. Vous ne comprenez donc pas? Personne ne comprendra donc jamais?

Il lui souleva le menton.

— Une fois que tu as tué, tu ne peux plus t'en empêcher. C'est comme une drogue. Tu veux retrouver cette ivresse. Je ne suis pas un imbécile, je pense et j'analyse. Si j'avais voulu je serais devenu un grand homme. Mais leur monde ne m'intéresse pas.

Qu'il en finisse, qu'il la tue, qu'elle se repose enfin. Elle n'avait plus envie de ce répit qu'il lui laissait. Elle voulait partir, tout simplement. Elle s'affaissa dans ses liens.

— Bon, j'y vais, dit Nichols sur un ton presque joyeux. Tâche de ne pas bouger sinon la croix tombera et tu te feras mal.

Il sembla réfléchir, hocha la tête et revint glisser la croix sur le sol.

— Voilà, je serai plus tranquille, dit-il en souriant. Tu vois, je fais attention à toi.

SWANSON reposa brutalement le téléphone. Il avait mal partout, ses yeux le brûlaient. Il ne cessait de regarder la pendule murale comme pour en fixer les aiguilles. Les autres flics étaient dans le même état. Toutes les permissions avaient été suspendues et on avait tiré les malades de leur lit.

Quantico continuait de faire tourner ses ordinateurs pour tracer le tueur cannibale mais les écrans restaient désespérément évasifs. Aucun dossier ne correspondait au signalement ou aux empreintes du tueur qui semblait avoir jailli de l'enfer. Génération spontanée d'un virus mortel contre lequel aucun vaccin n'existait. Médecine de Moyen Âge pour combattre la rage. La ville protégeait les germes qui l'infestaient par la multiplicité de ses replis, l'entortillement de ses viscères, l'amoncellement erratique de ses organes. Ses cellules malignes se multipliaient et envahissaient les cellules saines qui devenaient à leur tour mortelles. Tant que le mal n'est pas nommé, on ne peut le combattre.

— Stevenson, d'où vous venez ? cria-t-il alors que Sam débarquait dans le bureau des inspecteurs.

— De chez le coiffeur, répliqua-t-elle acerbe. Où est Stan ?

— C'que j'sais ! En train de se défoncer à cavaler

dans les rues, ou alors prostré dans une poubelle à ruminer sa culpabilité !

— Vous n'êtes qu'un putain d'enfoiré, dit-elle calmement.

Swanson marqua un temps d'arrêt et rit nerveusement.

— Putain, je m'rappelais même plus le bruit qu'ça f'sait de s'marrer !

Elle haussa les épaules et parcourut les papiers éparpillés sur son bureau. Elle releva la tête sur la pendule. Midi.

À cette heure, les gens brunchaient, riaient, visitaient les musées. Des gosses de l'âge de Judith allaient retrouver leurs petits camarades après avoir en douce emprunté le rouge à lèvres de leur mère.

Midi. La ville, douchée, habillée de propre, se préparait à entamer ce long après-midi ensoleillé où même les voitures pouvaient rouler.

Midi. Les amants encore au lit se souriaient et se prenaient les mains en murmurant des mots idiots.

Midi. Il restait à Judith sept heures à vivre.

— Madame ?

Sam releva la tête.

— Bonjour... c'est moi...

Elle secoua la tête en le reconnaissant.

— Qu'est-ce qu'il y a ?

Encore ce môme. Décidément il ne la lâchait plus. Elle l'avait déposé au premier métro qu'elle avait trouvé mais il avait exigé en geignant qu'elle s'assure qu'il s'était bien remis en marche. Elle l'avait d'abord envoyé bouler, puis, par pitié ou pour s'en débarrasser, elle avait attendu la première rame avec lui.

— Je...

Dans la rue, ou ici en sécurité, c'était la même larve. Elle se reprocha aussitôt le terme. Ce n'était rien qu'un pauvre môme. Qui sait ce qu'étaient ses parents. Des alcoolos, des camés ? Pourtant, à part son air cassé, c'était un gosse comme on en voit des milliers. Mal dans sa peau, frileux devant la vie, rendant responsables les autres et ses parents en premier.

— Je suis très occupée. Alors qu'est-ce que je peux faire ?

Billy regarda autour de lui et parut intimidé par l'agitation forcenée qui régnait.

— Je... excusez-moi... je ne sais pas... je...

Il s'arrêta et la fixa avec un air éperdu qui fit quelque peu tomber ses préventions.

— Dites-moi ce que vous voulez, dit-elle d'un ton plus conciliant.

— Sam, je repars avec les garde-côtes, on va fouiller les berges, c'est plein de caches ces coins-là. Tu viens avec nous ?

Randel était arrivé par-derrière sans qu'elle l'entendît. Il fixa Billy.

— Heu... oui. Tu sais où est le patron ?

— Non. L'a dû partir avec une autre équipe.

Il secoua la tête et cracha un bout de tabac qui s'était fiché entre deux incisives.

— Pauvre type, j'le plains.

— Oui, dit Sam, qui se rappela d'un coup la présence de Billy. Bon, écoutez, lui dit-elle, si vous voulez quelque chose allez trouver un autre collègue ou revenez plus tard. Je dois partir.

Elle prit son .38 dans son tiroir fermé à clé et le plaça dans son étui de ceinture. Elle rafla sa veste sur la chaise, fit signe à Swanson qu'elle partait avec Randel et s'éloigna.

Billy se mit à courir derrière elle.

— M'dame, m'dame...

Excédée, elle se retourna. Elle n'avait vraiment pas le temps de jouer les nourrices.

— Je vous ai dit...

— M'dame, je connais peut-être le type que vous avez passé à la télé, dit Billy précipitamment.

Randel, qui attendait sa collègue au bas des marches, lui lança un coup d'œil entendu. Depuis qu'on avait affiché le portrait de l'assassin présumé, les coups de téléphone avaient failli faire péter les standards.

Par chance, les flics savaient décortiquer les informations et reconnaître s'il y avait un fond de réalité dans ce que les gens disaient. N'empêche qu'ils avaient quand même dû cavaler une bonne centaine de fois pour des prunes.

— Eh bien demandez à voir l'officier Johnson, il est là-haut. Vous pourrez lui parler.

Elle fila à la suite du fils de Géronimo qui l'attendait en manifestant des signes d'impatience.

— C'est qui ce paumé ?

— Un gosse qui s'est fait attaquer en revenant chez lui et que j'ai raccompagné à un métro. M'a l'air un peu à la masse, si tu veux mon avis.

— C'est aussi le mien, conclut son collègue en cavalant vers une voiture qui les attendait. On fait East River, South Street, les embarcadères de 9 à 17. Les copains ont déjà écumé jusqu'à Holland.

— Pourquoi les rives ? demanda Sam en s'engouffrant à sa suite au moment où la voiture démarrait.

— Parce que c'est du gruyère et que n'importe quel taré pourrait passer sa vie dans ce coin sans qu'on le trouve jamais. Les ordinateurs ont annoncé qu'il y avait chais plus combien de probabilités pour qu'un fugitif se cache là. Et c'est vrai qu'on en a déjà récupéré un paquet dans ces coins pourris !

Sam ne répondit pas. Il était midi et demi à sa montre et le temps se rétrécissait comme une peau de chagrin.

NICHOLS était revenu avec des sandwichs et s'était mis à manger, assis à côté de Judith attachée sur sa croix qu'il avait remontée.

Pendant son absence elle s'était entaillé les poignets à tenter sans succès de se détacher, oubliant, dans sa rage, qu'elle n'aurait pas pu ouvrir la porte bouclée à double tour.

Affaiblie par son enfermement, le manque d'eau et de nourriture, elle passait par des phases d'éveil et des pertes de connaissance. Sa blessure à la cuisse s'était infectée. Les bords tuméfiés, le gonflement livide des chairs indiquaient un début de gangrène.

Elle l'avait supplié à plusieurs reprises de la soigner. Sa jambe, enflée jusqu'au mollet, pendait comme un poids mort.

— J'ai soif, grinça-t-elle.

Il versa de l'eau dans un gobelet et le lui porta. Elle s'étrangla en voulant boire trop vite et il lui souleva la tête.

— Laissez-moi partir...

Elle aurait voulu qu'il la regarde, qu'il s'intéresse à elle, qu'il lui donne l'impression d'être encore vivante. Mais il mangeait sans s'occuper d'elle, les yeux dans le vague, paraissant ruminer des pensées qui parfois lui faisaient hocher la tête ou murmurer entre ses lèvres sans qu'aucun son n'en sorte.

Quand elle était encore lucide elle avait cherché à comprendre la raison qui avait fait qu'il s'en prenne à elle. Elle le lui avait demandé mais il n'avait pas répondu. À la place il avait parlé de religion, de la sienne et celle des catholiques, et elle avait compris qu'il n'aimait pas les Juifs parce que, dans son idée, ils avaient tué son dieu.

Elle avait essayé de lui expliquer qu'il se trompait. Que Jésus était juif et qu'il avait été mis à mort par les Romains en tant que Roi des Juifs. Ça, elle ne l'avait pas appris avec sa mère, parce que chez les Juifs on ne parlait jamais de Jésus. Son père aurait conclu que c'était un cinglé de fanatique et ajouté à voix basse, pour ne pas que sa femme l'entende, que les religions étaient à la base de tous les maux et que, s'il ne tenait qu'à lui, il y a longtemps que toutes ces conneries n'existeraient plus.

Elle le vit se déshabiller et se raidit. Depuis le début elle craignait qu'il ne la viole. À chaque fois qu'il s'était rapproché de trop près elle avait paniqué.

Depuis toujours, sa mère et son père l'avaient mise en garde : « La plupart des hommes sont comme ton père, avait dit Sarah, mais il en existe beaucoup qui n'ont pas de respect pour les femmes parce qu'ils les craignent. Ceux-là sont dangereux. Hélas ce n'est pas visible à l'œil nu. La première arme des femmes, c'est la prudence. »

Et, cette fois, elle s'était montrée imprudente.

Elle s'aperçut qu'il s'était mis à psalmodier. Elle frissonna parce que son regard avait changé.

— Laissez-moi tranquille, gémit-elle alors qu'il se rapprochait.

Elle se tortilla dans ses liens. Il avait un bras caché derrière le dos et elle se dit que, si seulement elle pouvait libérer ses mains, elle le frapperait, et il paraissait si chétif qu'elle était sûre de le vaincre.

Il se pencha vers elle et ramena devant lui sa main armée du pic à glace.

Elle hurla quand il appuya la lame sur son buste.

STAN parlait avec Swanson sur son portable. Son adjoint lui répétait qu'ils n'avaient toujours aucune piste mais qu'ils allaient trouver, bordel de merde ! Tous les flics cherchaient ce fils de pute et même les truands avaient passé le mot !

— C'est plus des centaines de flics, Stan, qui cherchent, mais autant de voyous. On va le dénicher, ce fumier !

Stan regarda sa montre. Cinq heures moins vingt. Il vit Sarah sortir telle une somnambule du dernier immeuble au coin de la 40e.

— Je te laisse, j'aperçois Sarah de l'autre côté de la rue.

— Où vous êtes ?

— 40e et Bryant Park.

— Bryant Park ? C'est pas là où l'infirme a disparu ?

— Peut-être. C'est dans ce coin aussi que le taxi a déposé Judith. Qu'est-ce qu'il y a dans ce parc ?

— J'sais pas. J'sais même pas si j'y ai déjà mis les pieds.

— Ça a déjà été fouillé ?

— Tout le coin, ouais. Mais autant chercher une aiguille dans une botte de foin. J'attends des nouvelles du FBI. On reçoit plein de coups de fil de gens qui croient le connaître. On vérifie, on va bien tomber sur le bon.

Stan ne répondit pas et regarda sa montre. Cinq heures moins le quart.

— Il ne m'a pas appelé ?

— Tu penses bien que je te l'aurais dit.

— Bon, je te laisse, dit Stan en coupant.

Il rejoignit Sarah qui interrogeait un garçon de café qui ne s'interrompit pas de servir. Il jeta un rapide coup d'œil aux photos et secoua la tête. Stan pensa que, même si c'était sa mère, il ne l'aurait pas reconnue.

— Tu es épuisée, chérie, arrêtons-nous une seconde.

Elle ne lui répondit pas et dégagea son bras qu'il lui avait pris. Elle traversa et entra dans le jardin.

Comme d'habitude il était bourré de monde. Les gosses jouaient dans les bassins, les plus jeunes complètement nus. L'air sentait la confiserie et les brochettes que faisaient griller des vendeurs portoricains. Chaque ethnie avait sa spécialité culinaire et personne ne se serait avisé de la contester.

Sarah traversa le jardin en évitant, telle une somnambule, les ballons et les gosses qui jouaient. Stan savait que, si elle n'était pas là, il se serait laissé tomber anéanti sur un banc. Il se demandait où elle allait chercher cette force. Lui n'en avait plus. Le cannibale n'avait pas répondu à son appel. Il tuerait Judith pour prouver qu'il était le plus fort.

Cette pensée lui enlevait tout ressort. Il rejoignit Sarah qui examinait une petite porte en fer à l'arrière de la bibliothèque municipale.

— C'est quoi ? demanda-t-elle.

— Une bibliothèque. L'entrée de service, probablement. Le bâtiment à droite est un musée. Il y a toujours des gardiens. On a vérifié.

Elle secoua la poignée qui résista et s'appuya contre la porte, épuisée. Un ballon vint cogner le mur près d'elle. Une petite fille courut après. Sarah se pencha et lui tendit.

— Merci, dit la fillette.

— Il faut que je rentre retrouver mes hommes, lui dit Stan.

— Elle est ici, murmura Sarah d'une voix qu'il ne reconnut pas.

— On a fouillé partout. Chaque pièce de ces bâtiments. On n'a relevé aucun indice. Toute la semaine il passe ici des étudiants et des visiteurs. Le jeune Crawford a été emmené ailleurs.

Il releva les yeux vers les immeubles qu'on apercevait au-dessus des arbres.

— Il y a trop de monde à New York, murmura-t-il.

Sarah tourna la tête vers lui et il fut effrayé par son teint de cendre.

— Il va la tuer, n'est-ce pas ?

Il s'adossa à côté d'elle, la tête penchée vers cette terre où il aurait voulu s'engloutir.

— On a encore une chance. Il est assez cinglé pour attendre le dernier moment pour m'en faire baver un maximum. Pour lui sa victoire ne sera totale que lorsqu'il pensera m'avoir définitivement cassé. Il n'en veut pas spécialement à Judith. C'est moi qu'il hait. Moi et ce que je représente. Tuer Judith ne lui apporterait rien.

Elle serra tellement les mâchoires qu'elle crut qu'elle allait les briser. Stan mentait et, s'il mentait à ce point, c'est que lui-même n'avait plus d'espoir.

— Je rentre, Jon et Mélanie sont seuls.

L'horloge de la bibliothèque sonna cinq heures. Une nuée d'oiseaux s'échappa des arbres proches. Dans l'avenue, un cortège de mariage passa en klaxonnant bruyamment. Des gens applaudirent les mariés assis dans une Rolls blanche découverte. À la pointe sud de Manhattan arrivèrent les premiers nuages sombres qui allaient plomber cette soirée.

La douleur était intolérable. Elle s'était plusieurs fois évanouie.

Il avait tranché la paume de ses mains et de ses pieds pour symboliser, lui avait-il expliqué, les stigmates du Christ.

Il s'était agenouillé devant elle en priant.

Elle reprit connaissance au moment où il perçait ses propres joues avec une nouvelle aiguille.

Il ouvrit la bouche et elle vit l'aiguille la traverser de part en part. Il joua avec, et elle vomit une bile âcre qui lui brûla l'estomac.

Ses jambes ne la soutenaient plus et elle était affalée sur la croix, les poignets cisaillés par les courroies de cuir. L'arrachement de ses épaules l'empêchait de respirer normalement et elle appela la mort.

— Tu comprends pourquoi tu subis tout ceci, ma chérie ?

Elle ne répondit pas parce qu'elle venait de s'évanouir une nouvelle fois.

Il joua nonchalamment avec l'aiguille plantée dans ses joues et revint la regarder de près.

— Tu comprends à présent ce que le Christ a souffert pour sauver les hommes ?

Il s'accroupit. Une aiguille perça sa cuisse. Il la repoussa avec un sourire.

— Puis Il est revenu parmi eux pour qu'ils Le mangent et Lui soient fidèles.

Il se releva, prit son poignard, se plaça à la droite du corps supplicié, et l'enfonça entre les côtes comme le soldat romain l'avait fait avec sa lance.

La douleur ranima Judith qui poussa un hurlement quand il retira la lame. Un flot de sang coula sur la hanche de la jeune fille qui s'étouffa à chercher de l'air.

Il la soutint par les aisselles.

— Allons, allons, du calme. Tu devrais être fière du destin que je te procure. Je serai le dernier disciple de Jésus et toi tu es devenu son corps. Et ce corps restera en moi tout le temps que je vivrai.

Judith n'entendait plus ce que disait son bourreau. Sa raison venait de s'échapper loin de cette horreur. Elle s'était réfugiée là où Nichols ne pouvait plus l'atteindre.

— Tout à l'heure, dans exactement cent minutes, je te délivrerai et je t'absorberai comme Pierre, Paul, Matthieu, Jean, et tous ceux qui ont goûté le corps du Christ. Nous serons, toi et moi, la Nouvelle Eucharistie.

Il traça avec sa lame une croix imaginaire dans l'air.

— Nous aurons la même identité et la même substance.

Il s'agenouilla et psalmodia des phrases sans suite où se reconnaissaient vaguement les mots « consubstantialité et Trinité ; le Père et le Fils ; le pain et le vin. »

Le sang coagula sur le flanc de Judith. Ses yeux réduits à deux fentes boursouflées se fermèrent. Ses épaules se relâchèrent et son corps s'affaissa.

Nichols dégagea la croix du mur et la posa une nouvelle fois à terre. Il se plaça au-dessus de Judith et se masturba.

— Je te donne la vie, dit-il, la vie éternelle.

SAM se laissa tomber, épuisée, sur sa chaise. Randel était rentré chez lui se doucher. La première depuis deux jours. La fouille des berges et des docks n'avait rien donné. Le quartier avait juste été mis en ébullition et les flics avaient perdu du temps à refouler les curieux.

À présent, chaque policier un peu gradé était marqué à la culotte par un journaliste. La ville entière participait à la chasse.

Sam releva la tête. Billy se tenait devant son bureau.

— Qu'est-ce que tu fais là ?

— Je vous attendais.

Elle soupira, pensant à son mainate qui n'avait rien mangé depuis la veille. Elle fouilla dans son tiroir et exhiba un paquet écrasé de cigarettes. On ne devait pas fumer dans les bureaux, mais elle s'en foutait.

Elle alluma sa cigarette et s'étrangla. Il y avait longtemps qu'elle avait arrêté.

— Tu as parlé à l'officier Johnson ? demanda-t-elle en cherchant son collègue des yeux.

— Je voulais vous parler à vous. On m'a montré le portrait du type qui a enlevé la fille de votre chef... j'crois bien... j'suis sûr qu'c'est mon père.

Elle le fixa, la respiration coupée.

— Qu'est-ce qui te fait croire ça ?

Il lui raconta ce qu'il avait trouvé dans sa chambre et la ressemblance.

Elle se releva lentement et regarda autour d'elle. Peu de flics de la brigade étaient là.

— Où... où habitez-vous ?

— Vandam et Hudson.

— Oui, c'est vrai, dit-elle. Et ta mère, elle sait ?

— Non, elle regarde jamais les infos, juste les jeux.

Sam décrocha son téléphone et appela le portable de son chef. Elle tomba sur la messagerie.

— On sait où est le patron ? hurla-t-elle à la cantonade.

— Il est passé y a une heure, répondit Fernandez, un Cubain qui avait intégré le 21e depuis moins d'un mois. Il est reparti aussi sec vérifier une info !

— Amenez-vous, lui enjoignit-elle. Prévenez le SWAT [1] qu'ils nous rejoignent à Vandam et Hudson ! Eh, Thompson, ramène-toi. Burns, préviens l'armurerie, il nous faut des armes d'assaut !

Sa voix galvanisa les flics qui, sans demander d'explications, réagirent au quart de tour.

— T'as une piste, Sam ? beugla Burns, un grand échalas tout en jambes qui ressemblait à un héron.

— Je crois bien les gars, maniez !

Elle se tourna vers Billy.

— Tu nous accompagnes mais tu resteras dans la voiture. Il est chez vous ?

— J'sais pas. P't'et !

Ils sortirent en trombe. Les chauffeurs les regardèrent débouler et, avant qu'ils se soient remis à leurs volants, leurs collègues étaient déjà à l'intérieur.

Sam s'engouffra dans la sienne. Billy s'assit à côté d'elle et elle démarra aussitôt.

— Le SWAT est prévenu ? demanda-t-elle à la radio.

1. Commando de police équivalent au RAID.

— Ils vous rejoignent sur place, répondit l'opératrice.

Sam mit la sirène et le gyrophare. Elle ignorait où étaient Levine et Swanson.

Par chance c'était dimanche, et la circulation était plutôt fluide bien qu'à cause des rentrées elle ait déjà tendance à s'épaissir.

Elle regarda sa montre. Six heures.

Elle fonçait dans les rues, coupant les carrefours sans s'arrêter, suivie par une escouade de voitures qui obligeaient tout le monde à se ranger.

Un mec se serait pris pour Bruce Willis. Elle, elle se prenait simplement pour une conne qui n'avait pas su écouter ce môme quand il était peut-être encore temps. Elle enfonça davantage l'accélérateur.

De la pointe de son poignard il traça la barre verticale de la croix entre ses seins. La peau s'ouvrit comme un fruit. De la mousse perla au coin de sa bouche et coula sur son menton. Son corps pendait au bout de ses bras que ne retenaient plus ses épaules.

Son flanc ensanglanté, ses cuisses déchirées, ses pieds et ses mains entaillés, cette croix, les coups reçus la faisaient ressembler à ces personnages infernaux qui hantent les peintures de Jérôme Bosch.

Il la regardait comme un artiste contemple son œuvre. Il pensa la coiffer d'une couronne d'épines. Mais c'était inutile. Elle Lui ressemblait.

Il y était parvenu. La douleur, œuvre d'art. Le sacrifice de la beauté devenu symbole de la souffrance des hommes. Christ encore une fois ressuscité. Revenu parmi les hommes. Grâce à lui.

Il était le meilleur. Les autres n'assouvissaient que leurs instincts malades. Lui seul savait donner à la mort son caractère sacré. La recherche d'une vie entière.

Il était fatigué. Son sang battait dans ses artères, prêt, semblait-il, à jaillir de lui. Tant pis ou tant mieux. La mort ne lui faisait pas peur. Il l'avait côtoyée toute sa vie.

Que lui restait-il dans ce monde à découvrir qu'il n'ait connu ? Il en avait goûté toutes les voluptés.

S'était baigné dans le sang de ses contemporains. Avait dévoré leurs forces, leurs cœurs, leurs âmes. Mangé leur chair. S'affranchissant de leurs règles et de leurs lois faites pour les plus misérables d'entre eux

Il étendit les doigts et toucha la chair torturée, traçant sur la peau des arabesques pourpres. Avec le sang de la barre horizontale de la croix il dessina un cœur à l'emplacement du vrai.

Il ne s'était jamais senti aussi bien.

Les voitures stoppèrent dans une fantasia de rodéo. Les portières claquaient encore que déjà les flics grimpaient les marches de l'immeuble de Nichols.

Les fenêtres alentour s'étaient garnies de têtes et une foule se pressait que les flics s'efforçaient de tenir à distance.

Sam, suivi de Randel qui les avait rejoints et de quelques hommes de la brigade, fonça dans le couloir qui menait à la porte de l'appartement que lui avait indiqué Billy.

Le .38 tenu à deux mains, elle se plaça sur le côté de la porte. Dans le couloir des portes s'ouvrirent, et s'ouvrit... celle de Nichols.

— Attention ! hurla Sam en se collant au mur.

Les armes des flics se pointèrent, tandis que les voisins, effrayés, s'enfermaient chez eux.

Mais ce fut Gerta qui, effarée, se dressa devant eux en s'essuyant les mains à son tablier.

Sam lui colla son .38 sous le nez. Mme Nichols glapit et faillit tomber à la renverse.

— Ne bougez pas ! hurla Sam, cherchant à voir à l'intérieur.

— Mais... mais... balbutia la malheureuse Gerta, abasourdie.

Sam la tira violemment dans le couloir et la plaqua

contre le mur. Les cars du SWAT arrivèrent dans un hurlement de pneus et de grincements de freins. Il y eut dans la rue des cavalcades et des ordres hurlés.

— Vous êtes qui ? demanda Sam, rudement.

— Mais... mais...

— Qui êtes-vous, nom de Dieu ! hurla-t-elle.

Par la porte ouverte les flics pouvaient voir que rien ne bougeait dans l'appartement, mais aucun n'osait s'avancer.

— Je... je m'appelle... je suis Gerta Nichols... mais vous... qui êtes-vous ? bégaya Gerta sur le point de s'évanouir.

— Votre mari est ici ? cria Sam, consciente que, s'il avait été là, ils l'auraient déjà su.

— Noon... noon...

— Où est-il ? demanda Sam, relâchant la pression.

— Mais... je ne sais pas... qu'est-ce que vous lui voulez ?

Elle se reprenait, comprenant qu'elle avait à faire à la police et que le danger n'était pas pour elle.

Sam sortit le portrait du tueur.

— Le reconnaissez-vous ?

La bouche de Gerta s'ouvrit comme une porte.

— Ben... oui... je crois... enfin... y ressemble à Edgar.

— Edgar, c'est votre mari ?

— Oui...

— Billy, c'est votre fils ?

— Que lui est-il arrivé ? C'est lui que vous cherchez ?

— Où est votre mari ? coupa Sam en rengainant. Vite, madame, c'est une question de vie ou de mort !

Ils entendirent une course dans l'escalier et Stan apparut, fonçant comme un taureau dans le couloir. Il se planta devant Gerta qu'il domina de toute sa taille.

— Qui c'est ? demanda-t-il à Sam.

— Sa femme.

— Il n'est pas là ?

— Non.
— Où il est ? aboya-t-il vers Gerta.
— Mais qui ? sanglota-t-elle.
— Votre pourriture de bonhomme !
— Mais... mais...
Elle ne pouvait plus articuler un mot.
— Bordel ! tu vas parler, vieille pute !
Il l'attrapa par le bras et la secoua à lui décoller l'épaule, la menaçant, main levée.
Elle hurla de terreur, et Sam s'interposa.
— Arrêtez ! Vous la terrorisez !
— Et c'est pas fini, cracha-t-il, en la soulevant de terre et en la plaquant contre le mur. Où est ton fumier de mari ? Où il est, dis-le-moi, ou je te fais sauter tes dernière dents !
Mais elle avait tourné de l'œil et il ne secouait plus qu'un corps devenu subitement mou.
— Ah, la salope ! glapit-il.
Sam se pencha sur Gerta et la gifla pour la ranimer.
Il y eut un remue-ménage au bout du couloir et le commandant du SWAT apparut. Derrière les portes on entendait les gens protester que leur voisine était molestée.
— Capitaine Levine ? cria le commandant du SWAT.
— Par ici, répondit Stan qui attendait, penché sur Gerta, qu'elle se réveille.
— J'ai mes hommes en position. Où est le type ? demanda le policier.
— C'est ce que j'essaye de savoir, grogna Stan en consultant sa montre. Six heures vingt. Putain, je vais te la réveiller, moi ! cria-t-il en bousculant Sam. Alors, où est ton bonhomme ? hurla-t-il pendant que Gerta revenait lentement à elle.
Elle le fixa d'un œil rond.
— J'sais pas... De la salive coula au coin de sa

bouche. Il est pas là. Peut-être à son bureau. Où est Billy ?

— C'est où son bureau ? Tu vas te grouiller de nous le dire !

Ses yeux s'exorbitèrent et Sam craignit qu'elle retourne à dam. Elle réussit à repousser légèrement Stan.

— Où se trouve le bureau de votre mari, madame Nichols ? lui demanda-t-elle.

Gerta tourna vers elle ses yeux vides.

— Mais... mais... au coin de la 42e et de la 5e. Il travaille à la bibliothèque municipale. Mais j'sais pas s'il y est, on est dimanche.

Déjà Stan fonçait dans le couloir comme un fou, beuglant pour rameuter ses troupes.

— Grouillez, grouillez ! 42e et 5e, bibliothèque municipale ! Bryant Park !

Il se tourna vers le commandant du SWAT.

— Encerclez tout le quartier !

— D'accord !

Le commandant fit volte-face et, en un instant, le couloir fut vide.

Les voitures repartirent en trombe, précédées des camions blindés.

Sam fit descendre Billy de sa voiture et Randel prit sa place. Elle se faufila entre la voiture de Stan et le command-car du SWAT.

À sa montre de bord il était six heures vingt-cinq.

Il eut envie d'uriner et pissa dans le lavabo, ce qu'il ne s'autorisait jamais, mais ce jour était différent.

Il regarda sa prisonnière attachée à la croix étendue sur le sol. Il avait en vain tenté de la dresser contre le mur. Les forces lui avaient manqué. Parfois il se sentait capable de soulever des plaques de fonte, et d'autres fois porter quelques livres l'exténuait.

Adrénaline, pensa-t-il. Tout venait de là. La drogue la plus puissante si seulement les hommes savaient s'en servir. Gratuite en plus.

En ce moment il était en baisse d'adrénaline. Il avait trop donné, trop vite, trop fort, porté par l'ivresse de la victoire.

Pauvre petit flic. Il regarda l'heure à sa montre-bracelet posée sur la table. Six heures trente. À cette heure, Levine savait qu'il avait perdu.

Que faisait la défaite à un type à l'ego aussi démesuré ? Mal, sûrement. Et le chagrin allait la décupler.

Il sourit et s'interrogea pour savoir, s'il perdait un enfant, quelle serait l'étendue de sa tristesse. Il fut incapable de répondre. Cindy ? Une inutile. Billy ? Un traître. Tom ? Un abruti. Robert ? Ah, Robert, c'était un peu différent. Il était le plus proche de lui. Quoique s'embarquer avec cette femme et ses gosses...

Il s'assit de côté sur la table, laissant pendre une jambe. La fille ne bougeait pas.

Il adorait ce lieu retiré du monde. SON coin. SON univers.

Refuge tiède comme le ventre d'une mère. Il pensa à la sienne. Il y avait si lontemps qu'il l'avait oubliée.

Il examina avec bienveillance le corps de Judith animé de frissons. La vie se battait. Elle en voulait, la vie. Malgré les tortures subies, le corps de l'adolescente restait beau.

Il était arrivé au bout. Dans peu de temps il téléphonerait à son adversaire. Plus tard il lui raconterait dans une longue lettre comment il avait disposé du corps de son enfant.

Les bruits habituels de la rue lui parvenaient, amortis, par le soupirail caché. Un roulement continu, familier, rassurant.

Il dressa l'oreille. Au travers de la poussière des échos de la ville, et venant de l'horizon, soudain percèrent, s'intensifiant et déchirant l'air, gonflant en cacophonie, les hurlements effrayants des véhicules de la police, mêlés à ceux angoissants des ambulances. Puis tout se tut, et dans le silence douloureux il entendit des cris et le martèlement des pieds d'une armée en marche.

Il jeta un regard inquiet sur sa prisonnière, sur la porte, alla l'ouvrir, examina le couloir. Un peu plus loin, son bureau y découpait un pan de lumière.

Il s'y rendit. Le traversa, progressa l'oreille tendue dans les travées silencieuses où reposaient les textes précieux dont il avait la garde.

Soudain une explosion, des cris, des cavalcades ; il recula, fébrile, revint précipitamment chez lui.

Au-dessus de sa tête des courses effrénées faisaient vibrer les parquets, des ordres hurlés s'entrecroisaient. Du dehors, un remous de voix puissant comme la mer arrivait jusqu'à lui.

Il entendit la lourde porte de chêne qui séparait son royaume du reste de la ville s'ouvrir dans un fracas.

Ils étaient là !

Il eut un regard éperdu... Rien dans ce bureau où il avait passé tant d'années ne pouvait le trahir. C'était celui d'un employé modèle, ponctuel et consciencieux. Réservé et poli avec tous.

Il sortit, tira la porte secrète du bureau sur lui, courut dans le couloir.

Il entra dans sa pièce et verrouilla la porte.

SAM retint son chef par le bras au moment, où, armé d'un M 16, il s'élançait à l'intérieur du bâtiment.

Les hommes du SWAT, encagoulés, s'étaient dispersés et donnaient l'assaut, menés par leurs officiers.

Des voitures de la police placées en épis fermaient les rues. Les promeneurs du parc avaient été évacués, les plus lents traînés sans ménagement à l'extérieur. En moins de dix minutes le quartier avait été mis en état de siège.

— Vous ne prévenez pas votre femme ?

Il la fixa un bref instant.

— Non.

Il grimpa les marches à la volée, se rua à l'intérieur, suivi de sa brigade. Sam resta en arrière, examinant les fenêtres du bâtiment. Les hommes du SWAT avaient trouvé les deux gardiens dominicaux et les faisaient sortir.

Les télés venaient juste de débarquer et les journalistes s'engouffrèrent à la suite des flics.

Sam se dit que, si l'homme était là, ce déploiement de forces signait l'arrêt de mort de Judith. Mais le moyen de faire autrement ? Il était six heures cinquante-cinq.

Une journaliste s'approcha avec son micro.

— Sergent ? Sergent, est-ce bien le tueur de New York qui est coincé ici ?

Sam la fixa un bref instant.

— Peut-être, lâcha-t-elle du bout des lèvres.

— Ce même criminel soupçonné de... mutiler, pour les dévorer, ses victimes ?

Sam eut un haut-le-corps.

— Vous déraillez, madame, cracha-t-elle en s'éloignant rapidement.

Mais la journaliste la poursuivit.

— En tout cas, c'est bien celui qui retient en otage la fille du capitaine Levine et a menacé de la tuer, et pire encore, si jamais la police n'arrivait pas à l'arrêter avant la fin de son ultimatum ?

Sam eut un geste brusque du bras qui cogna le micro.

— Foutez-moi la paix !

— Je fais mon métier ! vociféra la journaliste en faisant signe au cameraman de filmer la scène.

Sam eut envie de la gifler mais aperçut en même temps Sarah qui tentait de se frayer un chemin dans la foule. Les télés et les radios avaient dû passer un flash spécial. Elle courut vers elle qui essayait de repousser un flic massif qui l'empêchait de s'approcher.

— Laissez-la passer ! cria-t-elle de loin.

Le flic s'écarta et Sarah courut jusqu'à Sam.

— Il est là ? haleta-t-elle.

— Nous n'en sommes pas sûrs, madame Levine. D'après sa femme il travaille ici.

Sarah se rua à son tour à l'intérieur, suivie à quelques secondes par Sam.

— N'entrez pas ! hurla-t-elle. N'entrez pas !

Mais Sarah ne l'écoutait pas, elle fonça à travers les couloirs jusqu'à ce qu'un des hommes du SWAT, qui progressait à l'abri des piliers, la saisisse à bras-le-corps et la plaque contre lui.

Elle se débattit, mordant et griffant, hurlant en même temps son identité, mais le flic ne la lâcha pas tant que Sam ne les eut pas rejoints.

— Madame Levine, dit fermement Sam en lui serrant le bras, votre mari est là. Nous avons plusieurs dizaines d'hommes à l'intérieur et autour, si Mosley est là, il ne peut pas nous échapper. Je vous en supplie, ne compliquez pas notre tâche !

— Mais c'est ma fille ! hurla Sarah, les yeux fous. C'est ma fille qu'il retient !

— Je comprends, madame, mais vous ne pouvez rien faire de plus. S'il est là, ils vont le trouver.

— Il va tuer ma fille !

— Non, madame, non, plus maintenant, affirma Sam qui ne crut pas vraiment à ce qu'elle disait. Il va négocier et se rendre et vous récupérerez Judith.

Sarah la regarda sans la voir. Son visage était tordu d'angoisse. Sam remarqua qu'elle était à moitié habillée.

Des hommes du SWAT dégringolèrent l'escalier qui menait au premier étage.

— Rien là-haut, dit leur officier à un autre qui revenait avec ses hommes des autres salles.

Fernandez et Randel apparurent, sortant des salles de lecture. Ils secouèrent la tête en direction de Sam. Puis ce fut le tour de Levine, suivi de Johnson et de deux autres flics, qui remontaient des salles d'archives.

Stan ne vit pas Sarah avant qu'elle ne l'interpelle.

— Tu ne l'as pas trouvé ? hurla-t-elle.

— Qu'est-ce que tu fais là ? Faites-la sortir, dit-il à Sam. Ce dingue est sûrement armé !

— Vous ne savez même pas où il est ! hurla sa femme en réponse.

Sam l'empoigna sans ménagement. Elle craignait, à tort, que Sarah ne fasse une crise de nerfs.

— Foutez-moi la paix ! cria Sarah en se dégageant. Si vous me touchez encore une fois, je vous cogne !

Sam vit Swanson arriver de l'extérieur, rouge et essoufflé. Elle lui fit un signe discret de venir l'aider.

— Sarah, cria-t-il en venant vers elle. Nous touchons au but ! Venez, ne restez pas là.

— Je ne bougerai pas !

À cet instant, le commandant du SWAT rejoignit Stan qui consultait les plans du bâtiment que lui avait apportés un des gardiens.

— Il y a certainement des couloirs et des caches dans cette partie, affirma Stan. Ce bâtiment date du début du XIXe et devait rejoindre le musée voisin par les sous-sols. C'était une habitude à l'époque des guerres contre les Anglais. Il faut dénicher ces caches. S'ils sont ici, c'est dans un de ces souterrains.

Swanson arriva. Il avait renoncé à faire sortir Sarah qui était restée sous la garde de Sam. Il regarda les plans. Certaines parties étaient en grisé comme si elles n'existaient plus.

— C'est par là qu'il faut chercher, affirma Stan qui avait réendossé sa personnalité.

— Le bureau de cet enfoiré est juste à côté de ces souterrains, dit Swanson en tapant sur le plan.

— On en vient de son bureau, il n'y a rien, dit le commandant du SWAT.

— C'est parce qu'on n'a pas bien regardé, répliqua Stan, on y retourne et on sonde !

Ils se précipitèrent au sous-sol, refirent en cavalant le chemin entre les travées et débouchèrent dans le petit bureau de Nichols.

— Démolissez les murs !

Ils ne mirent pas longtemps à découvrir la porte dissimulée derrière une armoire pivotante. Ils l'enfoncèrent pour se retrouver dans un long couloir obscur dans lequel s'ouvraient sur leur droite deux portes en vis-à-vis.

Stan se rua vers la première tandis que ses hommes défonçaient la porte de la seconde. Ce fut lui qui ouvrit celle où Nichols avait retenu Judith prisonnière.

Epilogue

En septembre, le degré d'hygrométrie était redevenu raisonnable et, près des Twins, on arrivait presque à sentir l'air du large.

Le maire, après avoir nommé le nouveau chef de la police, un *Wasp* pur jus nommé Spencer Taylor, avait déclaré ne pas vouloir se représenter pour raisons de santé. En réalité, un scandale extraconjugal l'avait obligé à se retirer de la course à la mairie.

À Broadway, Siegfried et Roy, les deux prodigieux magiciens venus tout exprès de Las Vegas, donnèrent une série de représentations qui firent salle comble durant tout le mois.

Dans une salle voisine, on reprit le succès de l'année précédente, *Les Monologues du vagin*, une pièce féministe où avait précisément joué la femme du maire.

Sur les bords de l'Hudson, dans le bâtiment en verre de l'ONU, seule face transparente de cette organisation, résonnèrent les vociférations et les imprécations de deux nations qui ne s'aimaient pas parce qu'elles se craignaient, et se craignaient parce qu'elles ne se comprenaient pas. Le Moyen-Orient venait une fois de plus de se réveiller.

Le Président sortant des Etats-Unis fit un dernier tour d'honneur pour ramener à la raison les deux tribus cousines, convoitant un prix Nobel de la Paix qu'il aurait bien aimé accrocher au-dessus de son bureau lorsqu'il regagnerait la société civile.

Le secrétaire au Trésor abaissa brutalement et arbitrairement les taux du loyer de l'argent. La Bourse s'emballa et se dégonfla.

L'Amérique s'apprêta à élire son nouveau Président.

SAM regarda d'un œil morne le flic pansu qui avait remplacé Levine. De la bande des quatre, seuls Johnson et elle n'avaient pas demandé leur mutation, pour des raisons différentes. Johnson parce qu'il n'habitait pas loin du 21ᵉ, et elle, parce qu'elle allait démissionner.

Plus rien ne la retenait, au contraire, tout la repoussait. Elle voulait oublier les images que pourtant elle savait collées à ses rétines jusqu'à la fin des temps.

On n'a pas le droit de s'imposer cette vision de la vie, avait-elle décidé après avoir consulté, avec ses autres collègues, le psychanalyste de la police. En tout cas, pas elle.

Elle, elle devait faire sa vie. La réussirait-elle ou pas, c'était une autre affaire. Ce dont elle était certaine c'est qu'elle la louperait complètement si elle ne la changeait pas.

Elle avait un diplôme de droit criminel dont elle avait décidé de ne plus se servir. Elle allait préparer un diplôme de droit civil et travaillerait comme troisième couteau dans un cabinet d'avocats. Les faillites, les escroqueries légères, éventuellement les divorces, et pas tous.

Elle regarda le tiroir du bas, à droite de son bureau, qu'elle n'ouvrait plus parce que dans ce tiroir, comme une idiote, elle y avait rangé le rapport d'autopsie de Judith Levine.

Des restes de Judith Levine. Un corps martyrisé, sans tête.

Depuis, même poser la main sur la poignée lui était insupportable.

Dans deux semaines arriverait le flic qui la remplacerait. Elle lui souhaitait bien du plaisir. En attendant elle s'occupait aux archives. Pas de l'archiviste, celui-là, on ne l'avait jamais retrouvé.

L'archiviste était devenu une célébrité dans la presse. Sur certains sites du WEB on l'appelait l'Archange. Une chaîne de télé avait offert soixante-quinze mille dollars à quiconque fournirait des renseignements sur lui.

Billy avait été interviewé sur plusieurs chaînes et s'était plaint publiquement que la mairie n'ait pas encore tenu ses promesses et ne lui ait pas versé la prime promise.

Une avalanche de lettres avaient suivi sa prestation : lettres de menace pour ce fils indigne qui n'avait pas hésité, pour de l'argent, à dénoncer son géniteur, lettres de félicitation pour son civisme et son courage.

Puis le sensationnel disparut des médias en raison des élections.

CAILLEIA appuya sur la télécommande avec un soupir d'agacement et décrocha le téléphone.

— Oui ? répondit-il, peu aimable. Oh, bonsoir, monsieur le Sénateur... non, pas du tout, je lisais. Vous allez bien ? Vous m'en voyez ravi. Ici ? Eh bien, mon Dieu, ça s'arrange au mieux. Notre ami Rain a obtenu le poste qui ne pouvait que lui revenir d'adjoint au chef de la police... vous avez vu l'information sur le réseau... ? c'est exact... Certainement, monsieur le Sénateur, et je serai ravi de vous accueillir moi-même. Vous pensez être là à quelle période ? Bien sûr, où avais-je la tête, pour le vote au Congrès ! J'espère que la tempête de neige que nous subissons actuellement sera terminée. Il fait un froid de loup, ici. Oui, c'est un temps normal pour la saison. Eh bien... c'est-à-dire qu'à mon avis, et mes amis le partagent, il serait bon, pour l'instant du moins, de ne rien précipiter... Non... évidemment avec Rain les nuages s'éloignent. Excusez ce jeu de mots facile, monsieur le Sénateur (il eut un rire satisfait), mais je crains un peu voyez-vous ce... comment dire... ? Vous savez, ce garçon que Ferson devait rencontrer pour lui livrer... ? Oui, bien sûr nous nous en sommes occupés... mais nous avons frôlé la catastrophe... ce qui prouve que l'on n'est jamais trop vigilant... n'empêche que ce collectif existe et peut nous occasionner de gros problèmes. Les menaces... ? Nous n'y croyons pas trop mais nous sommes obligés d'en tenir compte... eh bien j'en parlais récemment avec deux de nos amis... qui s'occupent de rapporter habituellement des... produits d'Amérique du Sud... ils pensent aussi que compte tenu du contexte nous aurions intérêt à... tout au moins pour l'instant, suspendre nos rencontres... c'est ça, monsieur le Sénateur... vous avez raison... Le capitaine Levine ? Ah, on ne sait pas ce qu'il est devenu... en tout cas il a quitté New York... Oui, cette histoire a été abominable... les gens sont fous décidément... bien sûr que ça nous fait du tort... pensez donc... on n'a pas besoin des projecteurs de l'actualité... mais certainement, monsieur le Sénateur... au revoir.

Quel con ! murmura Cailleia en reposant le récepteur. C'est lui qui m'appelle et il me dit qu'il n'a plus le temps de me garder en ligne !

Il se leva et regarda pensivement l'image figée sur l'écran par la télécommande qui montrait l'accouplement d'une femme avec un singe que deux hommes nus maintenaient. La femme était attachée bras et jambes écartés et on devinait derrière elle, dans l'ombre, un homme armé d'une hache.

Le personnage d'Edgar Nichols a été librement inspiré d'un criminel qui a existé aux Etats-Unis dans les années trente. Soupçonné d'être l'auteur de plus de deux cents meurtres, il fut condamné à la chaise électrique et, à cause des fameuses aiguilles dont il était percé, il provoqua à l'occasion de son exécution un court-circuit.

C'est le livre de Stéphane Bourgoin intitulé : *Serial Killers, enquête sur les tueurs en série*, qui me l'a fait connaître.

C'est Jerome Charyn et le lyrisme de ses livres sur New York qui m'ont aidée à mieux sentir et aimer sa ville.

C'est le livre de Martin Monestier, *Cannibales, histoire et bizarreries de l'anthropophagie*, qui m'a fourni les éléments relatifs au cannibalisme.

Qu'ils soient remerciés ici pour leur talent.

« *SPÉCIAL SUSPENSE* »

MATT ALEXANDER
Requiem pour les artistes

STEPHEN AMIDON
Sortie de route

RICHARD BACHMAN
La Peau sur les os
Chantier
Rage
Marche ou crève

CLIVE BARKER
Le Jeu de la Damnation

GILES BLUNT
Le Témoin privilégié

GERALD A. BROWNE
19 Purchase Street
Stone 588
Adieu Sibérie

ROBERT BUCHARD
Parole d'homme
Meurtres à Missoula

JOHN CAMP
Trajectoire de fou

JOHN CASE
Genesis

JEAN-FRANÇOIS COATMEUR
La Nuit rouge
Yesterday
Narcose
La Danse des masques
Des feux sous la cendre
La Porte de l'enfer

CAROLINE B. COONEY
Une femme traquée

HUBERT CORBIN
Week-end sauvage
Nécropsie
Droit de traque

PHILIPPE COUSIN
Le Pacte Pretorius

DEBORAH CROMBIE
Le passé ne meurt jamais

JAMES CRUMLEY
La Danse de l'ours

JACK CURTIS
Le Parlement des corbeaux

ROBERT DALEY
La nuit tombe sur Manhattan

GARY DEVON
Désirs inavouables
Nuit de noces

WILLIAM DICKINSON
Des diamants pour Mrs Clark
Mrs Clark et les enfants du diable
De l'autre côté de la nuit

MARJORIE DORNER
Plan fixe

FRÉDÉRIC H. FAJARDIE
Le Loup d'écume

FROMENTAL/LANDON
Le Système de l'homme-mort

STEPHEN GALLAGHER
Mort sur catalogue

CHRISTIAN GERNIGON
La Queue du Scorpion
(Grand Prix de
littérature policière 1985)
Le Sommeil de l'ours
Berlinstrasse

JOHN GILSTRAP
Nathan

JEAN-CHRISTOPHE GRANGÉ
Le Vol des cigognes
Les Rivières pourpres
(Prix RTL-LIRE 1998)
Le Concile de pierre

JAMES W. HALL
En plein jour
Bleu Floride
Marée rouge
Court-circuit

JEAN-CLAUDE HÉBERLÉ
La Deuxième Vie de Ray Sullivan

CARL HIAASEN
Cousu main

JACK HIGGINS
Confessionnal

MARY HIGGINS CLARK
La Nuit du Renard
(Grand Prix de
littérature policière 1980)
La Clinique du Docteur H.
Un cri dans la nuit
La Maison du guet
Le Démon du passé
Ne pleure pas, ma belle
Dors ma jolie
Le Fantôme de Lady Margaret
Recherche jeune femme
aimant danser
Nous n'irons plus au bois
Un jour tu verras...
Souviens-toi
Ce que vivent les roses
La Maison du clair de lune
Ni vue ni connue
Tu m'appartiens
Et nous nous reverrons...
Avant de te dire adieu

CHUCK HOGAN
Face à face

PHILIPPE HUET
La Nuit des docks

GWEN HUNTER
La Malédiction des bayous

PETER JAMES
Vérité

TOM KAKONIS
Chicane au Michigan
Double Mise

MICHAEL KIMBALL
Un cercueil pour les Caïmans

LAURIE R. KING
Un talent mortel

STEPHEN KING
Cujo
Charlie

JOSEPH KLEMPNER
Le Grand Chelem

DEAN R. KOONTZ
Chasse à mort
Les Étrangers

PATRICIA MACDONALD
Un étranger dans la maison
Petite Sœur
Sans retour
La Double Mort de Linda
Une femme sous surveillance
Expiation
Personnes disparues
Dernier refuge

PHILLIP M. MARGOLIN
La Rose noire
Les Heures noires
Le Dernier Homme innocent

DAVID MARTIN
Un si beau mensonge

LAURENCE ORIOL (NOËLLE LORIOT)
Le tueur est parmi nous
Le Domaine du Prince
L'Inculpé
Prière d'insérer

ALAIN PARIS
Impact
Opération Gomorrhe

RICHARD NORTH PATTERSON
Projection privée

THOMAS PERRY
Une fille de rêve
Chien qui dort

STEPHEN PETERS
Central Park

JOHN PHILPIN/PATRICIA SIERRA
Plumes de sang
Tunnel de nuit

NICHOLAS PROFFITT
L'Exécuteur du Mékong

PETER ROBINSON
Qui sème la violence...
Saison sèche

FRANCIS RYCK
Le Nuage et la Foudre
Le Piège

RYCK EDO
Mauvais sort

LEONARD SANDERS
Dans la vallée des ombres

TOM SAVAGE
Le Meurtre de la Saint-Valentin

JOYCE ANNE SCHNEIDER
Baignade interdite

JENNY SILER
Argent facile

BROOKS STANWOOD
Jogging

THE ADAMS ROUND TABLE PRÉSENTE
Meurtres en cavale

WHITLEY STRIEBER
Billy
Feu d'enfer

La composition de cet ouvrage
*a été réalisée par l'***Imprimerie Bussière,**
l'impression et le brochage ont été effectués
sur presse Cameron dans les ateliers
de **Bussière Camedan Imprimeries**
à Saint-Amand-Montrond (Cher),
pour le compte des Éditions Albin Michel.

Achevé d'imprimer en janvier 2001.
N° d'édition : 19156. N° d'impression : 2586-5157/4.
Dépôt légal : février 2001.